天才ハッカー安部響子と五分間の相棒

一田和樹

集英社文庫

目　次

天才ハッカー安部響子と五分間の相棒

プロローグ

二〇一五年二月十日　日本脱出当日　十三時三十二分

――ラスク逮捕！　成田空港！　五人！　女がいる。美人だ！

ツイッターで誰かが写真とともにつぶやいた。

ラスク逮捕のツイートは引用され、リツイートされ、瞬く間にインターネットに広がった。ニュースサイトには逮捕時の様子が少し遅れてアップされた。数分後にはニュースの全文が英訳され世界中に広がった。ツイッターから始まり、フェイスブック、ブログがラスク一色に染まった。携帯で撮った現場の動画が次々とユーチューブにアップされた。

この半年間、さまざまな日本企業を攻撃し、完膚無きまでにたたきのめしてきた最強のハッカー集団ラスク。攻撃したサイトは十二。内、ラスク自身が直接攻撃対象にしたものは七つ。被害総額は三兆円を超えると言われる。「TIME《タイム》」や「ニューヨークタイムズ」で特集を組まれたこともある。

ターゲットは、利用者に不誠実な対応をした企業。そしてラスクが求めるのは不利益を被った利用者への謝罪と損害賠償だけ。見返りを求めない『正義の味方』。その潔い姿勢は、義賊あるいはサイバー時代のネズミ小僧と称された。

ラスクを慕う者は増え続け、ツイッターのフォロワーは全世界百万人以上、攻撃に参加するボランティアは数万人いると言われていた。

だが、派手な活動にも拘《かか》わらず、正体はようとして知れなかった。某国の破壊工作員ではないか、自衛隊サイバー部隊の憂国の士による静かなクーデターではないか……さまざまな憶測が飛び交っていた。

そのラスクのメンバーが成田空港で逮捕されたというのは、降って湧いた大ニュースだ。

やがてメンバーの女性に関心が集まった。サイバークライムの主犯格で女性というのは珍しい。国際的に注目を浴びるような組織の主要メンバーには皆無と言っていい。しかも撮影された姿を見る限り、美人ということで騒ぎはさらに盛り上がった。

この時点で警察からの公式発表はなく、真偽のほどは、まだわからなかった。それでもラスク逮捕のニュースには莫大《ばくだい》なアクセスが押し寄せた。

日本中のニュースサイトがラスクで埋まったと言っても過言ではない。

真ん中にスペードのマークの入ったラスク。チームのロゴが日本中にあふれた。

都立清北高校一年の青山拓人《あおやまたくと》は、ツイッターでラスク支持者の仲間に呼びかけた。

――成田に行きましょう！　逮捕が本当かどうか見に行きましょう。

だが、反応はない。いつもなら、一分以内に誰かが応えてくれるのに、この大事な時に誰もなにも言わない。

拓人はラスクが行動を開始してからずっと彼らの行動を追いかけてきた。ネット上のラスク支持者のコミュニティに入り浸り、仮面を被ってラスクのTシャツを着て支持者の会合に参加した。ネットにくわしい以外の取り柄がなく、学校でも孤立していた拓人にとってラスクは将来を示す羅針盤だった。あの人たちのようになりたいと思い続けてきた。成田で逮捕されたというニュースをすぐには信じられなかった。授業中だったが、このまま学校を抜け出してしまおうと決心していた。

――警察がニセの情報を流してるんだと思います。誰か一緒に行きましょう！

教師の目を盗んでスマホから打ち込んだが、反応はなかった。ひとりで行ってしまおうと思い始めた時、ダイレクトメッセージが届いた。

――ラスクは逮捕されたんだ。もう終わりだ。無茶すると君も捕まるぞ。監視されてるかもしれないんだぞ。

そういうことか。逮捕のニュースを観《み》て怖がっているんだ。でも自分だけは違う。拓人はトイレに行くと言って席を立つとそのまま、校舎を出た。幸いに高校は制服がない。私服なら途中で補導される危険は少ないだろう。

「待ってよ」

こっそりと校門を抜けようとした時、小さな声に振り向くと、長い黒髪の少女が拓人を見つめていた。何度か一緒にラスク支持者の集会に行ったことのある鈴木沙穂梨《すずきさおり》だ。

「あたしも行く」

「バカ。捕まるかもしれないぞ」

「青山くんだってそうでしょ。それでも行くんでしょ?」

「そうなんだけどさ」

「じゃあ、なにも問題はない」

沙穂梨は凛《りん》とした声で言うと、立ち止まったままの拓人を追い越して校門に向かった。

拓人もあわてて後を追った。

第一章　きっかけはラスク

ガトーフェスタハラダのラスクが、全ての始まりだった。甘さ控えめで、香ばしく、さくさくと食感がいい。一度食べると、くせになる大人のおやつ。

お菓子好きにはたまらない逸品で、ひとり暮らしの高野《たかの》肇《はじめ》の数少ない楽しみのひとつだ。

蟬《せみ》の鳴き声のうるさく響く日曜の昼下がり。ベッドに寝転がってクレジットカードの明細をながめていた肇は、不審なものを見つけた。思わずどきりとして上半身を起こす。

いつも利用するネットショップの決済記録によれば、自分はガトーフェスタハラダのラスクを購入したことになっている。確かにお気に入りで、過去に何度も注文したが、今月買った記憶はない。クレジットカードの決済は、たまに遅れて計上されることもあるが、なんとなく嫌な感じだ。

肇はベッドの上に放りだしてある上着からカードとスマートフォンを取り出し、裏面の問い合わせ番号に電話した。

「ええとですね。記憶にない買い物が引き落とされているんですけど……」

すぐに取引内容を確認してくれたが、回答は芳しくなかった。請求が来ている以上、クレジットカード会社としてはなにもできない。カードが盗まれたとか、カード番号を盗まれたとかなら、カードを止めることはできると言う。

カード情報を盗まれたのかもしれないと一瞬考えたが、それにしてはおかしい。金目《かねめ》のものを狙うならともかく、怪しいのは三千円のラスクだけだ。カードを止めると自動引き落としにしているスマホやインターネットプロバイダの料金の支払いに支障が出る。結局、カードは止めないことにして、礼を言って電話を切った。続いてラスクを購入したネットショップにも電話してみたが、そちらも取引に問題はなかったと言う。宅配業者の配送記録も残っていると言う。記録があり、正式なＩＤとパスワードでログインしての注文となれば、どちらかというと疑われるのは肇の記憶だ。やはり礼を言って電話を切るしかなかった。

念のためネットショップのサイトで自分の記録を確認してみると、ラスク購入の記録も残っており、送り先も自分のマンション宛てになっていた。こうなると、肇の記憶違いの可能性が高い。

気のせいだったのかな……ネットショップのページを閉じようとした時、あることに気がついた。ラスクの配達日が月曜日の昼になっていたのだ。当たり前だが、会社にいる時間だ。ラスクの箱はポストに入るような大きさではないので、直接受け取らなければならない。

三カ月前まで購買履歴をさかのぼって調べてみると、四回も月曜の日中に配達されていた。月曜の午前中は部内会議があるし、会社から家まで三十分かかるから、宅配便を受け取るためだけに家に戻るなんてことも考えられない。万が一、そんなことをしたら覚えていないはずがない。

おかしい。でも確かに受け取ったことになっている。誰が受け取ったんだろう？　まさか……間違えて月曜の昼に配送依頼したのを管理人さんが留守中に受け取ってくれて、後で渡してくれたんだっけ？

平日朝から夕方までが管理人の勤務時間だ。肇は明日の朝、管理人に確認してみることにして、目覚まし時計をいつもより少し早くセットした。

夜、ベッドに入ってから、どきどきしてきた。もしかしたらこれがネット犯罪というものかもしれない。ニュースなどで見た被害総額数億円という数字が頭に浮かぶ。金持ちでもない自分を狙うわけはないと思うものの、無差別に、取りやすいところから取っているのかもしれない。

翌朝、出社する前に、マンションの出入り口のすぐ横にある管理人室に寄った。小さな窓を開けて声を掛ける。

「管理人さん、おはようございます」

中でテレビを見ていた管理人は、驚いた顔で肇を見た。朝のこの時間は、出勤や登校であわただしく、声を掛ける者はめったにいないのだろう。

管理人は七十歳代半ばくらい。小太りで、はげ上がった頭が特徴の、穏やかそうな人物だ。

「おはようございます」

窓の前の椅子に腰掛けた。座るとちょうど窓の位置に顔が来る。いつものように、にこにこした顔を肇に向ける。

「ええと……物覚え悪くって申し訳ないんですけど……管理人さんって僕宛ての荷物を預かってくださったことってありますか？」

「宅配便とかってこと？」

管理人は笑いを消した。

「はい」

「それはやっていないんですよ。きりがなくなるんでね。冷蔵庫に入れないといけないものとか、壊れ物とかもあるでしょう。ごめんなさいね」

「そうなんですか……」

「荷物がないんですか？　貼り紙でもしますか？」

管理人は、少し身を乗り出して尋ねた。

「いえ、ちょっと確認したかっただけなんで大丈夫です。ありがとうございました。行ってきます」

「気をつけて行ってらっしゃい」

肇はぺこりと頭を下げ、窓を閉めた。

違ってた。やはり管理人さんが受け取ってくれたわけではなかった。ではいったい誰が？

マンションの入り口近くで立ち止まり、腕を組んで考え込む。

ふと人の気配を感じて振り向くと、見たことのある長身の女性が後ろに立っていた。隣の部屋の住人だ。毎朝午前中は、駅前のドトールに行っているようで、何度か見かけたこともある。

「すいません。ぼんやりしちゃって」

肇は頭を下げると、道をあけた。たまに見かける女性だが、近くで見るのは初めてだ。肇と同じくらいの背丈だ。やせて、すらりとした身体《からだ》。黒髪が肩に垂れている。ジーンズにTシャツという装いで、化粧っけはなく、肌は病的に白い。整った顔には険しい表情が浮かんでいて、肇は怒られているような気分になった。

ぼんやりと女性の横顔をながめていると、彼女が横目で自分を見て微笑《ほほえ》んだような気がした。驚いて目を瞬かせてもう一度見たが、すでに彼女の視線は別の方向に向いていて、そのまま通り過ぎた。

もう会社へ行かなければならない時間だ。歩き出すと、思い出したように、どっと汗が噴き出す。最近の東京の夏は殺人的な暑さだ。


肇の勤務先はインターネットのコンテンツ制作会社、部署は営業だ。といっても外回りではない。広告やPRがらみのコンテンツの企画や納品のチェックをしている。

その日もパソコンの画面を見て、客に出した仕様書通りにできているか、誤字脱字はないかチェックしていた。目と手は仕事をしていても、頭の中は『ラスク事件』でいっぱいだった。

謎やパズルを解くのは好きだ。冒険に出かけるような、わくわくした気分になる。熱中すると時を忘れてしまう。もっとも今回は、不安もかなりあるのだが。

「うどん、食いに行こうぜ」

声をかけられて、我に返った。いつの間にか昼休みになっていた。

「寝てただろ」

声の主、佐藤二郎《さとうじろう》が肇の肩を叩《たた》いた。佐藤は肇と同期入社で隣の部署に配属された。大学時代にプログラミングの経験があったため、即戦力としてWEBサービスの開発に携わっていた。同期六人の中では、もっとも評価されている。

「寝てねえ」

肇はそう言うと立ち上がる。

肇と佐藤は、近い部署の同期ということでよく一緒に遊んでいた。昼もだいたい一緒に食べるし、休日に一緒に出かけることもある。人づきあいが苦手で、ほとんど友達のいない肇の数少ない社内の友人だ。

佐藤は溌剌《はつらつ》としていて、誰にでも好かれそうなタイプだ。見かけもハンサムというほどではないが、きりっとした感じでカッコいい。それがなぜ自分とばかり遊ぶのか、肇にはよくわからなかった。

天ぷらうどんを食べ終えた佐藤は、おもむろに口を開いた。

「お前にだけは言うけど。オレ、もうすぐ会社辞める」

昼時の混雑の騒音に負けないよう、少し大きめの声だ。肇は、どきりとした。

「なんだ、それ？　突然すぎないか？」

「ちょっと母親の調子が悪くなってさ。一昨年くらいから危ないかもって医者には言われてて、ごまかしごまかしやってきたけど、そろそろヤバイ……感じかな」

佐藤は、食べ終わった丼《どんぶり》に目を落とした。店員が、大きな声で「月見一丁」と叫び、佐藤の声をかき消した。

「そうなんだ」

「口に出しては言わないけど、オレに近くにいてほしいみたいだしな」

肇はなんの病気か尋ねようとして、止《や》めた。訊《き》いてもなにもできない。嫌な思いをさせるだけだ。

「なんで黙ってたんだ？」

「オレ、送別会とか嫌いなんだよ。だからぎりぎりまで黙ってるつもり。総務とマネージャーにもそう頼んだ。でも、お前にだけは言っておこうと思ってさ」

佐藤は肇と目を合わさずにつぶやいた。

お前にだけは……というセリフに肇は少し感動した。そんなことを言われたのは初めてかもしれない。

その時、肇の頭の中で、カチリとスイッチが入った。

こんな風にスイッチが入ったような感覚を味わうことがたまにある。異常に直感が働くようになり、驚くほど頭の回転がよくなる。目の前の佐藤の頬の筋肉、眼球の動きが妙にはっきりと見え、さきほど交わした会話が脳内でリフレインする。なにかがおかしい、と感じた瞬間、記憶が巻き戻り、齟齬《そご》をきたしたものの正体がわかった。

「それってほんとの理由じゃないよな？」

肇は佐藤の目を見て言った。佐藤は、すっと目をそらす。

「なんの理由？」

「会社を辞める理由。だって、お前、去年の夏に妹さんがご両親に子供を預けて遊びに行くことに文句言ってた。重病の親にそんなこと頼むはずない」

「すごいな。一年前のひと言を覚えてるのか……」

「それだけじゃない。お前の帰省回数や日数は、入社以来変わっていない。もし本当に親の調子が悪いなら、回数が増えたり、実家の滞在日数が増えたりするんじゃないか？」

肇は言いながら、よくそんなことを思い出したな、と自分でも驚いていた。佐藤は黙って肇の顔を見ていたが、

「お前、記憶力がいいだけじゃない。どの情報が他の情報にどうつながっているのか直感的に理解してるんだ」

ややあって口を開くと苦笑いした。

「おい、はぐらかすなよ」

「ああ、悪い。本当の理由は、そのうち話すよ。それにしても、お前はハッカーになる

といいと思うよ」

「……なんで？」

「お前の中にはゴーストがいる」

「ゴースト？」

「伝説のハッカー、ケビン・ミトニックは、ハッキングの最中、監視されていると感じることが何度かあったそうだ。その時、侵入したシステムのモニターで彼の動きを監視してる連中は確かにいた。でも、そんなの普通のヤツにはわからない。第六感ってヤツだ。いざという時、自分の中のゴーストがささやくのさ。それが一級のハッカーとそうでないヤツの違いだ」

ゴーストというのは、自分のスイッチのようなものだろうか？　だが、それにしては大事な場面で働いてくれない。

「へえ、ゴーストねえ。お前にもいるの？」

佐藤は自嘲的な笑みを浮かべた。

「残念ながらオレにはゴーストはいない。いればこんなハンパな状態で会社を辞めたりしない」

ハンパな状態ってどういう意味だ？

尋ねようとしたが、佐藤は笑いながら立ち上がった。

「じゃ、寄るとこあるんで先に出る」

別に一緒でもいいんじゃないかと思ったが、そう言うよりも早く佐藤はレジへと歩き出していた。残された肇の違和感は深くなった。なぜ、ウソまでついて退職の理由を隠すのだろう？


その日、肇は珍しく時間通りに退社した。普段なら一時間くらいサービス残業するのだが、たまたま仕事が早く片付いたのだ。

マンションに着くと、建物の前にいつもの宅配便のトラックが停《と》まっていた。ロビーに入ると、配達人がエレベータに乗ろうとしている姿が目に映った。毎回届けてくれるのは同じ人だ。もしかすると、ラスクを配達した時のことを覚えているかもしれない。

「あ、待って！　待ってください」

肇は叫びながら駆け寄った。宅配便の青年はエレベータの中で、『開』ボタンを押して待っていてくれた。

肇が息を切らして乗り込むと、青年はすぐに扉を閉じた。ごうんとうなりを上げてエレベータが動き出す。

「あの……ちょっといいですか？」

手元の伝票を見ていた青年が顔を上げた。

「はい？」

「ちょっとお訊きしたいことがあるんですけど」

「荷物運びながらでもいいっすか？」

エレベータはすぐに三階で止まり、ふたりは一緒にエレベータを降りた。青年は台車を押して通路を歩き出す。

「それで、なんでしたっけ？」

「僕……あのわかります？　ここに住んでる者ですけど……」

「わかりますよ。名前や部屋番号までは覚えてませんけど、何度か荷物をお届けしたことありましたね」

「七〇五の高野ですけど、僕宛ての荷物を管理人さんに預けたことってありますか？」

「いや、ここの管理人さんは預かってくれないですよ」

「ほんとですか？」

「ええ、そう言われてますから間違いないです。誰の荷物も預からないはずです」

青年は、はっきりと言い切った。

「そうか、そうなんだ」

「じゃあ」

青年はドアの前で台車を止め、インターホンを押した。

「ペギラ急便です。お届けにあがりました」

第二章　逆　襲

肇は部屋に戻ると、着替えてベッドに寝転がった。

もやもやした感情が湧き上がってくる。もちろん心配だし、不安でもある。同時に悔しかった。謎をつきつけられているのに、解くことができない。それがもどかしい。

もう一度調べてみよう。起き上がり、パソコンに向かった。

ネットで過去のなりすまし事件などを調べているうちに、新しい不安が湧いてきた。なりすましされてラスクを買われたことばかり気にしていたが、他のネットサービスは大丈夫なのだろうか？　肇は、ネットショップに使っているＩＤとパスワードを他のサービスでも使っている。ひとつのパスワードを複数のサイトで使い回すのはよくないとは知っているのだが、つい面倒なので同じにしてしまっていた。

あわてて他のネットショップやネットバンクの口座など、重要なものを立て続けにチェックした。幸い、特に変化はなかった。念のため、それぞれ新しいパスワードに変更し、同じものの使い回しをなくした。

最後にあまり使っていないフェイスブックにログインして、肇は愕然《がくぜん》とした。見知らぬ人のパーティに参加している写真を投稿したことになっていた。誕生会をカラオケでやったらしい、数人が肩を組んでおり、そこに自分もいる。参加した覚えはない。先週の週末だ。記憶違いをしようがない。誰かが自分になりすまして、パーティに参加し、写真まで投稿したのだ。嫌な汗がどっと噴き出した。

なにが起きているのかわからなかった。頭の中で先週の行動を繰り返し確認した。パーティの記憶などない。参加しているメンバーにも覚えがない。

しばらく無言で食い入るように写真に見入った。大変だ！　ということだけが頭の中で繰り返されて、どうすればいいのかわからない。「ありえないだろ！」と思わず言いそうになる。

自分の写真を何度も見直したが、ピントがぼけており、はっきり顔がわからない。目をこすり、顔を近づけてみたが、もちろんはっきり見える道理はない。似ているような気もするが、別人と言えば言えないこともない。逆に本人だと言えばそれで通りそうにも思える。わざとぼかしたのに違いない。自分になりすました誰かが、正体がわからないように顔をぼかしたのだ。

なんのために誰がこんなことをするのかわからない。ざわざわと胸の奥で不安がふくれあがった。

ハッキング被害のニュースはよく観るが、まさか自分がそんな目に遭うとは思わなかった。間違いなく、誰かに狙われている。しかも目的がわからない。普通なら金だが、実害はラスクだけ。いたずらのようなものだ。しかし単なるいたずらにしては手が込みすぎている。

不安が大きくなり、思うように考えがまとまらない。

これではダメだと思い直し、ネットで情報を集めてみることにした。被害にあった人々はどんな風に対処したか調べようと考えたのだ。だが、いくら調べても、被害にあった体験談はあっても、役に立つような情報はほとんど見つからない。要するになにもできることはないのだ。せいぜいクレジットカード会社に支払いを止めてもらうよう交渉するくらい。フェイスブックのなりすましも、泣き寝入りが多い。ネット犯罪に対して、いかに無力なのかを思い知らされた。

とにかくまず警察に届けようと思い、スマホを手に取った。一一〇番、子供の頃から知っていて一度もかけたことのない番号を押そうとして思いとどまった。警察に届けるだけの証拠がない。くわしく状況を説明すればするほど、警察の人は肇の記憶違いだと思いそうな気がした。考えてみれば自分が自分であって、フェイスブックに書き込んだのは別人であることを証明するのは難しい。

ネット上の『自分』というのは情報のかたまりでしかない。書き込んだ内容、写真……全部単なる情報、データだ。どんなにたくさんの情報があったとしても、たった一組のIDとパスワードで全部奪われてしまい、なりすまされてしまう。いくらあれは自分じゃないと言っても、それを証明するのは至難の業だ。逆に盗んだ犯人は、書き込んだり写真をアップすることでどんどん情報を増やすことができる。オフ会で直接会ってしまえば、リアルで本人だと認識してもらえる。

スカイプで佐藤がオンラインになっていたので話しかけてみた。ハッキングにくわしい人間にアドバイスをもらいたい。冷や汗が流れた。

——ちょっといいかな？

——ヒマだからいいよ。なんだ？

——フェイスブックのアカウントが乗っ取られたみたいなんだけど、どうしたらいいと思う？　勝手に書き込まれたり、写真アップされたりしてるんだよ。

——リベンジポルノか？

——なんだ、それ？

——別れた恋人が腹いせに、恥ずかしい写真なんかをネットに晒《さら》すことだよ。でも、つきあってる女の子なんていなかったよな。

——いないよ。悪かったな。それにアップされた写真はオフ会の写真で別に恥ずかしいものじゃない。でも、問題はオレじゃない誰かがオフ会に参加して、オレだって名乗ってることなんだ。

――どういうことだ？

なにが起きているかを佐藤にかいつまんで話した。

――やられてるのがフェイスブックだけなら、アカウント削除すればいいんじゃないか？　でも普通に考えてお前のパソコンそのものが乗っ取られて遠隔操作されてる可能性もあるよな。大事なデータをバックアップしてから、パソコンのデータを全部消去してインストールし直したほうがいいかもな。

――すごく大変じゃないのか？　それにどんな攻撃をされたかわかってないんだから、またやられるかもしれないだろ。

――攻撃方法は進化してるから、過去にやられた攻撃がわかっても意味ない。相手が本気で狙うつもりなら何度でもやられるさ。

――怖いこと言うなよ。いい対処方法知ってたら教えてくれ。

――明日昼飯を一緒に食おう。その時、教えるよ。

――なんで今教えてくれないんだ？

――だって、お前が本物かどうかわからないだろ。フェイスブック乗っ取られたってのも、本当かどうかわからない。もしもパソコンを乗っ取られて遠隔操作されてたら、なんでもできるからな。

——この間一緒にうどん食っただろ。これはオレたちふたりしか知らないことだ。これでオレが本人だって証明になるよな。

——そんなの同じ会社のヤツなら知ってて不思議じゃないし、そもそも会社で会ってるお前が、高野肇本人かどうかもわからない。学生時代あるいはもっと前に誰かが入れ替わってたかもしれない。背格好が似てれば肉親以外はごまかせるだろ。フェイスブックを乗っ取ったのが本物っていう可能性もある。

——おい、リアルのオレもニセモノかもしれないってのか？

——そうだよ。お前に限らず、誰が本物かなんてもうわからないのさ。ネットでＩＤと個人情報を盗まれて、身分証偽造されたらいくらでもなりすませる。日本の行方不明者って年間十万人前後いる。このうち見つからないのは一万人前後。何パーセントかは他の人間になりすまして暮らしてるかもしれないって思うとお前がニセモノでもおかしくない。

——やめろよ。よけい怖くなるだろ。

——冗談じゃなくて本当のことさ。まあ、明日どうすればいいか説明してやるよ。写真付きの身分証明書をもってこい。

——……免許証持ってくよ。頼む。

佐藤なら安心させてくれるアドバイスをくれると思ったのだが、逆だった。知っているだけに、怖さや危うさがわかっているのだろう。おかげでさらに不安になった。いったいどれだけの人間が他人になりすまして暮らしているのだろう?

肇は、なかなか眠りにつけなかった。

翌朝、肇がマンションのエントランスでポストから新聞を取り出していると、後ろからやってきた女子高生と目が合った。時々顔を合わせる子だ。

「おはようございます」

女子高生が明るい声で挨拶した。肇は、おはようと答え、微笑む。健康的なまぶしい笑顔に思わず眼を細める。真夏の暑さに負けない若さを感じる。

続いて中年男性がやってきた。普段は軽く会釈を交わすだけだが、その日に限って目が合った。そんなことは滅多になかったので、互いに驚いた。肇が反射的にぺこりとお辞儀すると、相手も同じようにお辞儀して出ていった。

続いて昨日の女性が現れた。

黒いTシャツにジーンズ。いつも暗い色の服を着ている。

「……おはようございます」

女性は、小さな声で挨拶した。声を聞いたのは初めてだ。肇も挨拶を返した。女性がポストに向かい、新聞を取り出す。なんとなくその姿をながめていると、視線に気づいた女性が振り返った。吸い込まれそうなくらい澄んだ大きな目に不意打ちされた。ふたりの視線が宙で交差する。そして同時に目をそらした。

その時、エレベータから降りてきた住人たちが肇の横を通り過ぎた。数人がマンションの入り口ではなく、裏口に向かう。裏口にゴミ置き場があるのだ。そういえば今日は燃えないゴミの収集日だった。

駅に向かう道すがら、これまでのことを思い返してみた。

警察に届けるにしても、もう少し証拠になるものがないとダメだろう。それにしてもいったいどこでアカウントを乗っ取られてしまったのだろう？　アンチウイルスソフトもちゃんと入れていたし、怪しげなサイトには行ったことがないし、つけ込まれるような隙はないような気がした。とはいえ、鉄壁の守りを固めているはずの政府のサーバだってクラックされるのだ。素人のパソコンなど、プロがやろうと思えば簡単なのだろう。

でも、なにか手がかりはあるはずだ。

改札口にＳｕｉｃａを軽く当てた。ピッと電子音がして扉が開く。

その時、カチリとスイッチが入った。

なにかが違う。

次の瞬間、肇の頭の中にこれまで起きたことが、アルバムの写真のようにずらりと並んだ。並べ替えれば、そこに犯人の姿が浮かび上がるような気がした。

・犯人は肇のIDとパスワードを利用してラスクを購入した。

・ラスクの配送先は肇の部屋。犯人はなんらかの方法、それも不自然ではない方法でラスクを受け取った。

・犯人はフェイスブックのアカウントも盗み、肇になりすまして書き込みを行っていた。

・肇のパソコンには、アンチウイルスソフトが入っている。

・ラスクを購入したネットショップとフェイスブックのパスワードは同じだ。IDはどちらもメールアドレスで代用可能。

肇は、ホームにあふれる人の波に混ざった。意識しなくてもいつもと同じ乗車位置に移動している。そしてこれ以上乗れないのではないかと思えるような状態の電車に、隙間を見つけてするりと乗り込む。電車が動き出すと車窓に押しつけられた。電車が会社のある駅に着くと、ほとんど無意識にホームに降り、歩き出した。会社のビルのエレベーター前で同僚に会い、そこでようやく犯人探しは中断し、現実に意識が戻った。

昼休みに会社のパソコンを使って、朝の推理の続きを始めた。検索しながら考えたほうが効率的だと思ったのだ。会社のパソコンなら犯人に監視されることはないだろう。ネットショップもフェイスブックも自宅のパソコンでしか利用していない。

　まず知りたいのは、ネットショップのＩＤとパスワードを盗み出した方法だ。これまでのことを総合すると、誰かが自分をねらいうちしてＩＤとパスワードを盗んで悪さをしているように思える。

　肇は、情報を盗む方法をネットで検索した。

　キーロガー、スパイウェア、バックドア……聞いたことはあるが、よく知らない。どうやら、特定のターゲットから情報を盗むために作られたものであれば、アンチウイルスソフトにも引っかからないものがあるらしい。最近のウイルスは、マルウェアと呼ばれていることも知った。多様化したために、広義の呼び方であるマルウェアに変わったのだと言う。恐ろしいことに、専門知識なしに攻撃用のマルウェアを作るキットが十万円くらいで販売されており、サポートサービスまであるようだった。誰でも簡単にハッカーになれる時代なのだ。

　調べていくうちにメールでマルウェアを送り込まれた可能性が高いとわかった。毎日百通以上受信しているから、うっかりマルウェアを仕込んだ添付ファイルをクリックしてしまったことがあるかもしれない。怪しい添付ファイルのあるメールをチェックすることにした。

肇は自分のGメールからメーラーに最近のメールをダウンロードした。いったん読んでも削除しないでいるので、自宅で見たメールを会社のパソコンにダウンロードし直すことができる。

まず、添付ファイルつきのものだけを表示した。取引先からの見積書、企画書、社内連絡の文書……それでもたくさん残ったが、根気よくひとつずつチェックしていった。本文の内容と添付ファイルを見比べて、おかしな点はないか確認する。気心の知れた相手でも、なにかの間違いでマルウェアに感染して遠隔操作されている可能性があるから、どのメールも気が抜けない。

あるメールをチェックした時、アンチウイルスソフトが、マルウェアが添付されていると警告を発した。以前、受信した時には警告は出なかったから、その時点で発見されていない新種のマルウェアを使ったのだろう。つまり、犯人はかなり知識のある人間だ。発信者を見て、ぎょっとした。にわかには信じられなかった。だが、つじつまは合う。相手がハッカーだったとすれば、最近の言動も合点がいく。自分をハッカーの仲間に引き込もうとしているのかもしれない。適性を見るためにIDとパスワードを盗んでみて、反応をチェックしているのかもしれない。これから本格的にアンダーグラウンドに潜ってサイバークライムに手を染めるために相棒がほしかった……まさかね。だが、もしそうだったら致命的なんじゃないかとも思った。相手は自分のことを知りすぎている。不安がぶり返してきた。念のため他のメールもチェックしたが、マルウェアが検知されたのはそのメールだけだった。間違いない。

「メシ、行こうぜ」

肇はぎょっとして振り向く。

「珍しく熱中してるじゃないか？　対処方法を教えることになってたよな？」

屈託のない笑顔を浮かべた佐藤がいた。

「……確かにお前の中にはゴーストがいないみたいだな」

肇が強ばった顔でそう言うと、佐藤はなにかを悟ったようだ。

「なぜわかった？」

「やっぱり、そうだったんだな。あまり驚かないところを見ると、オレが気づくことは予想してたんだな」

不思議と怒りはなかった。むしろ、認めてくれてほっとした。悪意があるなら、素直に認めないだろう。

「まあ……な。メシ食いながら話そう」

ふたりは会社の近くのイタリアンレストランに入った。普段はランチでも行かない高めの店だ。佐藤がおごると言うので肇も同意したが、味はわかりそうになかった。さきほどから心臓がばくばくと激しく脈打ち、うまく考えられない。

「くわしいことは言えないんだが、オレはあるハッカーチームに所属してた」

注文を済ませると佐藤は、声を潜めて言った。

「ハッカーって仕事は、オレに向いてない。数年間やってみて、よくわかった。金もできたし、しばらく東京を離れてのんびりしようと思ってさ。で、後継者を推薦してくれって頼まれて……すぐに思いついたのが、お前」

肇はあっけにとられた。

「なんで？　オレ、そっち全然くわしくないよ。知ってるだろ」

「適性あると思うよ。なんて言えばいいかわからないけど、そういう匂いがするんだよ。知識や技術なんかあとで身につければいい」

肇は佐藤の顔をじっと見た。どこまで本気なのか計りかねる。佐藤はにやりと笑うと、肇の気持ちを見透かしたように、

「お前には素質がある。信じろ」

と低い声でつぶやいた。

「素質……ねえ」

にわかには、信じられない。

「それに……それってヤバイことするんだろ」

「うん、まあ、そうだな。でも、いい収入になるよ」

「止めてくれよ。オレは善良な一市民だぞ」

「そんなのは紙一重だよ。ネットを利用している以上、いつでもあちら側に行く可能性がある。赤信号で横断歩道をわたるようなもんだ」

「やらねえ。あのなあ……とにかく、まず、ラスクの金を返せ。それにフェイスブックをなんとかしてくれ」

「やったのは、オレじゃないんだ。いや、オレも手伝ったけど、全体を計画したのは違うんだ。だからなにをどうやったかもオレはよく知らない。直接手伝ったのはフェイスブックだけだ」

「なにそれ？　どういうこと？」

パスタが運ばれてきて、会話は止まった。

その後の話を要約すると、佐藤は自分の後継者として肇を紹介した。するとハッカーチームのボスが肇をテストすると言い出した。今回のラスク事件がそれだ。仕掛けに気づき、佐藤の関与を見つければ合格。

「頼んでもいないのに、テストなんかしやがって」

この話はどこまで信じていいのだろうと考えながらも、肇の不安は少しずつ薄れていった。

「合格したんだから、喜べよ。オレからボスには連絡しとく。いいことあるぜ、きっと」

「あのさ。オレが気づいたことを黙っていてくれないかな」

言ってから、なんでそんなことを言い出したのか、自分で自分を訝《いぶか》しく思ったが、すぐに理由はわかった。悔しかったからだ。いいように相手の罠《わな》にはまり、強制的にテストを受けさせられたのだ。相手を驚かすような逆襲をしてやりたい。

「なんで？　せっかくテストにパスしたのにもったいない」

「全然うれしくねえ。どうせなら逆に相手の正体を暴いてやる」

「おいおい、何年も一緒に仕事してるオレだって知らないんだぜ。言っちゃ悪いが、素人《しろうと》のお前には無理だ」

「やってみなけりゃわからないだろ」

「本気か？　いいよ、おもしろいから黙ってる」

佐藤は笑った。肇だって思わずそう言ったものの、自信はなかった。ただ、やられっぱなしでは気持ちが治まらないし、なんとか仕返しできるような気がしたのだ。言葉で表現するのは難しいが、急に視界が開けたような感覚だ。

佐藤と別れて自席に戻ると、会社の仕事をこなしつつも、頭の中はボスの正体を暴くことでいっぱいだった。手がかりはほとんどないが……。

三時を過ぎ、オフィスにだれた雰囲気が漂いだした。喫煙室に行く者、コンビニへおやつを買いに行く者、コーヒーを淹《い》れに行く者がぱらぱらと席を立つ。肇は、ぼんやりと周りの人の動きをながめていた。

ひとりの女性社員がコンビニ袋を持って戻ってきた。机にアイスカフェオレとシュークリームを出し、美味《おい》しそうに食べ始めた。やがて食べ終わると、シュークリームの入っていたビニール袋を足下のゴミ箱に放り込んだ。

その時、スイッチが入った。

ゴミだ。あのラスクはビニール袋に入っている。さらに二枚をひとつの袋に詰めている。つまり食べれば必ずプラゴミが出る。そしてプラゴミの日は、二週間に一回。直近の注文は八十枚入りだ。約二週間前。あのラスクは、美味しいのだが、それなりにお腹にたまる。一日にそんなに何枚も食べられないはず。まだ全部食べきっていない可能性も高い。ということは次のプラゴミの日にゴミ漁《あさ》りをすれば、見つかるかもしれない。

配送先は自分の部屋だったが、自分は受け取っていない。なんらかの方法で犯人が横取りしたわけだが、それができるのはこのマンションのどこかだろう。つまりマンションの住人の可能性が高い。そうでない可能性もあるが、試してみる価値はある。

次は水曜日がプラゴミの日だ。ゴミ収集車は昼過ぎに来るから、遅い人は十一時半くらいに出しに来る。漁るとすればその後だ。会社を午前中休まなければならないが、いたしかたない。

しかし、マンションのゴミ置き場でゴミ袋を漁っていたら、不審に思われる。考えた挙げ句、深夜二時くらいに一度自分のゴミを置き、朝はいったん普通にマンションを出て、それから十一時半過ぎに、間違って大事なものをゴミ袋に入れて出してしまったという設定で、ゴミ置き場に行くことにした。大事なものは、腕時計でいいだろう。

水曜日の深夜二時、肇は計画通り腕時計を自分のゴミ袋に入れ、マンションのゴミ置き場に置いた。万が一見つからなかったことを考えて、安物のデジタル時計にした。

部屋に戻ると朝八時まで寝て、九時に出勤と見せかけ、駅前の喫茶店で時間を潰し、十一時半にマンションに戻り、ゴミ置き場に向かった。数時間かけて汗だくになりながら、やっとの思いでラスクの袋の入ったゴミ袋を見つけた。だが、犯人の手がかりになるようなものは見つからず、無駄だったかとあきらめかけた時、スイッチが入った。ラスクの袋の数が自分が注文したことになっている数よりもかなり多かった。犯人自身も同じショップにラスクを注文していたに違いない。かすかだが、確かな手がかりだ。

その日の夕方、会社から一台ノートパソコンを借りて帰った。自分のパソコンが乗っ取られている可能性が高い以上、それを使うのは危険だ。だが、もし犯人にパソコンを監視されているとすれば、使わなければ怪しまれる。ツイッターや差し障りのないメールは、自分のパソコンを使い、犯人捜しを会社のパソコンで行うつもりだった。

会社から家に帰ると、まず犯人の行動をイメージしてみた。

肇のIDとパスワードでログインする。そしてニセの注文を出す。お届け日を肇のいない月曜午前に指定する。そして宅配便が届けに来たら、なんらかの方法で受け取る。いったいどうやって受け取るんだ……そこで重大なことに気がついた。

このマンションはオートロックだ。確実にマンションに配達員が入るためには、同じマンションの住人が、同じネットショップで、同じ時間帯に届くように指定して注文すればいいのだと思いついた。

確認するためには、ネットショップのサーバに残っている注文と配送の記録を見れば一発でわかることだが、それはハッキング、犯罪だ。

しばし悩んだ後、肇は自分の身を守るためと言い訳して、ハッキングすることにした。ネットでハッキング情報を漁って侵入方法を研究する。アクセス元をたどられないように匿名化ツールを入れ、ネットショップにアクセスし、データベースに侵入できる穴がないか探す。普通にアクセスした範囲では問題は見つからなかった。にわか知識のハッキングではダメかと思ったが、他の方法も試してみる。完全な外部からの侵入ではなく、正規ユーザーとなってから管理ツールの弱点を探すのである。個人設定や過去の注文履歴などの機能は会員にしか提供されていない。利用者が限定されている分、セキュリティが甘い可能性もある。ハッキングというと高度な技術や知識が必要に思われるが、実際にはパソコンを使える知識があれば、素人でもすぐにできる。そのためのツールや情報はインターネットにあふれている。

でたらめのプロフィールで会員登録し、ネットで見つけたいくつかの方法を試してみて、他の利用者の情報を表示するようなコードをうまく潜り込ませることに成功した。期間を直近一カ月、住所を自分の住んでいる調布市、商品をお菓子のジャンルに限定し、該当する注文を一覧表示させた。結果は、二十八件。その一覧画面を見た時、思わず快《かい》哉《さい》を叫びたくなった。やった。これで犯人がわかる。じっと画面を見つめる。自分の家にラスクが届いた日と同じ日にラスクを注文した同じマンションの住人がひとりだけいた。名前と住所、電話番号が目の前にある。

隣の住人、安部《あべ》響子《きょうこ》。鳥肌がたった。オートロックを開けるトリックから同じマンションの住民だと考えていたが、まさか隣だったとは。長身で黒ずくめの姿が頭に浮かんだ。儚《はかな》げで美しい女性に、ハッカーのイメージはそぐわない。

だが、これだけでは不充分だ。たまたま同じ日に注文したと言い張ることもできる。

偶然にしてはできすぎているが、絶対にないわけではない……安部を問い詰めて白状させよう。安部が自分にしたことの逆をやって、お前の手の内はお見通しだと思い知らせる。そうすれば、さすがにあきらめるだろう。だが、そのためには罠を仕掛けなければならない。さらにハッキングを行うことになる。やりすぎかもしれない、という考えが頭をよぎったが、止められなかった。

コードを送り込むと、安部の最新の注文内容が表示された。これから届くものだけが表示される。来週、新しいラスクが届く。安部が自分のIDで自分のために注文したものだ。配達希望日時を指定してある。これを書き換えて、安部がいない時に配達させるようにすれば、代わりに受け取ることができる。安部が肇宛ての荷物を受け取ったように。

ほぼ毎日、午前中に安部がドトールに出かけるのを見ていたので、土曜日の十時から十二時に配送を指定した。まんがいち安部が在宅だったら、受け取ったところで顔を出して種明かしをして話を訊くことにした。

データベースに対していくつかのコードを試し、新しい命令をデータベースに送り込み、首尾よく配達希望日時の変更に成功した。最後に自分の分も注文しておく。

やがて、その日がやってきた。肇は、早朝から玄関ののぞき穴から通路を監視していた。九時頃に安部が通ったのを確認した時は、ほっとした。これで安部の部屋は留守になった。

そのまま、配達が終わるまで帰って来ないでくれと祈りながら、さらに監視を続ける。十時過ぎた頃からじりじりし始めた。時間指定とは言っても、渋滞していれば遅れるかもしれない。心配が頭をよぎる。とりあえずテレビを見て時間を潰しながら、時々、インターネットで配送状況を確認する。何度見ても、「配送中」なのだが。

十一時半を過ぎて、やっとインターホンが鳴った。待ってましたとばかりに飛びつくと、宅配便だった。マンションの入り口を解錠し、部屋の玄関に立って待ち構える。

やってきた配達員を見て、おや？　と思った。いつも会う配達員ではない。

「いつもの人と違うんですね」

肇は、自分の分のラスクを受け取りながら尋ねた。

「シフト組んでますから」

配達員は、ぼそりと答えた。思わず声を上げそうになった。なぜ気づかなかったんだろう。そうだったのか……配達員はひとりではなかったのだ。肇が直接顔を合わせる配達員は、時間も曜日も限定されている。会う可能性のない配達員の担当の曜日と時間を狙って配達してもらえば、直接訊かれてもばれることはない。

「お隣の安部さん、出かけてるんですよ。もし宅配の人が来たら受け取っておいてくださいって言われたんですけど」

さりげなく言う。

「あ、そうですか」

特に疑問をもたれず、その場で荷物を渡してくれた。肇は伝票に自分のハンコを押す。

「安部さんは貼り紙しないんですね」

配達員が帰りしなにつぶやいた。

「貼り紙って？」

「こちらが留守の時は、〝お隣の安部さんに預かってもらってください〟って貼り紙してるじゃないですか。ちゃんとハンコも捺《つ》いて」

「ああ……そのこと」

さもわかっている風に答えたが、内心驚いていた。自分が留守の時に、そんな貼り紙を扉に貼っていたのか。それなら、配達員が安部に預けるのも道理だ。

安部が指定した本来の配達時間は夕方だ。安部は言われるまで、自分のラスクがもう届いてることに気づかないだろう。後は安部の帰りを待つだけだ。エレベータを降りて安部の部屋に行くためには、肇の部屋の前を必ず通る。のぞき窓で廊下を見ていればわかるはずだった。

正午を少し過ぎた頃、部屋の前を安部が通り過ぎた。肇は、あわててドアを開いた。むっとする熱気が身体を包む。同時に鼓動が速まり、全身が緊張する。

「宅配便の人が来たので受け取っておきました」

そう言いながら、安部宛てのラスクの箱を掲げてみせる。安部は、何度か目を瞬きした。半袖の黒いワンピース、胸元に赤いリボンがついている。肌の白さが、いつもよりきわだって見えた。

「それはご親切にありがとうございます」

ややあって、そう言うと大仰に頭を下げた。黒髪がばさりと、勢いよく前に垂れる。

「あ」

安部は、小さくそう言うと、頭を上げながら両手で髪を整えた。顔が赤くなっている。

「こちらこそ、何度も僕宛てのラスクを受け取っていただき、ありがとうございました。ずいぶん長く預かっていただいてるみたいですけど」

「なにか勘違いなさっているようですね」

安部は言いながら、肇の前に歩み寄った。無言で自分宛てのラスクの箱を受け取る。間近で見ると、本当に透き通るような白い肌だった。頬だけ少し赤らんでいる。今にも倒れそうに細い身体。妙に大きな目が特徴的だ。黒目が落ち着きなく動き、視線を合わせないようにしている。

「なぜわかったか、説明しましょうか？」

肇が言うと、安部はラスクの箱を両手でしっかりと抱きしめ、首を傾《かし》げた。その仕草が妙に子供っぽく、肇はうっかりかわいらしいと思ってしまった。

ややあって安部はラスクの箱を足下に置くと、両手を胸の高さに上げ、パンパンと数回機械的に拍手した。昼下がりのマンションに、拍手の音が響く。それからぎこちなく微笑んで見せた。

「なにしてるんです？」

不安が胸をよぎった。女性だから大丈夫だろうと思って直接話しかけたが、相手は犯罪者なのだ。犯行がばれたら、なにをするかわからない。手を叩いているのは、仲間を呼ぶ合図なのか⁉

「拍手。あなたは私の予想以上の人材です。感服いたしました」

「どういう意味です？」

「あなたを見くびっていました。まさか、ラスクの袋を漁った後に、サイトをクラッキングするとは思いませんでした」

「知っていたんですか？」

どきりとした。会社から持ってきたパソコンもいつの間にか、乗っ取られていたのか。

「さまざまな条件を考えると、それしか可能性がありません。私はマンションのゴミ置き場の出入り口が見える位置にWEBカメラを設置しています。誰かがゴミを調べにやってきたらすぐにわかるようにです。警察や税務署の人は、制服かスーツで来るので見分けやすい。あなたは同じ日に二度もゴミ置き場に来ていた。しかも二度目は勤務時間。その次はネットショップへの侵入。ハッキングして配送日を変更して、今朝配達させたのでしょう。私は、あなたがゴミ漁りやハッキングまでできる人とは思いませんでした。正体を知られた以上、あなたが仲間になってくれなければ私は姿をくらますしかありません。このマンションも捨てます」

安部は、肇の視線を避けるようにうつむいた。黒髪がはらりと垂れる。

「マンションを捨てる……大げさですよ」

いったい、この人はなにを言おうとしているんだろう。

「いえ、これまでもそうしてきましたし、今回もこれからもそうするつもりです」

「はあ」

「これまで仕掛けを見破った人間はたくさんいましたが、私を罠にかけた人は初めてです。最高の人材です。素人とは思えません」

「……いや、その前に僕に謝るべきじゃないんですか」

安部には、全く悪びれた様子がない。開き直っているように見える。肇は、なりすましを見つけた時の不安を思い出して、むっとした。

「ＩＤとアカウントを盗んだことですか？　あなたは、そのことで怒っているのでしょうか？」

言われて気がついた。不安を感じたり、悔しく思ったりすることはあっても、怒りを感じることはなかった。犯人を突き止めようとしたのは、悔しさと好奇心からだ。だが、それにしても、だから謝らなくていいとか、犯罪でなくなるとかいうわけではない。

「当たり前でしょう。被害を受けてるんだから」

「では、謝ります。申し訳ございません。お許しください」

安部は、そう言うと頭を下げた。髪がまた前に垂れた。

「……ほんとは悪いと思ってないんじゃありませんか？」

「悪いと思っていたら、最初からやりません。露見したからといって価値観が変わるわけではありません」

あまりにも堂々とした言い方に肇は驚いた。

「なんで、そういうこと言うんですか」

安部は黙って肇を見た。目を合わせないように、つま先から頭のてっぺんまでじろじろと観察するようにながめる。そして最後に自分自身のつま先に視線を落とした。

「私のチームに参加してください」

きた！　佐藤の言ったとおりだ。

「僕は犯罪者になんかなりません」

「なぜ？」

「……なぜって、悪いことだからです」

「善悪と犯罪は関係ありません。犯罪は特定の国の法律に違反することです。世界のいくつかの国では、政治的発言をしただけでも犯罪者になる。犯罪は相対的な概念に過ぎません」

「そうかもしれませんが、僕は普通の人間です。警察に捕まりたくないです」

「私の言う通りにすれば捕まりません」

「あなたの言ってることは支離滅裂です。とにかく、あなたは僕のＩＤとパスワードを盗み、勝手にラスクを注文した。これは犯罪です」

「証拠はありません……そうでしょ？」

「いや、だってあなたが、こうしてここにいるのが証拠でしょ」

「偶然です。ただの偶然」

「……わかりました。僕の言うことが通るかどうか、警察で話してみます。警察がダメなら、弁護士に相談します」

「誰得《だれとく》？」

「は？」

「こういう時、『だれとく』って言うのでしょう？　警察は、あなたのことを相手にしない。証拠もなく被害金額も微々たるもの。人手不足の警察がわざわざ対応してくれるはずはない。お金を払えば弁護士は相談に乗ってくれるでしょうけど、最後に言う結論は同じ。民事訴訟は可能だと思いますが、数千円のラスクのために民事訴訟を起こすなんて、どれだけ金の無駄遣いをしたいんだと笑われるだけでしょう。つまり、あなたにとって、なんの得もない。私にも得はない。だから、誰得？」

「あの……」

肇は言葉に詰まった。罠にかけたつもりだったが、もしかすると相手は肇がこうやって自分からアプローチしてくるのを待っていたのかもしれない。そんな気すらしてきた。ここまで開き直られて黙って引き下がるのもしゃくだ。いっそ、このまま警察に連絡してしまおうか……。

その時、甘い香りが漂ってきた。目の前の安部の口からかすかな吐息が漏れた。あらためて安部を見ると、さきほどまで赤らんでいた頬から血の気が引いていた。いや頬だけではなく、顔全体が青くなっていた。

大丈夫ですか？　と尋ねようとした時、安部が再び口を開いた。

「私のチームの話を聞きたくありませんか？」

絞り出すような、かすれた声だ。

「いいえ」

肇は即座に答えた。本音《ほんね》を言うと佐藤に話を聞いた時から興味を持っていた。今回、自分でハッキングしたことで、その気持ちは強くなった。しかし「はい」と答えるのは、手の上で踊らされているような気がして嫌だった。

「そう……ですか……」

一瞬、安部と目が合った。あわてて安部は目をそらし、その拍子によろめいた。

「大丈夫ですか？」

肇は安部の両肩に手を添えて支えた。安部が無防備に体重を預けてきて、肇は驚いた。力を込めて、安部を抱きかかえる。甘い香りが強くなった。

「あの……私、人と話をするのが苦手なんです。すぐに気持ちが悪くなってしまうんです。続きは、メールかチャットにしましょう」

「はあ、それでもいいですけど……かなり調子悪そうですよ。すみません。こんな暑い廊下で呼び止めてしまって」

「そうです。あなたが長話するから……」

肇は言い返そうとしたが、今にも気を失いそうな安部の様子を見て、やめた。

「困ったな。どうしましょう」

「私は自分の力で部屋に戻れる状態ではありません。連れて行ってください」

躊躇《ちゅうちょ》したが、他になすすべもないので、安部を引きずるようにして、数メートル先の隣の部屋まで運んだ。ドアの前で、安部は肇から離れて自分の足だけで立った。よろよろしている。ポケットから鍵を取り出し、小さな声で、

「ラスクを忘れないでください」

と頼んだ。この期《ご》に及んでもラスクを忘れないのか、と驚きながらも廊下に置きっぱなしになっていたラスクを手に取った。

　安部はドアを開けて玄関に入ると、開けたままのドアに背中を預けて座り込んでしまった。肇は、ラスクを片手に持ったまま安部の横に立つ。玄関にはカラフルな長いすだれが下がっていて、中は見えない。

「どうしたんです？」

「力が入りません。動けません」

「医者を呼びますか？　それとも救急車にします？」

「いえ、ベッドまで連れていってください。しばらく横になれば治ります。たまにあるんです。驚くことではありません」

　肇は安部を背負おうと思ったが、腰を上げることもできない様子だ。緊急事態と割り切り、安部の背中と膝の裏に手を回し、持ち上げた。いわゆるお姫様だっこだ。予想よりもはるかに軽かった。

「あなたは王子様ですか？」

安部が冗談とも皮肉ともつかない言葉を口にした。真っ青でうつろな目で表情も読めない。肇は答えずに、サンダルを脱いで室内に上がった。

「失礼します」

部屋の主《あるじ》は自分の腕の中にいるのだが、なんとなくひと言、断りを入れたほうがよいような気がしたのだ。

窓にはブラインドが下ろされており、夏の日差しを遮断していた。真夏の昼とは思えない暗さだった。そしてさきほどまで留守にしていたというのに、ひんやりしている。冷房をつけっぱなしで出かけていたようだ。

右手の壁には天井まで届く大きな棚があった。本と機械が交互に並んでいる。機械からは無数のケーブルが垂れている。まるで内臓を引き出された怪物のようだ。窓際のその棚に向かって机があり、反対の壁と接したところにベッドがあった。真っ黒のシーツと掛け布団だ。枕元の棚には、ｉＰａｄや無線ＬＡＮルーターらしきものなどが並んでいる。

肇はベッドにゆっくりと安部を下ろした。黒い服をまとった安部の身体は、保護色のようにベッドに溶けた。薄闇の中に、朦朧《もうろう》とした安部の顔と細い手足が浮かび上がって、ゴシックの絵のように見える。全身汗だくの肇と対照的に、安部は全く汗をかいていなかった。

「ほんとに大丈夫ですか？」

声をかけたが、返事はない。目はほとんど閉じかけており、全く動かない。

「あの……」

肇は、かがみ込むと安部の顔に顔を近づけた。息をしているか確かめようとしたのだ。

「なにをするつもりですか？」

その時、安部が口を開いた。肇はびくっとして安部から離れる。安部はまだぼんやりしたままだ。うつろな目で、不思議そうに肇を見た。

「仲間になってくれるのなら、いたずらしてもいいですよ」

そう言うと目を閉じて、寝息を立て始めた。

肇はなすすべもなく、その場に立っていた。まさか、はいそうですか、と青い顔の女性のベッドに潜り込むことはできない。とはいえ、そのひと言は安部を女性として意識させた。妙に緊張してきた。

自分の部屋に戻りたいが、このまま帰ると安部の部屋の鍵をかけることができない。女性のひとり暮らしで鍵をかけないのは物騒だが、安部のワンピースのポケットから鍵を取り出してかけるというのもやりすぎのような気がした。

仕方がないので、安部が目覚めるまで待つことにした。

もしも安部が起きて話のできる状態だったらラスク事件のことを話す。起きても状態がよくなかったら、今日はいったん引き上げよう。

肇は床に座ると、部屋の中を見回した。本と機械しかない室内は、大学の研究室を彷《ほう》彿《ふつ》とさせた。

「私の名前は安部響子。十一月三日生まれの二十八歳です。どなたにも迷惑をかけない、因果応報のハッキングで生計を立てております。以後お見知りおきください」

妙なことになってしまった。

安部が目覚めるのを待っているうちに、肇もついうっかり寝ていた。起きてみると、自分の目の前に小さなちゃぶ台が置かれていた。

「コーヒーを淹れます。飲みながら五分だけお話ししましょう。申し訳ありませんが、それ以上は身体がもたないと思います」

声に振り向くと、安部が玄関脇のキッチンで湯を沸かしていた。張りのある声の様子から、すっかり大丈夫そうだとわかる。それからあらためて目の前のちゃぶ台を見た。ままごとに使うような、直径五〇センチくらいの小さな木製の丸テーブルだ。

「どうぞ」

安部は黒いコーヒーカップを肇の前に置いた。

「どうも」

肇は礼を言い、安部が自分の分のコーヒーカップを置いて向かいに横座りしたのを確認してから口をつけた。果物のような香りがし、透き通った味が広がった。

「美味しいコーヒーですね」

思わず言うと、安部はにっこり微笑んだ。だが、目が合うとあわててそらし、フルネームを名乗り、自己紹介を始めた。

「仕事やチームの詳細は申し上げられませんが、高校を中退してから十一年間、いろいろな仕事を転々として、これに落ち着きました。チームを作ってからは十年になります」

「なんで、そんなことを話すんですか？」

肇は、少し警戒した。このまま話を聞いてると、相手のペースにのせられてしまいそうだった。

「そうですね。なんででしょう……私の名前や住所、正体はチームの人間も知りません。知っているのは、あなただけです。どうせ知られてしまったなら、もう少しくわしくお話ししてもいいような気がしました」

「状況がわからないんですけど……僕は自分の損害を補塡《ほてん》してもらって、なりすましを止めてもらうだけでいいんです」

「すみません。もう少し私の話を聞いてください。テスト期間は三カ月でした。あなたがＩＤを盗まれたことにもフェイスブックのなりすましにも気づかなければ、そのまま元に戻して終わりにしていました。気づいて、佐藤にたどりつくまでは私も考えていました。そうしたら、仲間になっていただこうと思っていました。もちろん私の正体は明かさないままで。でもあなたは、ここまで来てしまった」

「僕も必死でしたから」

「楽しかったからではないんですか？」

安部がコーヒーの黒い水面に目を落として、つぶやいた。それから上目遣いで肇を見る。大きな目からぞくりとする艶やかさを感じてなにも言えなくなった。

安部の言う通りだった。最初は不安があったが、途中からわくわくしてきた。自分の身を守ることよりも、犯人を突き止めて驚かせてやりたくなっていた。

「仲間になっていただけませんか？」

「それは無理です。でも、お金を返してもらって、なりすましを止めてくれれば、あなたの正体をばらすようなことはしません」

とっさに答えたが、自分の中で少し気持ちがゆらいだのを感じていた。あのわくわくする気分をまた味わえると思うと、どうしても惹《ひ》かれてしまう。だが、だからといって犯罪者の仲間になるわけにはいかない。

安部はそんな肇の心を見透かしたかのように、ただ黙っていた。唇をきゅっと結び、肇の指先を見つめている。「なぜ、そんな見えすいたウソをつくのですか？」と言われているような気になった。

「……わかりました。そちらからお尋ねになりたいことはありますか？」

ややあって安部は言った。しつこく誘われるかと思っていた肇は、少し拍子抜けした。

「え……ああ……はい。じゃあ、教えてください。大量のラスクは、あなたがひとりで食べていたんですか？」

我ながら間の抜けた質問だが、あのラスクの行方が気になっていたのだ。

「ガトーフェスタハラダのラスクは、私の主食です」

安部は真面目な顔で答えた。

「だから体調悪いんじゃないんですか？」

「サラダも食べてます」

「肉とか魚とか米とか麺とかパンとか食べないんですか？」

「ラスクはパンです」

「あれはお菓子です。主食ではありません」

「私の主張が一般的ではないことは承知しています。再確認する必要はありません」

「そこまでの自覚があるなら、しょうがないですね。もうひとつ教えてください。なぜ、僕なんです？　技術を持った人は、他にいくらでもいるでしょう」

「世の中には、生き方を選べる人間と選べない人間がいます。この仕事は生き方を選べない人間のためのものです。あなたは私と同じ匂いがする。あなたも生き方を選べない人間だと思います」

「生き方を選べないって……どういう意味です？」

「……あなたは、図書室に住んでいたそうですね」

安部は、肇の問いには答えず、違う話を始めた。

「佐藤から聞いたんですか……でも、それが関係あるんですか？」

肇は高校二年生の春、家出をした。その前の年に両親が離婚し、母親に引き取られた。翌年、母親は見知らぬ男性と再婚した。その男性が妙に物わかりのよい好人物だったことが気に入らなかった。世の中の偽善を代表しているように見えた。

だが、どこにも非の打ち所はないから、文句の言いようもない。だんだん家にいづらくなって、家出した。うまく理由も説明できないので、心配しないで大丈夫、とだけ書き置きして、高校の図書室に忍び込んだ。

数日、図書室に寝泊まりした。食べ物は近所のコンビニで買い、下着は貯金を下ろしてユニクロで買った。つらい生活を予想していたが、快適だった。図書室の片隅に置いてあったパソコンで、ネットを見て時間を潰した。本も好きだったから、明るいうちは本も読んだ。

クラスメイトも、おもしろがって差し入れを持ってくるようになり、家よりも図書室のほうが快適だと思い始めた頃、学校にばれて追い出された。

「図書室に住むなんて、とても素敵だと思います。楽しかったでしょう？」

そんなこと言われたのは初めてだ。目の前の得体のしれない女性に心を許しそうになったが、すぐに思い直す。

「楽しかったです。でも、それと、さっきおっしゃってた生き方の関係が……」

「……すみませんが、そろそろ限界です。申し訳ありませんが、お帰り願えますか」

安部の顔色が青くなり、目に力がなくなっていた。さきほどまでの吸い込まれるような魔力が消えている。

「は、はい」

肇は立ち上がり、そそくさと玄関に向かった。

「仲間になることを、もう一度考えてください」

背に安部が力のない声をかけてきた。

「それはありません」

肇は振り向くと答えたが、本当にそうなのか自分でも確証が持てなくなっていた。

家に戻って、安部が隣に住んでいるのが偶然なのか、尋ねるのを忘れていたことに気づいた。それ以外にも不思議なことはたくさんある。あんな変わり者だとは思わなかったし、腕利きハッカーというイメージとはかけ離れている。

しかし、肇のパソコンからデータを盗んだのは確かだ。マンションのゴミ置き場まで監視していたらしいし、ネットショップをハッキングしたことまでお見通しだった。

そこまで考えて、自分のパソコンがまだ安部のマルウェアに感染したままだということを思い出した。今までは、安部を罠にかけるために、そのままにしていたが、もうその必要はない。

どうやってパソコンを安全な状態に戻すか、いろいろ考えた末、大事なデータをバックアップした後で、思い切って全てをインストールし直すことにした。ソフトは入れ直せばいい。安部の今日の様子から、なんとなく自分に対してこれ以上はなにもしないだろうと思ったが、仲間になることを断った以上、なにか仕掛けてくるかもしれない。とりあえずパソコンを白紙に戻すのが一番確実なように思えたのだ。

次に無線ＬＡＮなど利用しているものをひとつずつチェックした。ネットでサイバーセキュリティの情報を仕入れながら、できるだけ安全な環境に整えた。

ことの次第を佐藤に話して、相談すべきか迷ったが、やめておいた。なんといっても佐藤は、自分にマルウェアを送り込み、フェイスブックでなりすましをした張本人だ。

第三章　三つの質問

翌日の日曜日、肇はネットを徘徊《はいかい》しながら、時々玄関ののぞき穴をのぞいた。安部が通りかかるかもしれない。通ったからといってどうということはないし、声をかけることもしないだろうが、なんとなく気になっていた。

自分の隣に住む職業ハッカー。十年以上もハッキングだけで収入を得て暮らしてきたと言う。そして美人。しかも五分間しか人と会話できない。にわかには信じられないが、貧血を起こした時の様子はただごとではなかった。

それにしても因果応報のハッキングって、どういう意味なんだろう？

話を聞いてみたいと思った。どんな人生を送ってきたのか、どんな仕事をしているのか、どんな暮らしをしているのか……「生き方を選べない」と言われたことも気になる。

だが、それは無理だろう。なにしろ五分間しか話ができない。それにもう一度会えば、また仲間になれと誘われるだろう。今度は断る自信がない。

日が暮れかけた頃、夕食をとるために部屋を出ると、エレベータの前で安部と出くわした。安部は昨日とは違う黒いワンピースを着ていた。黒い裾から伸びる細く白い脚が真夏の雪のように見える。

「どうも」

肇は軽く会釈した。並んで立つと、わずかに安部のほうが背が高い。

「こんばんは」

安部は視線を合わせないようにして、肇のつま先から頭のてっぺんまで順繰りに観察した。古いTシャツにジーンズ、サンダルという油断した格好だったので少々恥ずかしい。

「ご迷惑おかけしたラスクの代金は振り込みました。月曜には着金するでしょう」

安部はぺこりと頭を下げた。その拍子にばさりと髪が垂れ、顔を上げながら両手で元に戻す。はにかむように頬に赤がさした。

「美容院に行けないんです。あの人たちずっと話しかけてくるから、すぐに気持ち悪くなってしまうんです」

「じゃあ、どうしてるんですか？」

「自分で切っています。不便な人生です」

その時、エレベータの扉が開いた。

「そういえば、生き方を選べる人と選べない人ってどういう意味ですか？　よくわからなかったんですけど」

エレベータに乗り込みながら、肇は尋ねてみた。扉が閉まる。

「わかりやすく説明すると長くなります。端的に言うと……私があなたにいくつか質問します。その質問の答えが全てNOなら、あなたは人生を選べない人間です」

安部が肇の目を見た。大きな黒目に飲み込まれそうになる。

「あなたは嫌いな人物と笑いながら食事できますか？　安全だから安定しているからという理由で、居心地の悪い生活を許容できますか？　知りたい見たい感じたいことを、いつかできる時になったらやればいいと思って我慢できますか？」

安部は三つの質問を言い終えると、すっと目を伏せた。

「私は全てNOです。口でNOと答える人はたくさんいますが、実際にはYESの生活を送っている人がほとんど。佐藤もそうです」

肇は、なんと答えたものか躊躇した。扉が開く。

「難しい質問ですね」

すぐに後悔した。意味のない返答だ。安部の真剣な質問の後に、失礼な気がした。

「ネットでは、生き方を選べない人たちと知り合うことができました。でもリアルではまだ会ったことがありません。あなたが最初のひとりです」

安部はエレベータを降りて、すたすた歩き出した。僕はまだ答えてませんよ、と言おうとして言葉を呑《の》み込んだ。あわてて降りて、安部の後を追う。

マンションの玄関の手前で、残照を受けて安部は立ち止まった。

「私に答える必要はありません。いつだって答えは自分の中にしかないんです。もしその答えが全てNOだったら……あなたは回避不能に私の仲間です」

安部はガラスのドアを押して出ていった。肇は、ぼんやりとその後ろ姿を見送った。黒と白の長身の後ろ姿が、夕陽の中に消えていく。地面に落ちた長い影がかげろうに揺れていた。


月曜日の昼、肇は佐藤と一緒に食事をとることにした。

「オレ、今日で最後なんだ。もう会社に来ない」

注文した後で、佐藤は言った。

「そうなのか？　送別会とかほんとにやらないの？」

「部署や同期でやろうって言われたんだけど断った。ああいうの苦手なんだ」

佐藤は苦笑した。

「……寂しくなるな」

肇はため息をついた。

「お前はオレ以外に友達いないもんな。昼メシ一緒に食うヤツもいないだろ」

今度は肇が苦笑する。

「好きでもないヤツと愛想笑いしながらメシ食っても楽しくないだろ」

言ってから、これは昨日の安部の第一の質問への答えだと気づいた。

「そうだけどさ。普通はひとりでメシ食うのが怖いのさ」

「怖い？　寂しいんじゃなくて怖いの？」

「お前は怖くないんだよな、きっと。ある意味、尊敬するわ。オレも含めて、みんな、ひとりぼっちだってことよりも、ひとりぼっちだと思われることが怖いんだよ。ひとりぼっちだと思われたら、変に同情されるかもしれないし、いじめられるかもしれないし、嫌われるかもしれないし、なによりもみっともないって思うのさ」

「まあ、それはわかるんだけど、だからって居心地の悪い関係を続けてられないだろ」

これは第二の質問への答えだ。魔女の呪いみたいに、知らない間に質問に答えてるじゃないか……。佐藤と安部が通じていて、肇に三つの質問の答えを言わせるように誘導しているのではないか。いや、違う。肇自身が三つの質問にこだわっているせいだ。

「お待たせしましたー」

ウエイトレスが料理を運んできた。佐藤は、うまそうと言いながら食べ始めるが、肇はすぐに食べる気にはなれず、とりあえずスープだけ飲む。

「お前は、そのへんが普通じゃないんだよな。うらやましいような、うらやましくないような……」

ハンバーグを頬張りながら、佐藤が話の続きを始めた。肇の様子がおかしいのに気がついていないようだ。

「そうか、佐藤でも怖いと思うのか……意外だな。オレは居心地の悪い関係が続くほうがつらいけどな」

「価値観の違いだな。オレもお前みたいに割り切って、気の合わないヤツとはつきあわないような生活をしたいと思うぜ。まあ、会社勤めしてたら無理だよな。いつかできればいいなって思いながら、なんとかやりくりするしかないだろ」

「予言してやる。その『いつか』は永遠に来ないぜ。いつかを待ち続けているうちに、人生が終わっちまう」

肇は言ってから、しまったと思った。

「お前のそういうシニカルなとこは嫌いじゃない」

佐藤は笑ったが、肇は笑えなかった。第三の質問に答えてしまった。「いつだって答えは自分の中にしかないんです。もしその答えが全てNOだったら……」安部の声が頭の中に蘇《よみがえ》ってきた。

「ところで、例のボスのことはどうなった？　正体わかったのか？」

佐藤が肇の顔をちらりと見る。それを確認するのが本題だったのか？　迷ったが、チームを抜けることになっている佐藤に言うべきではない気がした。

「結局、わからなかった。まあでも、連絡はとれて金は返してくれるって言うし、フェイスブックも元通りにしてくれるってさ」

「フェイスブックはオレも知っている。もう元通りになってる。だってオレが写真や書き込みを削除したんだからさ」

「そりゃそうだな。元はと言えば、お前がやったことだもんな」

「で、仲間になるのか？」

「いや、ならないと思う」

「なんで？　いいと思うぜ。なにが嫌なんだ？」

佐藤は首を傾げた。

「お前さ、感覚マヒしてるよ。だって悪いことじゃん」

常識、いや倫理観がない。佐藤が言っているのは、ばれなければなにをしてもいい、捕まらなければ、やったもん勝ちということだ。理解できない。

「そんなに悪いことじゃないよ」

「どこかに被害者はいるだろ」

「自業自得さ。だってオレたちの相手は、主に企業だ。それもヤバイことをしてるとこだけ」

「そうなんだ」

「正義の味方を気取ってるわけじゃないけど、痛い目に遭うのはヤバイことをしてた経営者や関係者だけだ。そういうのしか狙わない。いや正確に言うと、そうでない相手を狙うこともあるけど、それはこっそりとソースコードをいただくような時さ、迷惑はかけない。なにしろ、侵入されたことにだって気づかれないくらいだ」

安部の言った因果応報の意味がわかった。

自席に戻ると、佐藤と会うのはこれが最後だったかもしれないのだ、と少し寂しくなった。

同時に、安部に会わなければいけないような気がした。

夕陽を浴びて歩いていく安部の姿と、自分の腕の中でぐったりとうつろな目をしていた安部の姿が交互に頭をよぎる。きちんとチームの説明を聞いてみたい。「生き方を選べない」ということのくわしい話も尋ねたい。

肇は、定時に退社した。周囲の「最近、早いんじゃない？」という声を無視して会社を出て、マンションに帰る。そして自分の部屋を素通りして安部の部屋の前に立った。胸のうちに不安が湧いてきてインターホンのボタンの手前で指が止まったが、思い切ってそのまま押す。

「はい」

安部の声がインターホンのスピーカーから聞こえてきた。一瞬躊躇《ためら》う。ここで止めるわけにはいかない。

「お隣の高野です。あの……ちょっと、お話ししたいことがあるんです」

「……なんでしょう？　振り込まれていませんでしたか？」

安部の声はいつもと同じく淡々として、素っ気ない。

「銀行口座は、まだ確認していません。そのことじゃなくて……すみません。お取り込み中なんですね。急に押しかけてすみません」

「いえ、そうではなくて……さきほど買い物に行って、お店の人と話したので、すっかり疲れ果ててしまったんです。だから今お会いしても、ちゃんと会話できないと思います」

安部の声は少し震えていた。昨日の青ざめた顔が頭に浮かんできた。ひとりで大丈夫なのだろうかと心配になる。

「大丈夫ですか？」

「……いつものことですから」

ややあってかぼそい声が返ってきた。

「あのっ……なにか」

薬か飲み物でも買ってきましょうか？　と言うつもりで口を開いたが、

「おかまいなく。慣れています。チームメンバーでもない方に、ご面倒はおかけできません」

言い切る前に、安部の答えが返ってきた。言葉はつっけんどんだが声に力がなく助けを求めているかのように思えた。

「でも、心配ですから」

「では、仲間になってください」

声とともに、ドアが開いた。黒のTシャツにホットパンツの安部が立っていた。確認するように、大きな目でつま先から頭までながめる。

「お願いします」

おもむろに頭を下げ、その拍子に身体がぐらりと揺れた。肇は、あわてて肩を押さえる。

「私を助けてください」

「わかりました。仲間になります」

掌《てのひら》に薄い肩を感じて、思わず、口にしていた。

「ありがとうございます」

安部は、肇の腕の中に倒れかかってきた。

「なんだかあなたには、いつもご迷惑をおかけします」

抱きとめると、安部は顔を上げてうつろな目で肇を見上げた。


仲間になってしまった……自分で自分に驚いた。自分の腕の中に倒れ込んできた安部を抱きかかえて、ベッドに寝かせた。安部はそのまま眠ってしまった。肇も目覚めを待つうちに、うとうとしてしまい、気がつくと安部がコーヒーを淹れていた。デジャブだ。この間の土曜日と同じことをしていた。あの時と同じちゃぶ台が設《しつら》えてあり、コーヒーカップが運ばれて来る。

ただし、その後の展開は異なっていた。「手始めに簡単なお仕事をお願いします」と安部は切り出し、ある人物を調べてほしいと言った。

「あの、僕にそんなことできるんでしょうか？」

「やり方をお教えします。便利なツールもあります」

安部はそう言うと、肇にｉＰａｄを見せた。ツイッターの画面が表示されている。

「誰でもいいので指定してください。試しに個人情報を調べてみましょう」

「ほんとですか？　じゃあ、この人をお願いします」

半信半疑だったが、学生時代の友人のツイッターアカウントを表示して安部に示した。

「まず、ツイッターの投稿だけでどこまでわかるかやってみましょう。このソフトは、つぶやきの中から地名と、画像に含まれる位置情報を探し出してくれます。画像には位置情報が含まれていることがあるのはご存じですよね」

安部はそのソフトを立ち上げると、肇の指定したアカウントのＩＤを入力した。瞬く間にずらりと地名が並び、その横に統計が表示される。

「千葉県がもっとも多い。さらに絞り込むと、浦安が多い。紐付《ひもづ》けられた画像を見ると、自宅で撮ったらしいものが多々あります。この方の自宅は浦安市ですね。次に多いのは東京都新宿区西新宿です。飲食店の画像や同僚の画像があります。勤務先と考えてよいでしょう」

その通りだった。

「確認とさらに深い情報を得るために、同じアカウント名でブログなど他のサービスをやっていないか確認しましょう」

安部がｉＰａｄの画面を数回叩くと、ブログと画像投稿サイトのピクシブが表示された。

「同じことをブログと、ピクシブに対してやってみましょう」

今度は東京都新宿区西新宿がトップにきた。

「勤務先は、東京都新宿区西新宿で間違いないようですね。次は自宅付近のイベントをツイッターやブログに書いていないかみてみましょう」

イベント名と並んで千葉県浦安市美浜と表示された。安部はさらにｉＰａｄを操作してから肇に向き直った。

「ご自宅は、千葉県浦安市美浜でしょう。あと、この方とツイッターでつながっている人がフェイスブックのＵＲＬをツイートしていました。それからたぐると、この方のお名前は佐々木《ささき》砂生《すなお》さん、立教大学経済学部卒業、リシナソフト開発勤務、未婚です」

「信じられない……」

あまりにも簡単に個人情報を知ることができる事実に驚いた。

「ご本人が隠していてもネットでつながっている人が情報を漏らしていることも多いんです。どんな人の情報も取り放題です」

「すごいツールですね」

「たいしたことありません。あなたには、もっと便利なものをお渡しします。最初は仕組みを知るためにも、手動でやってみることをお勧めしますけど」

「あ、はい」

「お仕事の詳細はチャットで説明しますので、本日の夜十時にはオンラインにしておいてください。それ以外で、先に確認しておきたいことはありますか？」

「あの……それよりもチームや仕事の内容についてのくわしい説明を聞きたいんですが」

「あまり説明することがないのですが……チームは複数の人間で構成されています。ほとんどの仕事は、アカウントを盗むか、データを盗んでそれを換金することです。仕事は全て私が計画し、各員に作業をアサインします。毎回、仕事の内容は異なりますので、共通していることはこれだけです」

「チームメンバーの人数とか、紹介とかはないんですか？　あと連絡方法とか」

「それは秘密です。私が全てを把握し、必要に応じて連絡します。メンバーは互いに知り合う必要はありません」

そう言われてしまうとそれ以上は訊けない。

「全員の安全のためです。私がいなくなれば、誰も全貌《ぜんぼう》をつかむことはできません」

落ち着いている時の安部は、とても凛としている。薄闇の部屋の中に背筋を伸ばして、てきぱきと話を進める。視線を合わせない以外、隙はない。その姿だけ見ていると、すご腕なのかもしれないと思うが、たった五分しか会話できないというのはちょっと困る。

「リアルな対面でなければ私は得意です。電話やチャットなら無制限にお話しできます」

「それでチャットなんですね」

「はい。それにチャットならURLやファイルをその場で送れますので、いろいろと便利です。のちほど、お勧めの匿名化ツールやチャットの仕方などをまとめてメールしますので、夜十時の打ち合わせまでに目を通しておいてください」

安部はちらりと時計に目をやった。そろそろ五分になる。

「そろそろ時間ですね」

肇が言うと、安部は少し顔を赤くした。

「あ、あのですね。今、私が時計を見たのは、遠回しにそろそろ時間だから出ていってほしいと意思表示したのではありません。長くお話しできるのがうれしいんです。だから五分以上経《た》っていると、やったあという気持ちになるわけで……」

打って変わって、少し焦りながらうつむいて話す安部の姿は、まるで不器用な子供のようだ。助けてあげたくなる。

「そんなに恐縮しないでください。わかってますし、僕も気をつけなきゃいけなかったんです」

「そうおっしゃっていただけてうれしいです。あなたはいい人です」

安部はぎこちなく頭を下げ、肇も頭を下げた。

「失礼します」と立ち上がると、安部も立ち上がった。

「玄関までお送りします」

玄関といっても数歩歩いた先だ。しかし気持ちがうれしくて、肇は「ありがとうございます」と言った。

「では、のちほどチャットで」

はにかんだ表情で肇を送り出す安部の緊張が伝染し、妙に照れくさい気分になったまま部屋を出た。胸が苦しい。

自分の部屋に戻ってパソコンを立ち上げると、もう安部からのメールが届いていた。その指示に従って匿名化ツールをインストールし、チャットのツールなどもセットアップした。

気がつくと、すでに九時近い。十時の打ち合わせまでに夕食をとっておかなければいけない。近所のコンビニに行くことにした。一瞬、安部にもなにか買って来ようかと思ったが、仲間になったとはいえ、なれなれしすぎるような気がした。それに、安部にはラスクがある。

十時になった。指定されたチャットルームにログインすると、ジョンがひとりで待っていた。ジョンというのは安部のハンドル名だ。

——こんばんは。

肇は緊張しながら声をかけた。

——こんばんは。匿名化ツールを使っているようですね。チームの仕事をする時は、必ず使うようにしてください。

——はい。大丈夫です。

——今回お願いするのは、ある人物の個人情報の入手です。本名、住所、電話番号などを突き止めてください。お礼は十万円。

個人情報を盗むというので、肇は少し驚いた。ターゲットは企業だけのはずだ。

——あの……個人はターゲットにしないんじゃないですか？

——相手が問題になるようなことをしている場合には、ターゲットにすることもあります。今回は、その人物そのものを攻撃するのではなく、その人を通じて所属している会社に入り込みます。言わば踏み台です。

——狙った理由を訊いてもいいですか？　自分のすることがどういう結果をもたらすのか知っておきたいんです。

——彼の背後には、個人情報売買組織があります。いろいろなところから個人情報を仕入れて転売している、言わば個人情報ブローカーです。個人情報調べます、という告知をネットでご覧になったことがあるでしょう。ああいうことをしている組織です。その口座から金を奪い、データを破壊します。

確かにそういう広告は見たことがある。個人情報の横流しで成り立っているとはひどい話だ。

――純粋な興味なんですけど、その口座にはどれくらいのお金がありそうなんでしょう？

――私の予想では、その組織の年商は一億円弱。口座に残っているのは、三、四千万円でしょう。それを複数の口座に分割して管理していると思います。おそらく五個以上。私たちは、そのうちのひとつかふたつの口座から頂戴します。少なく見積もって三百万円、多ければ一千万円。あなたへの謝礼は、十万円です。

肇は思わず、僕の取り分が十万円って少なくないですか？　と言いそうになった。

――失敗しても成功しても謝礼はお支払いします。無理はしないでください。相手に悟られてはいけません。

――はい。やってみます。やり方はさっきのを見て、だいたいわかりました。

――全ておまかせします。以前、佐藤がやっていた方法をお知らせすることもできますが、きっとあなたのほうがうまくやるでしょう。

――何度も言いますが、僕は素人ですよ。

――みんな最初は素人です。訊きたいことがあればいつでも声をかけてください。

――あ……じゃあ。

肇はそこで、お勧めのハッキング技術情報やニュースサイトを教えてもらった。さらに安部は、ツイッターでダミーのアカウントを作り、サイバーセキュリティ専門家をフォローするように勧めた。

肇はさっそく対象人物を調べ始めた。安部のやっていたことを思い出し、まずツイッターのつぶやきをチェックするところから始めて、乗降駅や時間などから場所を推定する。そしてピクシブなど他のソーシャルネットワークに登録されている情報を元に個人情報を集め、二次創作の小説を書いていることがわかってきた。

後ろめたさと好奇心とで、どきどきしているうちに、三時間経っていた。性別すらわからなかった相手の正体が、少しずつわかってくるのが、おもしろくてしょうがない。

――これは、はまる。やりすぎないように気をつけないと危ない。

肇は自戒した。

翌日、肇は安部のやり方を思い出しながら、狙う人物の本名、住所、そして勤務先まで特定することに成功した。途中で何度も躓《つまず》いたが、予想していたよりは遥《はる》かに簡単だった。ネットの上にある断片的な情報をつなぎ合わせて、ひとりの人物の個人情報を明らかにしてゆくのは、推理小説を読むような興奮があった。最初はうしろめたさがあったが、それはじょじょに薄れて好奇心のほうが強くなった。

その日の深夜零時頃、チャットルームに行くと安部がいた。

――こんばんは……いらっしゃるのかな？

肇は話しかけてみた。

――はい。おります。お仕事していただいたおかげで、こちらの仕事も進みました。

――仕事のくわしいことを訊きたいけど、訊かないほうがいいですよね。

――はい。秘密です。

――やっぱり。

――信頼していないわけではないんです。

――それはわかってるので、気にしないでください。

――そう言っていただけると……あの……私の部屋でコーヒーを飲みませんか？

突然だな、と思ったが、悪い気はしない。

――少しずつでもリアル会話できる時間を長くしたいと希望しております。大変申し訳ないんですけど、ご協力いただけると助かります。

――いえいえー、こちらこそ美味しいコーヒーいただけるんなら喜んでうかがいます。

——インターホンは鳴らさないで結構です。玄関でお待ちしています。

出かけようとして、下着姿だったのを思い出した。身近にあったTシャツとジーンズを着て、すぐに部屋を出た。

ほぼ同時に安部の部屋のドアが開いた。おそらく玄関で耳を澄ませていたのだろう。

「あ、どうも」

肇は、あわてて鍵をかけ、安部の元に移動する。安部は、真っ黒な生地に赤い刺繍《ししゅう》の入った甚兵衛を着ていた。長身で手脚の長い安部が着ると、アンバランスだ。黒い生地からのぞく白い手足が妙になまめかしい。

「安部さんって、お得ですね。なにを着ても、カッコよく見える」

安部は真っ赤になった。

「私、自分の容姿には全く自信がありません。だから、ほめられるとどうしていいかわからなくなります。子供の頃は『白い悪魔』と呼ばれていました」

安部は肇を部屋の中に案内した。いつものちゃぶ台が部屋の中央に置かれており、聴いたことのない音楽が流れていた。ずいぶんテンポのいい曲だ。

「い、今、コーヒーを持ってきますので、座っててください」

安部は、肇を腰掛けさせ、キッチンに向かった。

「音楽、うるさいですか？」

すぐに安部がコーヒーカップをふたつ、トレイに載せて戻ってきた。

「いえ、元気の出る曲だなあ、と思って」

「『続・夕陽のガンマン』という映画のテーマ曲です。映画は観たことないのですが、サウンドトラックを放送で聴きました。この映画の曲はどれも好きです」

「『続・夕陽のガンマン』というと、西部劇ですか？　コーヒーいただきます」

「マカロニウエスタンです。イタリアで撮った西部劇。なにかお好きな曲があればかけます。それともテレビ観ます？　テレビないですけど」

ないのに、どうやって？

突っ込みを入れる前に安部が言葉を続けた。

「まるで口笛みたいなイントロが気持ちいいんです」

「この曲、聴くのは初めてですけど、いいですね。好きになりました」

「高野さんには、あとひとつかふたつ軽い仕事をしていただいて、その後ちょっと大きな仕掛けに参加してもらおうと考えています」

安部は突然、話題を変えた。

「は、はい。大きな仕掛けですか」

肇は、はっとして姿勢を正す。

「一年くらいかかるかもしれない仕掛けです。楽しいですよ」

「どんな仕掛けなんですか？」

「まだ内緒です」

「そこまで話して内緒ですか。しかたないですね」

「……すみません。ご理解いただきありがとうございます。ところで……七分経ちました。私はまだ元気です。こんなに長く人と話して気持ちが悪くならなかったのは初めてかもしれません」

「子供の頃は、どうしてたんです？　学校行ったり家族と話したりしたでしょう？」

「ああ……それは……話さなくてもいいですか？」

「すみません。話すのが嫌なら、それ以上は訊きません」

「それをお話しすると、私、情緒不安定になります。気持ちも悪くなると思います。吐くと思います。吐くと貧血になって、そのまま便器を抱えて動けなくなるのです」

安部はひと息に続けて言った。表情は変わらないが、さきほどより顔色が悪くなったような気がする。

「すみません。悪いことを訊いたみたいですね。これ以上訊きませんから安心してください」

「違うのです。私は話したくなっています。でも話したら、きっとひどいことになります。聞きたいですか？」

「ええと……ほんとうに話したいんですか？　無理はしないほうがいいですよ」

「そうですね。申し訳ありません。きっと長く会話できたので、興奮しているのだと思います。今日はこのへんにしたほうがいいみたいです」

「あ……はい」

「ありがとうございました」

奇妙な会話だな、と思いながら肇は部屋に引き上げた。胸がどきどきしていた。唐突にもしかして自分は安部に惹かれているのだろうかと思う。とはいえ、五分間、いや七分しか会話できない相手とつきあうことができるのだろうか？　長距離恋愛よりもハードルが高いような気がした。


二度目の仕事は、悪質なアダルト系アフィリエイトサイトへの侵入だった。画像を見ただけで気持ち悪くなるという安部に代わって、チャットで安部の指示を受けながらサイトのデータベースに侵入し、コードを送り込んだ。

完了の報告をメールすると、コーヒーいかがですか？　と誘いが来た。肇は、あわてて着替えて安部の部屋を訪れた。

何度も来て慣れているはずなのだが、入った瞬間、異空間に迷い込んだような感じになる。暗い部屋に浮かぶパソコンの光と淡い灯りがそう感じさせるのだろう。薄闇に浮いて見える安部の白い顔や手足は精霊のように見えることがある。

「ごくろうさまでした」

肇がテーブルにつくと、安部が淹れたてのコーヒーを置いてくれた。

「とても初心者とは思えない上達ぶりです」

安部は自分も横座りになる。肇の頬がゆるんだ。

「私にほめられるとうれしいですか?」

ストレートな質問を安部が投げてきた。

「はい」

避けようもなく肇は受け止める。顔が赤くなる。

「私、そういう感覚がよくわかりません。人に喜んでもらった経験がほとんどありません」

「誰でもほめられれば、うれしいと思いますよ」

「私は学校の教師にほめられても全くうれしくありませんでした」

「そうなんですか?」

「私は、学校も教師もクラスメイトも好きではありませんでした。なぜなら彼らが私を嫌っていたからです」

安部の口調が変化した。肇には少し安部のことがわかってきた。機械翻訳調の言葉遣いは楽しくない話題の時に出る。話題を変えたほうがよさそうだ。

「あなたは教師にほめられた時、喜びを感じましたか?」

肇が話題を変えるよりも先に、安部が質問してきた。

「ケースバイケースですかね。自分でもがんばったなと思った時、ほめてもらえるとうれしかったです」

「基準は自分の中にしかないということですよね」

安部はうなずいた。少し違うと思ったが、肇もうなずき、コーヒーをすすった。

「変な話をしてすみません。私は中学時代から進歩していません。知識は身につきましたが、生き方は変えられません。ご存じのとおりです」

安部は、唇をきゅっと結んだ。なにかを我慢しているように見える。

「僕だって似たようなものですよ。だって生き方を変えられない人間ですからね」

肇は笑い、安部も口角をゆるめた。


その後も週に数回、安部は肇をコーヒーに誘ってきた。最初は五分間だった時間も、じょじょに伸び、一カ月経った頃には、三十分一緒にいられるようになった。

「もうすぐ一緒に外でご飯食べられそうですね」

肇が半分冗談でそう言うと、安部は一瞬驚いた表情を浮かべ、それから真っ赤になってうつむいた。

「そういう発想はありませんでしたが、おっしゃるとおりです。ラスク以外のご飯も、たまにはいいかもしれません」

絞り出すようにそう言う姿がひどくいじらしく見えた。

肇はさまざまな知識と技術を身につけて仕事に臨んだ。一日一回チャットルームに行って安部に新しいことを教えてもらう。そして週末には、安部の部屋でコーヒーを飲みながら話をする。他愛のないことだが、それがひどく楽しかった。安部も楽しんでいるようで、毎回、肇の知らない音楽をかけ、説明してくれた。問題は時間制限があることだけだ。

安部はラスクが本当に好きらしく、珍しいラスクを時々ふるまった。

「これは群馬県の『焼きまんじゅうラスク』です」

暗い部屋の中で、そう言って差し出されたのは、茶色のソースが塗られたラスクだった。

「このソースが焼きまんじゅうなんですね」

囓《かじ》ってみると甘塩っぱい。意外とラスクに合う。

「日本のいたるところに、変わりラスクがあるんです」

安部はかすかな笑みを浮かべ、肇はコーヒーをすすりながらうなずく。

「熊本には『いちじくラスク』があります。北海道興部町《おこっぺちょう》のぶどうパンから作るラスクは、ノースプレインファームの醗酵《はっこう》バターを使っていて美味しかったです」

安部はよくしゃべるようになった、と肇は思う。知り合った頃は、「果たしてこんなことを自分は話してよいのだろうか？」と自問しながら言葉を口にしている感じがあったが、今ではそれがだいぶ薄れ、特に好きなもののことになると、たくさん語ってくれる。心を許してくれているようで、肇はうれしかった。

「映画館に行きたい」

唐突に安部がつぶやいた。

「いいですね。行きましょう」

「いえ、行けません。人がたくさん集まる場所に行くと、それだけでふらふらになってしまうんです。街なかならまだましですが、映画館のような閉鎖空間だと精神と肉体の消耗が激しいのです」

「残念ですね。でも、そのうち行けるようになるかもしれませんよ」

励ますと、安部はうつむいて口をきゅっと結んだ。

「責任とってください。映画館に行きたくなったのは、あなたのせいです。だから、あなたは私が映画館に行けるようになるまで、責任持ってアシストしなければなりません」

安部は、ちゃぶ台に目を落としたまま言った。頰がかすかに赤く染まっている。

「喜んでお手伝いしますよ」

即座に答えると、安部は小さな声で「ウソつき」と言った。

「本気ですよ」

「言ってみただけです」

安部は少し怒ったように言うと、照れ隠しのようにコーヒーカップを揺らした。

安部の仕事を手伝いだして二ヵ月経ち、秋になった頃、会社で大規模なリストラがあるという噂《うわさ》を耳にした。その時、最初に肇の頭に浮かんだのは、安部が以前話していた「大きな仕掛け」のことだった。現状では安部の仕事を手伝って得られる収入だけでは暮らしていけない。しかし、「大きな仕掛け」になれば、違うかもしれない。それならば、この機会に会社を辞めてしまうのもいい。

やがて、その日がやってきた。「希望退社について」という紙が配布され、社内説明会が行われた。本格的なリストラに先だち希望退職者を募るという。

重要なのは、退職金がかなり増額されていることだった。書類によれば、通常計算される退職金の三倍程度を支払う予定だと言う。肇は自分の退職金を計算してみた。社内規定通りに計算すると百万円弱だったが、今回その三倍になるとすれば三百万円近くになる。安部の「大きな仕掛け」で収入が得られればいいが、そうでなくてもバイトすればしばらくは暮らせる。

仕事ができる人々がいち早く退職するらしいという噂にも心を動かされた。そのひとりの同期を昼休みに捕まえて話を聞いてみた。

「お前もさ。辞めるなら早いほうがいいと思うよ。早期退職希望者が殺到してすぐに締め切るかもしれないぞ」

その言葉が肇の心臓にぐさりと刺さった。チャンスは待っていてくれない。人生の転機には締め切りがあるのだ。肇は、退職することにした。

家に帰ると、会社のページにアクセスした。フォームから「希望退職」を申請できるようになっている。誰にも知られずに申請できるようにという配慮だそうだ。妙なところに気を遣ってると思いながら必要事項を記入した。

ひどく緊張した。自分の名前、部署、連絡先など間違えるはずもないのに、何度も入力内容を見直した。

最後に送信ボタンを押すと、確認画面が表示された。

「この内容で本当によろしいですか？」

思わず噴き出しそうになった。ここでなぜ、そんな確認をする？　確かに直接「退職願」を出せば、「本当にいいんですね？」と言われることもあるかもしれない。だからといって、入力確認画面でこれはないだろう。

苦笑しながら確認ボタンを押そうとして、少し躊躇った。あと一、二日考えたほうがいいんじゃないか、転職活動を始めて先の見込みがたってからでいいんじゃないか……迷いが次々と浮かんでくる。

昼間言われた「希望者が殺到してすぐに締め切るかもしれないぞ」という言葉が頭に浮かび、思い切ってボタンを押した。

送信してしまうと、どっと疲れが出た。悲しくはないが、泣きたいような気がした。泣いてすっきりさせてから寝たい気分だった。泣く代わりに、ツイッターで「退職届なう」とつぶやいた。

安部の待つチャットルームに行くと、すぐにその話題になった。

――会社を辞めるのですね。

――ツイッターを見たんですね。そうです。

――ちょうどよかった。「大きな仕掛け」の準備が整いました。とりあえず最初の入金があるまでは固定給をお支払いします。

――ほんとですか！　助かります。でも、無理してません？

――いえ、大丈夫です。私がどれくらいの収入を得ているか、ご存じでしょう？

確かに安部の言う通りだった。肇の関わった二件だけでも一千万円以上は得ているはずだ。仲間へ配分したとしても、かなりの額が残るだろう。半分としても二カ月で五百万円だ。

――あなたにももっとお支払いすべきでした。これからどんどん稼いで山分けしましょう。

――はあ。ありがとうございます。

その後、安部は具体的な固定給の金額を提示し、海外に銀行口座を作るように勧めた。

――外国の金融機関に口座を持っておいたほうがいいと思います。

――外国……なんでですか？

――日本は、これからどうなるかわかりません。いえ、世界情勢そのものが混沌としています。ひとつの国に資産を集中するのは危険です。

――なんとなく日本は、このままでは危ないのかも……みたいなことは思ってますけど。外国の銀行って怖くありません？

――なぜですか？

——だって英語できないといけないんでしょう？

——中には日本語のわかる担当者がいるところもあります。日本語のＷＥＢを作っておきながら「日本在住の方の口座開設は受けかねます」と書いている銀行も多いですが、実際には開設できます。

——不便はないんですか？

——いいえ、日本の銀行よりも便利でお得な銀行もあります。例えば、日本円のままで預金でき、日本国内のＡＴＭで手数料なしで引き出せる銀行もあります。日本の銀行が、ＡＴＭ利用ごとに百円や二百円の手数料をとることを考えると天国です。よろしければご紹介しましょう。

正式な退職日の十日前から有給休暇の消化のため会社に行かずに済むことになった。ハッキングの本を数冊買い、自宅でパソコンをいじりながら読んでいたが、どうもおもしろくないので、使っていなかった古いパソコンを引っ張り出し、サーバをインストールして、実際にハッキングしてみた。自分の送り込んだコードでサーバに侵入するのはおもしろかった。時間を忘れて、さまざまな侵入方法や防御方法を試してみた。

そのうちリアルに稼働しているサーバにも、なにかしてみたくなってきた。格闘技を習い始めた人間がケンカをしてみたくなるのに似た気分だ。危ないな、と自分でも思った。

わからないことがあると安部に相談した。安部は、どんなに特殊なことでも即答した。その知識の豊富さに、肇はあらためて舌をまいた。そして、安部という人間に、今まで以上に興味を持った。

正式な退職日、肇は手続きのため昼過ぎに出社した。もう自分の席はないし、働いているみんなと顔を合わせるのも躊躇われたので、総務へ直行した。

総務は慣れたもので、ハンコを押す書類と、肇が持っていなければならない書類をてきぱきと出してくれ、あっと言う間に手続きは終わった。会社を出るとまだ三時だった。

第四章　ラスク

肇が退職の手続きを済ませた日の深夜、突然ノックの音がした。オートロック式のマンションなので、訪問者があればインターホンでマンションの入り口から連絡がくる。直接部屋に来るのは管理人くらいだ。さらに、チャイムを鳴らさずにノックというのも珍しい。

のぞき穴に目を当てると、安部が立っていた。自分からやってくるのは初めてだ。安部は長袖の黒いワンピースを着ていた。髪の毛の隙間からのぞくイヤリングの赤が鮮やかで肇は目を奪われた。

「大事なお話があります」

安部は、挨拶もなしに言うと、大きな目で肇を見つめた。安部が肇の目を見るというのもめったにない。

「なんでしょう？」

「その前に、私の質問に、はいと答えると約束してください」

「え？　質問の内容がわからないとなんとも……」

「はいと言ってもらえないと困るんです、主に私が」

「……それって、なにか大事なことですか？」

「それは……高野さんがお持ちの価値観によって判断は異なりますが、ほとんどの人にとっては重大な決断になると思います。生活はだいぶ変わるかもしれません。リスクもあります」

「そう言われると、ますます聞いてからでないと答えられないんですけど」

　肇は苦笑した。だが安部は笑わない。

「そうですか……仕方がありませんね」

安部は、納得したようだった。

「では、お話しします。前にお話しした大きな仕掛けを始めます。そして、全員が充分に稼いでからチームを解散しようと思います」

「え？　解散ですか？」

「解散までに充分なお金を稼ぐようにしますので、ご安心ください」

「はあ」

「リスクもあります。捕まるかもしれません。もちろん、捕まらないようにしますが、物事に絶対はありません」

安部の目が揺れ、ちらりと肇の肩越しに部屋の中に視線を向ける。

「あの……部屋に入りますか？　散らかってますけど」

少し迷ったが、玄関に立たせたままでは申し訳ない。

「はい。ありがとうございます。少し寒かったので助かります」

安部は、かすかに微笑んだ。そういえば安部の笑い声を聞いたことがない。いつも、微笑むか、声を殺して笑う。たまには、大きな声を出して笑ってもいいのに。

「利用可能な面積が少ないですね」

安部は部屋に上がると、部屋の中を見回した。フローリングの床の上に、雑誌やケーブル、服などが乱雑に置かれている。

「どうしようかな……ええと、じゃあベッドに腰掛けてください。座る場所、そこかこしかないんで」

肇は言いながら、パソコン机の前の椅子に腰掛けた。安部はセミダブルベッドに腰掛けると、転がっていたテディベアをじっと見た。

「彼女が持ってきたんですか？」

「ええと……そうです。といってもここに引っ越してきてすぐに別れちゃったんですけどね。なんとなく捨てられなくておきっぱなしです」

「高野さんはフリーですか？」

「そういうことになりますね」

「彼女いない歴二年ですか？」

安部はテディベアに左手を伸ばしてつかんだ。片手で持ち上げて、じっと見つめる。

「そうですね……」

ネットや音楽の話は何度もしたが、恋愛についての話をするのは初めてだ。少し緊張してきた。

「知っていました」

安部は、テディベアの腹を右拳で殴った。何度も繰り返し殴る。

「え？　なんのことですか？」

「かつて彼女がいたことです」

安部は無表情で機械的に殴り続ける。

「身上調査の時に交友関係も調べますから」

「なるほど……でもなぜぬいぐるみを殴るんです？」

「失礼しました。あなたがあまりにも無防備に話すので、気が動転しました。私なら過去の人間関係など話しません」

安部はテディベアを元の位置に戻した。妙な緊張感が漂う。

「なにか飲みますか?」

ややあって肇は立ち上がった。

「おかまいなく。それより、話の続きをしましょう」

仕方なく椅子に座り直し、あらためて安部を見る。白いベッドに黒い服の安部はくっきりと浮いて見えた。いつも思うが、安部の姿は現実味がない。どこにいても、そこに存在していないような雰囲気を醸し出す。

「新しい仕掛けは、一年もかからずに終わります。そこで大きく稼いでチームは解散します」

「解散した後は、どうするんです?」

「まだ考えていません。……新しい仕掛けは『正義の味方』です」

「えっ?」

安部は口元に笑みを浮かべて説明を続けた。

翌日、全員が参加するオンライン会議が開催された。肇はこれまで他のメンバーと接したことがない。緊張した。

安部以外の参加者は全員匿名だった。人数もわからない。会議に参加しているアカウントが百以上あり、発言のたびにランダムにそのいずれかが割り当てられる。安部は回転寿司チャットと呼んでいた。発言者を特定することができない。ハンドル名が固定されているのは安部であるジョンだけだ。

――特別作戦『正義の味方』を始めます。そしてそれが終わったら、このチームを解散します。

――解散？　理由は？

――日本の法制度、サイバーセキュリティ組織、サイバー犯罪の状況などを考えると、そろそろ潮時です。今後悪質なサイバー犯罪が増加し、それを取り締まるための法整備、執行部隊の強化が進むでしょう。今はまだまだぬるいですが、数年後にはそうでなくなります。それを見越しての解散です。

――なるほど。反対する理由はありません。

――同感。

――了解。

――了解。

――それで、『正義の味方』って、なんの商売ですか？

――悪い会社をこらしめます。これまでやってきたことも、こらしめているようなものですが、今度はおおっぴらに『正義の味方』を名乗ってやります。

――おおっぴらにこらしめて、お金をもらうんですか？　脅迫みたいなもの？

――いえいえ、もっとストレートにやります。悪い会社があったら、まずは攻撃して商売できない状態に追い込みます。それから利用者や迷惑をかけた人に謝罪して、利用料金の返還プラス賠償金を支払うように、広くアナウンスします。

――どうやって我々は儲《もう》けるんですか？　会社と裏取引するとか？

――いいえ、裏取引しません。私たちは『正義の味方』です。

――わかった。攻撃対象の会社の株価が下がることを見越して、空売りしておくんでしょう。株で儲けるんだ。

――そういう発想もあります。でも、そんなことしなくても簡単にお金は入ります。

――じゃあ、義援金でも募るんですか？

――もっと単純です。今、ご説明したことなんですが。

――今の話だけだと、儲かるポイント見えなかったけど。

――いえ、お話ししました。

――ええと……今のお話でお金が出てくるのは賠償金だけですよね。ということは、賠償金を横取りするとか、賠償金の支払いに関係するサービスで手数料をとるとか？

――もっと単純です。

――まさか、賠償金をもらうんですか？

――正解です。私たちも事前に利用者登録して、被害を受けた利用者として賠償金をもらうんです。

――だって賠償金ってせいぜい数千円とかでしょう？　高くても一万円くらい。でも、一万円なんて、よほどのことがないと出ないですよ。

――わかりました。ひとりがひとつのアカウントを持つわけじゃないんですよね。

――あっ……。

――そうです。事前にアカウントをたくさん入手しておけば大丈夫です。後はふつうに『正義の味方』をやるだけです。日本の賠償金の平均は統計によれば一万円以上。一万円の賠償金でも百個あれば百万円になります。千個なら一千万円。

口座をそろえるのが難しい方には、業者を紹介します。オンラインバンキングなどの犯罪者のために、口座を貸してくれる業者です。レンタル料は、入金額の三十パーセントとちょっとお高いですが、足はつきにくいし、確実です。

――賠償する相手は万の単位でいるから、そう簡単にこちらのアカウントを特定することはできない。業者を使えば、さらに匿名化は完璧。フェイスブックも勝手に利用者の画像を広告に使い回して訴訟を起こされた時、ほとんど本人確認しないで賠償金を払っていたな。

――そうです。もうひとつ重要なことがあります。私たちが活動を始めれば、模倣犯も現れるでしょう。私たちを追跡することはさらに難しくなる。

――スキームは理解しました。いくつか懸念はありますが、それは大きな問題ではありません。楽しみです。

――『正義の味方』に特徴のある名前をつけたいのですが、なにか案はありますか?

みんな黙り込んだ。しばらくして肇の頭にある言葉が浮かんだ。

――ラスクってどうでしょう?

ずっと黙ってながめていた肇だったが、思い切って発言した。

――ラスク? 意味不明ですが、単なる記号だから反対はしません。

――賛成。

こうしてグループの名前は、ラスクになった。

安部がアイコンやWEB用のロゴを作った。白いラスクの真ん中に、スペードのマークを入れたものだ。

■ 背信者X 1

『正義の味方』の話を聞いた時、オレはなにかが変わるような気がした。これまでは目立たぬように小さな商売を重ねて慎重にやってきた。ネットの表舞台に出るというのは、かなりの方向転換だ。

辞め時なのかもしれないと思う一方、ここまでやってきたのだから最後まで見てみたいという気持ちもある。しかし最後までというのは、自分たちが逮捕されるまでということになるんじゃないだろうか？

それが一番恐れていることだ。チームに加わってから逮捕されることを考えないことはなかったが、時とともにその恐怖は薄れてきた。よくも悪くもルーティーンワーク。

他のメンバーはどうだか知らないが、オレは他にもちゃんと仕事がある。収入は少ないが、切り詰めれば暮らせないわけじゃない。ジョンの仕事を辞めればアルバイトだってできる。だから、いつでも辞めることはできるのだ。

辞めたからといって不都合はないだろう。これがテレビや映画なら闇の犯罪組織を抜けることは死を意味するかもしれないが、オレたちがやっているのはそんな派手な商売じゃない。地道な小金稼《こがねかせ》ぎだ。殺人までして守るほどの情報はないはずだ。ジョンはオレの正体を知っているかもしれないが、オレは他の連中のことは知らない。だからオレは密告できないし、他のメンバーもオレの脱退を止めることはないだろう。

だが、『正義の味方』になってしまえば状況は変わる。世間から注目され、警察は本気で捜査するだろう。警察が情報提供者に多額の賞金を出すようになってから辞めると言い出せば、他のメンバーはオレが裏切る可能性を考えるだろう。辞めるなら、そうなる前にすべきだ。

『正義の味方』をどうやって実践し、商売にしていくのか興味はある。おおまかな仕掛けは聞いたが、本当にそんなことができるのか？　現実味がない。

だが、二十歳前後の若者数人が、大手クレジットカード会社やＣＩＡをクラックする世の中だ。老練なジョンが周到に準備してかかれば可能だろう。このプランがリアルにどうなるのか見てみたい。それもその一員として。

どうせそんなにうまくいかないだろう、という思いもある。今はとにかく様子を見よう。

＊　＊　＊

肇は、ラスクの広報の役目を与えられた。技術や経験がなくてもできることと、仲間の中では一番社会性がありそうだというのが理由だ。ラスクの顔になると思うと、さすがに緊張した。

安部の指示でツイッターとＷＥＢページを用意した。ＷＥＢには、とりあえず声明文のページとブログだけ作っておいた。安部の指示で、自分たちはハッキングを通じて社会を変革する正義のハクティビストであると宣言した。ハクティビストとは、ハッカーとアクティビストを組み合わせた造語である。なんらかの主義、主張の手段としてハッキングを行う。体制に対する抗議活動が多く、大規模なハクティビスト集団は、国の政治や経済にまで影響を与えるほどの力を持っている。

トップページには、チームのマークをでかでかと表示した。真ん中にスペードが描かれたラスクだ。

ツイッターのアカウントでは、フォロワー数の多いアカウントを百個ほどフォローした。そのフォロー返しで五十人前後のフォロワーがついているだけだ。

最初の攻撃は深夜零時。それに先立つ一時間前、肇はノートパソコンを持参して安部の部屋にいた。ちゃぶ台の上にパソコンをのせて操作している。安部は自分の机で攻撃準備を進めている。

不安になって安部を見ると、迷いのない凛とした表情でじっと画面に見入っていた。ディスプレイの光に照らされたその顔は美しく、見ていると安心できた。

肇はノートパソコンに向き直ると深呼吸し、今日のターゲットであるヤザキネットスーパーについてのメモを見直した。

・ヤザキネットスーパーは、五十三万人のネットスーパー会員を持つネットショップ。

・サーバの設定ミスにより数カ月にわたり、会員の個人情報の一部がネットから閲覧可能な状態にあった。その個人情報を悪用され、なりすまし犯罪の被害にあった会員も出た。今後も漏洩《ろうえい》した会員情報が悪用され、被害を受ける可能性がある。

・送料計算にバグがあり、複数の商品をまとめて送付する際に、商品の個数分、送料がかかる計算になっていた。これにより多数の会員が損害を被った。しかし、直接クレームを受け付けた相手にだけ差額を支払い、それ以外の損害を受けた会員には告知も返金もしなかった。

攻撃開始時間の零時になった。安部が無言でうなずく。肇は、震える指でツイートを開始した。

――我々は、ラスク。日本に巣くう悪徳企業を糾弾し、彼らに踏みにじられた利用者を救済する。最初のターゲットは、ヤザキネットスーパー。劣悪なネットショップを運用し、数カ月にわたり個人情報を漏洩していた。#ラスク

――また、システムの不備により送料の計算が誤っていたが、それを公表せず無視していた。我々は、ヤザキネットスーパーに対して、利用者への謝罪と会員ひとりにつき賠償金五千円を支払うことを要求する。#ラスク

――今から一時間後、示威行動を開始し、要求が受け入れられるまで攻撃を継続する。#ラスク

「#ラスク」は、ハッシュタグと呼ばれるものだ。これをつけることで、関連するツイ

ートだけを簡単にピックアップして読めるようになる。

「こんな感じでいいですか？」

「はい。とてもいいと思います」

安部はディスプレイから目を離さずに答え、

「リツイートされ始めました」

続けて安部が言った。

声明のリツイートとともにフォロワーの数も増加しはじめた。

――犯行予告？　通報しましたw
――釣りにしてはオチがない。

といったコメントがついて回ることもあった。

――どういうつもりか知りませんが、こういうこと書くとほんとに通報する人がいますよ。

とリプライしてくる者もいた。

それらには反応せず、じっと声明が拡散するのを見ていた。

「攻撃前の反応は、こんなものでしょう。上出来だと思います」

安部の言葉に、肇は顔を上げてその横顔を見た。瞳はまっすぐに画面に向けられている。瞬きしていないんじゃないかと思うほどの集中だ。肇は、しばしそれに見とれた。

攻撃そのものは安部が行うことになっている。肇にできるのは、成功を祈ることだけだ。

いや、もうひとつできることがあった。

思い出し、キッチンに行った。ミルで豆を挽《ひ》くと、香ばしい空気が部屋に満ちた。フレンチプレスに粉を移し、お湯を注ぐ。

「ありがとうございます」

部屋から安部の声がした。

コーヒーを持っていくと、安部はもう一度、礼を言い、目を閉じて口に含んだ。

「温度を調整してくださったんですね。香りがとてもよく出てます」

安部はかすかに微笑んだ。

「そりゃ、練習しましたからね」

何度か安部の部屋に来るうちに、肇もコーヒーに関心を持つようになり、自分でもミルやフレンチプレスを買って練習したのだ。ここでも何度か淹れたことがある。

「うまくいきそうですか？」

「最初だから、うまくいくようにとびきり弱い相手を選びました。きっと大丈夫でしょう」

安部はディスプレイに目を向けた。薄闇の部屋の中で、白い顔がディスプレイの光を浴びて妖《あや》しく輝いていた。

一時間後、ヤザキネットスーパーのサーバはダウンし、誰もアクセスできない状態に陥った。

「停止しました」

安部が静かにつぶやき、肇は、やったあ！　と小さく叫んだ。

——ヤザキネットスーパーのサイトを停止状態に追い込んだ。彼らが自らの非を認めるまで攻撃は続く。＃ラスク
肇がツイートすると、たちまち数十人にリツイートされ、そこからさらに広がった。サイバーセキュリティ関係者のコメントつきの非公式リツイートも流れ始めた。

フォロワーの数を確認しようとして、まず桁数に驚いた。六桁もある。十万人を超えている。三という数字が先頭にあるから三十数万人だ。ネット犯罪者のツイッターアカウントには、たくさんのフォロワーがつくものだが、それにしても多い。

大量のリプライが来たが、安部はまだ答えなくていいと言った。

「放っておいても、勝手に盛り上がってくれると思います」

安部の言う通りだった。さきほどの声明文があらためてリツイートされ、さまざまなコメントが飛び交った。

「サイバーセキュリティ関係者が反応し始めました。ほとんどは様子見という感じです。

事件を紹介しているだけ。肯定否定、どちらのコメントもあまりないようです」

安部は肇の横に座った。

「わかりますか？　この人はラックというサイバーセキュリティ会社の人です。この人は大学教授……」

ノートパソコンの画面を指さして、教えてくれた。髪の毛が肇の頬に触れ、甘い香りが鼻腔《びこう》をくすぐる。

「注意しておいたほうがいいですか？」

「私がウォッチしているから大丈夫です」

安部は、さらに画面を目で追った。

「あのスーパーで被害にあった人がラスクへの応援メッセージをツイートしています。これは使える。リツイートしましょう。コメントなしの公式リツイートでいいです」

安部は完全に攻撃に集中していた。肇をせかして、操作させる。

「はいっ」

「すごい量のツイートです……これはトレンドに出るでしょう」

安部は画面から目を離さずにつぶやいた。ツイッターの利用者の間で特にリツイートが多かったり、関連するつぶやきが多いものを「トレンド」としてツイッター社が紹介する。ヤザキネットスーパーの事件も、トレンドになった。賛否両論のツイート、ラスクの正体を探るツイート、取材したいという申し出が津波のように押し寄せてきた。

「まだなにもする必要はありません。取材申込者のリストを作ってください。ツイッターアカウントとハンドル名があれば充分です」

安部は立ち上がり、再び自分のパソコンに向かった。

「ヤザキネットスーパーからも連絡が来ています。これはラスクのブログのフォーム経由で来たメールですね」

肇は内容を読み上げた。ラスクの攻撃への抗議と警察に通報したことを知らせるだけの内容だ。

「それをそのままブログにアップして、そのURLにコメントをつけてツイートしてください」

――ヤザキネットスーパーさんから、応援のメッセージをいただきました。こちらに全文掲載中です。＃ラスク
ふたりは、三時間作業を続けた。深夜二時になると、騒ぎも少しは落ち着いてきた。

「取材申込者のリストはできてますか？」

「はい。メールで送りますか？」

「いいえ、いつものチャットルーム経由で送ってください」

「はい」

チャットルームに入り、すぐに取材申込者のファイルを送る。

「ファイルを受け取りました。念のため取材依頼者たちの身元を調べてもらいます」

「ツイッターのアカウントだけでわかるんですか？」

「ジャーナリストやフリーライターは、ペンネームや本名でツイッターをやっていますから、そこからたぐればだいたいわかります。わからない相手には、『ある人』に身元を調べてもらいます」

『ある人』はラスクのメンバーのひとりだ。肇が表の広報活動を担当し、『ある人』は裏で関係者の身元調査などを行う。もちろん、その正体は肇にはわからない。

「たいていのジャーナリストやフリーライターの経歴はすぐに調べられます。信頼できそうな相手だけとつきあいましょう」

安部は、肇の顔を見た。

「おつかれさまでした。そろそろ自分の部屋に戻ります」

肇は、安部が限界なのかと思ったが、

「あ、いいえ、そういうことではないんです。ネットやりながらだと、あまり負荷にならないみたいです。三時間も大丈夫とは思いませんでした。それに、まだ元気です」

安部は平気だった。

「それはよかった」

「ありがとうございます。こんなに長く誰かと一緒にいられるなんて、想像したこともありませんでした」

安部はうわずった声で言い、あぐらをかいている肇の脚から頭まで観察するように視線を移動させて目を見た。

ふたりはしばらく無言で見つめ合っていたが、ややあって安部が目をそらして立ち上がった。

「夜食にラスクは、いかがです？」

そう言うとキッチンに消えた。


翌日になると、事件はネットニュースに取り上げられ、ネット上にラスクのマークがあふれた。いくつかのネットニュースはヤザキネットスーパーで個人情報を漏洩された被害者に取材し、ラスクの指摘は正しいようだとコメントした。

損害賠償の要求に賛否両論あったが、過去にも個人情報漏洩で損害賠償を行ったケースは少なくない。ヤザキネットスーパーが問題を認識しながら放置したことを考えると決して理不尽な要求ではないとする意見が多かった。

世間の注目は、ヤザキネットスーパーの対応に集まった。利用者の被害が明らかとなった以上、謝罪は必須だ。損害賠償を行うかどうかと、ラスクへの対応が焦点だった。

肇は昼に安部の部屋に呼ばれた。

部屋に入ると、安部はちゃぶ台でコーヒーを飲んでいた。ラスクを盛った皿も置いてある。どうやら昼食を食べ終わったところらしい。

「ヤザキネットスーパーの内部情報を入手しました。彼らはサイバミナルに相談しました」

肇が向かい合ってあぐらをかくと、安部はすぐに言った。サイバミナルは日本有数のサイバーセキュリティ企業だ。肇は不安になった。事件を起こせばサイバーセキュリティの専門家が乗り出してくると予想していたが、実際にそうなると怖い。

「サイバミナルは、我々の指示に従うことを勧めたようです。多数の被害者が声を上げだしたので、このまま我々と戦い続けることは既存顧客を失うことにつながると判断したのでしょう。賢明な判断だと思います」

肇は一瞬その意味がわからなかった。専門機関が乗り出してきた以上、全面対決になるかと思ったのだ。

「客観的に状況を判断すれば、それが会社にとって一番いいはずです」

安部は続けた。下手に全面対決することはマイナスにしかならないということなのだろう。脅迫に屈して犯人に金を払うわけではなく、被害者へ謝罪を行い慰謝料を払う。

ある意味、企業としてまっとうな行動をとるだけだ。

「完全な勝利ですね！」

「いえ、おそらく当面の騒ぎを鎮静化し、その後じっくりと攻撃内容を精査して犯人を突き止めるつもりなのだと思います。難しいとは思いますが」

「そういうことですか……でも、なんでもっと喜ばないんですか？」

「……ハッキングの時は、いつもこんな感じですから……これまではひとりだったので、大げさに喜ぶことはしませんでした。ひとりではしゃいでもいいのですが、後でむなしくなります」

「でも、今は僕がいますよ。僕だけ大喜びするのもおかしくありませんか？」

「……実は私は現在進行形で喜んでいます」

「ならいいんですけど……」

あまり喜んでいるようには見えない。安部の顔を見つめると、

「喜んでます」

安部はうつむき、小さな声でつぶやいた。

翌朝、ヤザキネットスーパーは、謝罪告知をプレスリリースとして流し、被害にあったネットスーパーの利用者に一律五千円を支払うと発表した。その告知はヤザキネット

スーパーに会員登録していた肇の元にも届いた。すぐに安部に報告し、用意しておいた勝利宣言をツイートした。
――ラスクが勝ったのではない。無数の声なき人々の勝利なのだ。我々ラスクは、ネットに漂う思いの集積に過ぎない。＃ラスク
五十万人にまで増えたフォロワーにその言葉が流れ、そこからさらにリツイートされた。ネットは、ラスクの言葉で埋め尽くされた。まるでアニメみたいだな、と肇はぼんやり思った。
そして「あの会社には、基礎から学び直してもらったほうがいいと思います」という安部の指示で『体系的に学ぶ安全なＷｅｂアプリケーションの作り方』という書籍を百冊ヤザキネットスーパーに送りつけた。
――謙虚に学ぶ努力を惜しむべきではない。『体系的に学ぶ安全なＷｅｂアプリケーションの作り方』を謹んで贈呈する。＃ラスク
その本はネットユーザーにファンが多いらしく、これもまたネット上では熱狂的に歓迎された。
肇は、安部に紹介してもらった業者を利用し、千個の口座から五百万円を手に入れた。もっとも百五十万円は手数料として持っていかれたが。

夕刻の帝国ホテルのティーラウンジ。まばらにスーツ姿の客が座っている中に目立つ組み合わせのふたりがいた。ひとりは小柄でやせた和服の老人、もうひとりはアメフトの選手なみに身体の大きなスーツ姿の中年男性。老人は銀髪を手でなでつけながら、じっと中年男性をにらんでいる。中年男性のほうは、居心地悪そうにもぞもぞと落ち着きなく身体を動かす。

「吉沢《よしざわ》くん、なぜ呼ばれたかわかっているだろう。どうして事前に察知できなかった？」

老人がしゃがれた声で不興げに言うと、吉沢と呼ばれた中年男性は大げさにのけぞって驚いてみせた。

「それは……僕の管轄じゃないんですけどね。ハクティビストは公安さんの管轄でしょ」

頭をかきながら苦笑いする。吉沢は、警察庁から内閣官房に出向しているサイバーセキュリティの専門家だ。

「言い訳するな！　公安の人材が不足してることを君が知らないはずはない」

老人は怒鳴ると、コーヒーをすすった。

「お言葉ですが、人材がいないなんて言い出したら、日本のサイバーセキュリティ組織は全部そうですよ。もともと人数少ない上に、組織ばかり増えてどんどん薄まってるんですから。そのうえメインの仕事は情報共有ですから、本来の仕事ができるようになるのは百年後くらいですかね」

「だから！　海外から人材を入れておるだろうが。人材育成だってやってる」

「ロシア、東欧、中国のハッカーを、ナショナルセキュリティチームに入れるような能天気な人たちとは仕事できませんよ。人材育成って言ったってキャンプやったり、ハッキングの大会やったりするくらいでしょ。優秀な連中はとっとと海外行っちゃいますよ。日本には、ろくな就職口ないんだから」

吉沢は屈託なく笑った。

「いいからなんとかしろ」

老人がいまいましげに言うと、吉沢はにやりと笑った。まじまじと老人の顔を見つめる。

「それは正式な指示ですか？」

「金と権限は、こっちでなんとかする。このタイミングでハクティビストに暴れられると面倒なことになるんだ。なんとしても連中を止めろ。措置しろ」

「措置……殺しちゃうんですか？　そこまでやりますか。公安と自衛隊は動かないんですか？」

「正直言って連中は、それどころじゃない。海外からのサイバー攻撃が日増しに激しくなってきてるんだ。今動かせる部隊はない。お前が部隊を作るんだ」

「また新組織ですかあ」

吉沢は、わざとらしくあくびをしてみせた。

「NISC（内閣官房情報セキュリティセンター）、IPA、JPCERT、それから民間SOC関係とプロバイダからは自由に人を引き抜いていい。調整する。悪い話じゃないだろ」

老人が身体を乗り出すと、吉沢はため息をついた。

「能力とプライドのバランスがとれていない連中のおもりなんてまっぴらです。あんな連中は、自分の子供や嫁を人質にとられただけで、簡単に音《ね》を上げますよ。実戦経験のある連中を自分で手配します。それでいいですか？　所属は警察庁ってことにして銃を携行させてもいいですよね」

「かまわん」

「了解しました。これは楽しくなりそうだなあ。ありがとうございます」

吉沢は立ち上がると老人に敬礼し、大股でスキップするように立ち去った。

ラスクの勝利を受けて、ネットニュースは、ラスクをハクティビストと呼ぶようになった。その一方で新聞各社は頑なにハクティビストとは呼ばずにハッカーもしくはサイバー犯罪集団という呼称を用いた。これには、正義の味方というイメージを持たせてはならないという、警察庁からの強い要請があったと言う。

これまで海外のハクティビストの日本支部ができたことはあったが、日本独自のハクティビスト集団は初めてだった。ハクティビストという冠がついたおかげで、ラスクはますます世間から注目を集めるようになっていった。

外から見れば、肇たちのしていることは、平成版ネズミ小僧だ。インターネットを利用した抗議活動、それも社会の不正を糺《ただ》す活動とも言える。実際、安部はそれを狙っており、その通りに物事は進んでいるわけだ。

ネット上にはラスクを支持する熱狂的なグループがいくつも誕生した。中学校や高校ではラスクのことが話題にならない日はなく、週末には思い思いの仮面を被り、ラスクのTシャツを着て街を練り歩く集団も登場した。ラスク信奉者の行動はネットを通じて全国に伝わり、それがさらに新しい行動を呼び起こした。

都立清北高校一年生の青山拓人もラスクの活躍を見て支持者になったひとりだった。友達はいるし、カラオケやゲーセンにも行く、それなりに盛り上げるが、いまひとつ楽しくない。楽しそうにしている友達に、つまらなそうな顔を見せないように気を遣ってしまう。違和感を覚えながら日々を過ごしていた。唯一の楽しみはネットだ。ツイッターやLINEで会話し、ネットゲームをする。そこには気の置けない仲間がいた。ラスクの活躍を知った彼はすぐにラスクを支持するコミュニティに参加して、さまざまなことを教えてもらった。そのコミュニティには、ネットと社会のあり方を考えている大人がたくさんいた。政治や社会問題を考えたことのない彼にとって、ネットを通じて社会のあり方を変えるという発想は新鮮だった。それも金と利権にまみれた政治ではなく、ネットを通して政治家に直接プレッシャーをかける。自分なりのやり方でなにかできそうな気がした。拓人はラスクの活動にのめり込み、学校でも誇らしげにそのことを話すようになった。

全国の中学校や高校に、拓人のような生徒が無数に生まれていた。ラスクは若者にとって、自分たちと社会を結ぶひとつのシンボルになった。

ヤザキネットスーパーに勝利した後の数日、肇はパソコンに張り付いていた。莫大な量のニュースとフォロワーの反応をチェックしなければならない。取材申込みや問い合わせは、一覧表に整理して安部に渡す。目が回るような忙しさで、ほとんど家から出られなかった。食事は、近所のコンビニで弁当やおにぎりを買って凌《しの》いだ。

おにぎりを食べながら奔流のようなツイッターのタイムラインをながめ、仄暗《ほのぐら》い部屋の中でディスプレイの灯りに照らし出される安部の顔を思い出し、会いに行きたくなった。だが、持ち場を離れるわけにはいかない。ノートパソコンを持っていってもいいのだが、間違いなく作業効率が落ちる。それは安部も喜ばないだろう。

三日目にようやくひと息つけて、ランチを外で食べることにした。ずっと閉じこもっていたから、外の空気を吸いながら食事をしたかったのだ。混雑を避けて一時を過ぎてから家を出ることにした。

部屋を出ると快晴だった。空が高く見える。爽やかな気分で、深く空気を吸い込む。安部を誘ってみようと思いついた。毎日チャットしているが、顔は見ていない。安部もずっと閉じこもっているだろうし、ランチを食べるくらいの時間は一緒にいても大丈夫になっている。

安部の部屋の前まで行ってインターホンを押した。

「はい」

すぐに声が返ってきた。

「高野ですけど……突然すみません。昼ご飯食べました？　まだなら一緒に外で食べませんか？」

今さらながら、少し緊張して声がかすれた。

「……少々お待ちください」

安部はYESともNOともとれない返事をして、無言になった。事前に連絡しておけばよかった。出かけるとなれば、準備が必要なのだ。急に言われて困ったかもしれない。

考えていると、突然ドアが開いた。肇が後ずさると、黒のセーターとスカートをまとった安部が現れた。唇が血で濡れたように赤く、目つきが怖い。いつもよりも凄《すご》みがある。髪の毛が少しはねている。

安部はいつものように、肇のつま先から頭まで確認し、それから「行きましょう」と言った。肇は気圧《けお》され、はいと答えて歩き出した。

「この三日間は、コンビニの弁当とおにぎりばかりでした。安部さんはやっぱりラスクですか？」

エレベータを待つ間、話しかけてみた。

「主食ですから」

安部は緊張した様子で短く答える。

「なにか食べたいものってあります？」

尋ねた時、エレベータが着いた。ふたりで並んで乗り込む。

「……高野さんが普段よりも緊張しているのは、私がおかしな格好をしているせいでしょうか？」

安部はエレベータの文字盤をじっと見ながらつぶやいた。声が震えている。

「いや、そんなことないです。全然おかしくないです。ただ、理由はわからないんですけど、なんか緊張しちゃって……」

「あわてて着替えたので、おかしいところや恐怖を感じるところがあったら、お知らせください」

「恐怖？」

「たまに怖いと言われますので」

「僕は怖いと思ったことはないです、むしろ癒されるというか、落ち着きます」

「あの……なんと表現すべきかわからないのですが、今の言葉はとてもいいと思います、主に私にとってですが」

安部は顔を真っ赤にした。すっと凄みが失せる。肇は、ほっとすると同時に安部をかわいらしく感じた。

それからいつものように音楽の話を始め、近所のイタリアンレストランに向かった。店の前についても安部はなかなか入ろうとしない。ためつすがめつ、店の外装や中の様子を観察し、うろうろと入り口付近を歩き回る。まるで用心深い猫のようだ。

ややあってふたりは店に入り、安部はサラダ、肇はピザを食べた。

その後マンションに戻り、安部の部屋でコーヒーを飲む。

安部はコーヒーを飲みながらラスクを囓った。

「これを食べないと落ち着かないのです。中毒です」

と苦笑した。

「今日の音楽は、ヘレン・メリルとクリフォード・ブラウンです」

薄暗い部屋の中に、トランペットの美しい響きとけだるく甘い歌声が広がっている。

「では、次の計画をお話しします」

安部はちゃぶ台の上にノートパソコンを置くと説明を始めた。肇は不思議な気持ちになった。世界から隔絶されているようなこの部屋で、こんな計画が進んでいるなんて誰も想像しないだろう。まるで夢を見ているみたいだ。

第五章　饗　宴

　札幌の公園通りに近いテナントビルの二階にあるマンガ喫茶に、スーツ姿の男が現れた。寒すぎる、北海道は日本じゃないとつぶやきながら、巨大な体軀《たいく》を揺らしてレジの前に立つ。

「公務だ。ちょっとここにいる客と話をしたい」

　店番をしている若い男性に警察手帳を見せると、返事を待たずにずかずかと中に入ってゆく。薄暗い店内に、本棚と小さな個室がずらりと並んでいる。個室とはいえ間仕切りは、一六〇センチくらいしかない。一八〇センチをゆうに超える男は、順繰りに上から部屋の中をのぞいていき、やがてある個室の前で立ち止まる。

「見つけた」

　そう言うと個室の扉を開き、中でマンガを読んでいた男を強引に連れ出した。

「なにするんです？」

腕をつかまれて廊下に引きずり出された青年は、男の凶暴な体格に怯《おび》えながらも抗議した。

「もう僕の顔を忘れちゃったんですか？　それともとぼけてるのかな？」

男が顔を近づけると、青年ははっと息を呑んだ。

「吉沢さん？　なんでここに？」

「いやあ、ちょっと訊きたいことがあるんです。まあ、おごるからお茶でも飲みましょう。マンガ喫茶の泥みたいなコーヒーじゃなくて、ちゃんとした味のするコーヒー」

吉沢は強引に青年を店から連れ出した。

ふたりは雪印パーラーに入った。店内は女性がほとんどだ。いやでも吉沢の巨体は目立つ。だが、そんなことは意に介さない様子で、パフェとコーヒーを頼んだ。一方、連れてこられた青年は、黙って目を伏せ、時折様子をうかがうように吉沢を見る。

「念のために言っときますけど、録音したら原因不明の事故死ですよ」

吉沢は楽しそうに笑った。どこまで本気かわからないのが怖い。ふたりのコーヒーと吉沢のパフェが運ばれてきたが、どちらも口を開かない。吉沢は黙々とパフェを食べている。

やがて沈黙に耐えられなくなったように青年が口を開いた。吉沢はうれしそうに、

「なんで居場所がわかったんです？」

「ツイッターですよ。匿名にしてるつもりだったんでしょうけど、ちゃんと追跡できるんです。そういう解析システムがあるんです」

「なんの用です？　僕はなにもしてませんよ」

「証拠がないと考えてるんでしょう？　でもね、犯人はこいつだって決めて、その人物にまつわる情報を全部ひっくり返すと必ず手がかりが出てくるんです。あのハッキング事件で、表には出てこなかったけど、この人おかしいなあと思って僕は何度も様子を見に行きましたよね。会社を辞めて札幌に引っ込んだのも、そのせいじゃないですか？」

「………」

「信用してませんね。日本の警察は自分で証拠を作れるって知ってました？　自宅で証拠品を作ってた検事がいるくらいですから、警察なんかもっとフリーハンドで証拠を作れますよ。警察が証拠を捏造《ねつぞう》し始めたら絶対に冤罪《えんざい》は晴らせない、ってフォレンジックの専門家も言ってます。幼女連続強姦殺人事件で、群馬県警が犯人を緩慕《ゆるぼ》してるんです。あとで家にロリコンのビデオ届けておきます。押収したのが山とあるんで、遠慮しないでじっくり楽しんでください」

「脅しですか？　マスコミにリークしますよ」

強ばった表情で青年が言い返す。

「警察発表がないと記事も書けないような連中が警察に刃向《はむ》かうわけないでしょう。利口なあなたは、それくらいわかってる。もう本音では協力しようかなって思ってるんじゃないのかなあ」

「なにをしろって言うんです？」

「転職先を世話してあげます。今度、新しいサイバーセキュリティ組織ができるんですよ。そこのメンバーになりましょう」

「悪い冗談は止めてください」

青年は、頭から信用していない様子で目をそらした。

「嫌だなあ、冗談じゃないですよ。政府のサイバーセキュリティ組織の栄えある一員になれるんですよ。喜んでください」

吉沢は身を乗り出す。視界を吉沢の肉体でふさがれた青年は、本能的な恐怖を感じて立ち上がろうとした。だが、すぐに吉沢の両手が伸びてその肩を押さえる。

「東京に行く支度をしてください。まさか嫌だなんて言わないですよね。そんなこと言ったら、一生刑務所から出られなくしちゃいますよ」

青年は青い顔でうなずいた。

ラスクの第二のターゲットは『フジアイティネット』。古参のプロバイダだ。パソコの会員を維持できている。

猫も杓子《しやくし》もネット事業をやれば儲かるという時代から存続しているおかげで一定の規模

人間が務めていたこともあり、行き当たりばったりのずさんな経営で有名だ。それでも

ン通信の時代から事業を続けている。取締役以下重要なポストを親会社から派遣された

最近では、データセンターやクラウドサービスにも手を出しているが、こちらのサービスレベルも低い。三カ月前に人的ミスで半日サービスがダウンする事故を起こした。その間、このサービスを利用した都市銀行三行のATMが同時に停止するという未曾有の事故を招いた。にもかかわらず『フジアイティネット』は事故の公表もせず、世間の騒ぎが収まるまでだんまりを決め込んでいた。さらに今年は、個人情報の漏洩事件を起こしたが、他社で盗まれたIDとパスワードを使われたのであって自社からの漏洩ではないと言い張って批判と失笑をかった。ターゲットとして申し分ないダメ企業だ。

攻撃前日の深夜、ふたりは安部の部屋で打ち合わせしていた。安部は、大胆にも七時間前に攻撃予告をツイッターで流すように肇に命じた。

「そんなことしたら警戒されるんじゃないですか？　前は直前だったから警戒するヒマもなかったでしょうけど、半日は長くありませんか？」

肇が言うと、安部は自信たっぷりの笑みを浮かべた。

「大丈夫です。半日くらい前の予告ならなにも対処できないでしょう。規模が大きく内

部に問題を抱えている会社は、腰が重いんです。関係する取引先に連絡するくらいしかできないと予想しています。それに今度狙うのは全部のサービスではなく、メールサービスだけです。もっともメールを使えないだけでも深刻な影響が出ると思いますが」

「賠償金払ってくれるでしょうか。ここは事故起こしてもあまりちゃんと責任とらないイメージがあるんですけど」

「それは大丈夫です。最初の攻撃を成功させて、言うことを聞かなければさらに大規模な攻撃を仕掛けると脅します。金融機関や官公庁の顧客をたくさん抱えていますから、事態が拡大するのは避けたいと思うでしょう」

「ニュースで見たんですけど、親会社はサイバーセキュリティ部隊もってるみたいですよ。攻性防壁《こうせいぼうへき》を開発しているって説明されていました。なんでしょう？」

「防衛省が『フジアイティネット』の親会社に発注したものです。攻性防壁そのものは、攻撃を受けた時に自動的に迎撃する仕組みです。『攻殻機動隊《こうかくきどうたい》』というマンガに出てきます。残念ながら彼らのものは実用で使えるレベルではないし、開発を委託した下請けに逃げられて、まともに動くものはないはずです。彼らには技術も、技術を評価する力もありません。安心して大丈夫です」

「ほんとですか？」

「ほんとです。彼らはとにかく最低です」

いつになく安部が興奮しているように見える。

「安部さん、『フジアイティネット』や親会社に、なにか恨《うら》みでもあるんですか？」

「私怨などありません。ただ……私は『フジアイティネット』の創業時からの利用者でした。二十周年記念のプレゼント企画があった時に、会員期間別に応募枠があったんです。創業時から使っている人はごくわずかですから、全員にプレゼントすると思っていましたが、はずれたんです。この一点からも彼らが利用者を軽視していることは明らかです。そう思いませんか？」

安部が頬を赤らめて力説するので、肇は思わず微笑んでしまった。

「わ、わ、私は賞品をもらえなかったから、恨んでいるわけではないんですよ。なにを笑っているんですか？」

「笑ってないです。ちゃんとわかってます」

「ならいいんですけど……参加意識を高めるようなツールを用意しました。ツイッターのフォロワーさんに使ってもらえるといいと思います」

安部はまだなにか言いたいようだったが、ツールの説明を始めた。ラスクのターゲットを攻撃するツールだ。ラスクの活動に共感する人がこれをインストールすると、自動的にラスクと同じターゲットを攻撃するようにできている。追跡されにくいように匿名化の機能もついている。攻撃開始ボタンを押せば、あとは参加者が停止ボタンを押すか、ラスクから終了命令を受信するまで攻撃を続ける。ツイッターで、「このツールを使ってラスクの攻撃に参加しよう」と呼びかけようというのが安部の計画だ。

「どれくらいの人数が攻撃に参加することを見込んでいるんですか？」

「私の予想では、千人未満です」

「えっ、そんなに少し!?」

「表示上は、十倍くらいに水増しすべきかもしれません」

「そんなに少なくて問題ないんですか？」

「問題ありません。これは参加意識を高めるだけのものです。こういうツールをわざわざインストールして攻撃に参加すると、参加意識とモチベーションが上がります。戦ってるという実感を味わうことができます。本当に攻撃への協力が必要ってわけではないんです。攻撃は、今の私たちだけで充分可能です」

「ああ、なるほど。すごいこと考えますね」

「私が考えたわけではありません。有名なハクティビスト集団アノニマスの前例から学んだんです。特に初期に成功した彼らの攻撃の多くは、ボットネット使いの活躍によるものが多かった。でも、表向きはたくさんの人が参加したおかげで成功したとアナウンスしていました」

「ボットネット？」

肇が首を傾げると、安部が説明してくれた。ボットネットとは、マルウェアを使って他人のパソコンやスマートフォンなどを遠隔操作できるようにしたネットワークである。乗っ取られた持ち主は気づいていない。規模の大きなものは数百万台を支配下に置いていて、命令を送ると一斉にそれを実行する。特定のサーバを攻撃したり、情報を盗んだりするのだ。サイバー空間で、よく用いられる強力な攻撃兵器だ。ゼウスと呼ばれるボットネットは全世界で千三百万台に感染し、五百億円以上の被害をもたらしたと言われている。

「なるほど、単なる少人数のチームよりは、たくさんの声なき人が参加するものの方が草の根っぽくて印象よくなるでしょう。マスコミ受けもいいと思います。有名人とかアイドルに使ってもらって、それをツイッターで公言してもらいたいですね。ああ、でもばれると捕まっちゃうのか」

安部と一緒にいるとリミッターがはずれたように次々とアイデアが湧いてくる。考えてみれば、安部の正体を突き止めた時もそうだった。

次に攻撃の理由を整理した。安部は、『フジアイティネット』について、たくさんの問題点をあげつらったが、肇は、個人情報漏洩事件に絞ることにした。それだけでも充分な理由になるし、なによりわかりやすい。ツイッターでは、それだけを指摘し、ラスクのブログで他の問題点にも触れるようにした。

『フジアイティネット』個人情報漏洩事件は、五十六万件の個人情報が流出した事件だ。流出した情報には、電話番号やクレジットカード番号などが含まれており、悪用されたケースもあった。当初『フジアイティネット』は、他社で盗まれたパスワードを使った攻撃と発表した。複数のサービスでパスワードを使い回している利用者は多いため、盗んだパスワードを他のサイトで使った攻撃の成功確率は高い。最近流行《はや》っているリスト型アカウントハッキングと呼ばれるものだ。

だが、『フジアイティネット』の個人情報漏洩は、リスト型アカウントハッキングによるものではなく、内部犯行によるものだということがのちに判明した。犯人は逮捕され、刑事事件となった。すると、『フジアイティネット』は係争中の事件のため、なにもコメントできないと言い出した。被害者への謝罪も賠償も、裁判が終わり、全ての事実関係が明らかになってからの一点張り。非難を浴びても全く方針を変えなかった。ラスクは、この事件について『フジアイティネット』の謝罪と賠償を求めることにした。

攻撃は二十一時に行うことになった。これに先立つ十四時に肇は攻撃予告ツイートを流した。

――我々は、ラスク。日本に巣くう悪徳企業を糾弾し、彼らに踏みにじられた利用者を救済する。今回のターゲットは、『フジアイティネット』。五十六万件もの個人情報を流出し、会員に被害を与えたにもかかわらず、未《いま》だに謝罪も賠償も行っていない。#ラ

スク

――本日、二十一時。『フジアイティネット』は、裁きを受けることになるだろう。

#ラスク

予告のツイートを流した時からネットは騒然となった。ネットニュースは、さっそく取り上げ、一部のテレビニュースでも未確認情報あるいは噂としながらも紹介された。

肇は反響の大きさに驚いた。

予告した攻撃の時間が近づくと、ツイッターのタイムラインが騒がしくなってきた。わくわくしてパソコンの前に座っている者や、街なかで数人で固まってスマホを見ている者がいる。渋谷にはいくつかのテレビ局がクルーを出し、通行人にインタビューしていた。いくつかのニュースサイトでは実況を開始した。みんな、『正義の味方』が敵をたたきのめすところが見たいのだ。

今回も肇は安部の部屋に籠もっていた。安部の前には、ディスプレイが三つ設置されている。安部は、三つを交互に見ながら、せわしなくキーボードを叩いている。

肇も、目の前に流れるツイッターの画面をながめてじっと待った。

攻撃の時間になった。

──二十一時ジャスト。これより『フジアイティネット』のメール関連機能が停止する。自らの罪を認め、会員に謝罪と賠償することを望む。賠償金は、ブラックマーケットにおけるクリティカルな情報を含む場合の個人情報相当額、ひとり一万円。#ラスク

肇がツイートすると、ものすごい勢いでリツイートされた。瞬く間に数千リツイートされ、ツイッターのトレンドのトップに躍り出た。肇の操作する公式アカウントには、次々と『フジアイティネット』の状況を報告するリプライが入ってきた。どうやらまだ動いているようだ。

──『フジアイティネット』のメールサーバのレスポンスが悪い。でも、まだぎりぎり使えるかも…… #ラスク

放っておいても時間の問題だが、参加者を盛り上げておこうと思った。

──攻撃は継続している。攻撃に参加したい有志は、このツールをどうぞ。#ラスク

肇は攻撃用ツールを置いてあるＵＲＬをツイートした。オレもオレもと安易な追随者がツールをダウンロードして攻撃に加わった。

──現在『フジアイティネット』に対して行われている攻撃は違法行為です。ツールをダウンロードして攻撃に参加すると、逮捕され、罪に問われることがあります。くれぐれも注意してください。#ラスク

一方でサイバーセキュリティ関係者の一部からはこのような警告が流れ、こちらも数

多くリツイートされた。

二十一時十分には『フジアイティネット』のメール関連機能はほぼ停止状態に陥った。

――『フジアイティネット』のメール関連機能は停止した。このまま十二時間停止させる。もしも『フジアイティネット』が私たちの要求に応じない場合は、さらに攻撃を繰り返す予定。 #ラスク
こちらも瞬く間にリツイートされ、勝利を喜ぶツイートが散乱した。

その様子を見て、肇はほっとした。これで一段落だ。とはいえ、また数日はパソコンから離れられないだろう。

「私は喜んでいます。そこで、ハイタッチすることを提案したいと思います」

いつの間にか、肇の横に安部が立っていた。

「はあ」

ハイタッチするのはやぶさかではないが、あらかじめ提案する人を見たのは初めてだ。不思議な気分になりながらも肇が立ち上がると、安部がかすれた声で、イエーイと言いながらぎこちなく右手を挙げた。空中で停止し、肇の手を待つ。肇もイエーイと右手を挙げ、安部の手にタッチした。手が触れあった時、ひどくどきどきした。

「あの……コーヒーを淹れます」

安部がそう言って右手をおろして初めて、肇は自分が安部の右手を握っていたことに

気がついた。なにを考えているんだ、と自分にあきれる。そんなことをしている場合じゃない。

力なく座り込むと、聴いたことのある旋律が耳に入ってきた。合成音声の少女がため息のような声で、ビートルズのナンバーを歌っていた。


二十二時のテレビニュースで、『フジアイティネット』の事件が取り上げられた。

「さきほど発生した事件です。本日二十一時、ハッカー集団ラスクが東京に本社をおくIT企業『フジアイティネット』のサーバを攻撃し、停止状態に追い込みました。ラスクというのはつい先日、正義の味方を標榜《ひょうぼう》して現れた集団でしたね」

キャスターがゲストのサイバーセキュリティ専門家に話しかける。

「はい。あの時はほんとに突然という感じでしたが、今回は半日前に予告もありました」

「予告されたら、なんとかできないものなんでしょうかね。警察に助けを求めるとか」

「おそらく対策はしていたとは思うんですが、ダメだったようです。本格的な対策を行う時間がなかったのかもしれません」

「犯人はそれを考慮して予告を半日前にしたのかもしれませんね。予告したほうが注目される。しかし、あまり前に予告すると対策されて攻撃に失敗するかもしれない。だったら、準備が間に合わないくらいの時刻に予告してやれ、と考えたんですかね」

ラスクが『フジアイティネット』攻撃を成功させた数日後、拓人は放課後少し離れた駅まで足を伸ばした。駅前のファミレスでラスク支持者の会合があるのだ。初めて参加するラスク支持者のオフ会だ。ひどく緊張した。

電車を降りてトイレに入ると、ラスクのシンボルマークをプリントしたTシャツを着て、のっぺらぼうのような白い仮面を被った。恥ずかしいが、正体を隠すためには仕方がない。

トイレから出ると、どきどきしながらファミレスに向かった。すれ違う人々が、おや？　という表情で仮面をつけた拓人を見る。中には、あからさまに指さして大笑いする子供もいた。

ファミレスに入ると、出てきた店員がはっとして言葉を呑み込んだ。それから拓人がなにも言わないうちに、「こ、こちらです」と勝手に歩き出す。店員の向かう先に目をやると、そこにはすでにラスクのTシャツに仮面の集団がいた。仮面をつけた十二人が一斉に拓人に顔を向けた。近づくと、「自己紹介はいらないから」とその中のひとりが言い、自分の隣に腰掛けるように手で示した。拓人は無言で座った。

十分ほど無言の時間が過ぎ、その間にも次々とメンバーは増えていった。七時を過ぎた頃、リーダーらしき人物が口を開いた。

「本日の会合は、攻撃ツールについての説明をして認識を共有することが目的です。ご存じのように二十一時からラスクの攻撃が始まります。僕らも攻撃ツールを入手すれば簡単に参加できます。参加する、しないは個人の自由なので、ここで参加表明する必要はありません。お知らせしておきたいことはふたつ。ひとつは、このツールが安全なものかどうか。ツールの機能。この手のツールには罠が仕掛けられていることがあります。過去にはFBIが、密かに利用者の情報を盗む機能をつけて配布していたこともありました。そこで実際に動かして細かく動作をチェックしてみた結果、危険がないことがわかりました。使っても大丈夫です。ただし……ふたつ目の話なんだけど、このツールの攻撃力というか効果はあまりない」

「どういうこと？　危険はなくたって、使っても役にたたなけりゃ意味がないじゃん」

「いや、そういうわけじゃない。攻撃力は限定的だけど、たくさんの人が攻撃に参加しているという事実が大事なんだと思います。一種の示威行動です。デモやパレードみたいなものと思えばいいでしょう。だから、参加者が多いほど、効果はあります」

なるほどと拓人は感心した。ツール配布のニュースを見てから使おうかどうかずっと迷っていた。今の話が本当なら使っても大丈夫そうだ。家に戻ったら、さっそくインストールしよう。

その後、話はツールの使用方法と注意事項に移り、拓人は熱心に耳を傾け、メモをとった。名前も名乗らず、雑談もなかったが、妙に居心地がよかった。なにかをやっているという手応えがある。

仲間と別れて家に戻るとさっそく攻撃ツールをインストールし、二十一時からの攻撃に参加した。心配はないと言われていたが、逆探知されて警察に見つかるのではないかという不安と自分もラスクとともに攻撃に参加しているのだという高揚感に包まれ、あっという間に時間は過ぎていた。

攻撃成功とツイッターでつぶやき、仲間とともに成功を祝った。部活に参加したことのない拓人にとって仲間と分かち合う喜びは初めてだった。

翌日、クラスでラスクのことを話している輪の中に入り、あまり情報を持っていない同級生に攻撃ツールを解説してみせた。

「お前、そのツール使ったんだろ。通報するぞ」

そう言って茶化す同級生には余裕を持って、ファミレスで聞いた追跡不能な話と実際には威力は限定的だということを語った。

「お前、マジすごいわ。そんなスキルあるなんて知らなかった」

拓人が話し終わると、数人が感心したようにつぶやいた。夢中で話していた拓人は、思わず赤くなる。

「誰にでもできることだよ。やり方もネットに書いてあるしさ」

急に声が小さくなり、いつもの内気な拓人に戻った。

だが、その日を境に拓人は変わった。なにかができるという自信のようなものが生まれ、物怖《ものお》じすることが少なくなった。


『フジアイティネット』攻略後もラスクの攻撃は続き、騒動は大きくなるばかりだった。四社目の攻撃が成功した時には、ラスクのトレードマークが「TIME」誌の表紙を飾った。ニュースにラスクの話題が出ない日はなかった。

五社目の攻撃を成功させた翌日の午後、肇は安部と連れだって多摩川を散歩した。黒のブラウスにグレーのカーディガンを羽織り、赤いハンチング帽をかぶった安部が、突然肇の部屋を訪れたのだ。

「ご覧ください。ほどよい気温かつ天気は大変よい状況です。多摩川の散歩を提案します」

意表を突く展開はいつものことだが、散歩と聞いて驚いた。いつも部屋に閉じこもっている安部が散歩する姿は想像できない。だが、それも素敵だ。肇は、すぐに着替えると答えた。

肇たちのマンションから多摩川までは十分ほどかかる。ふたりは途中でコンビニに寄って飲み物を買い、肇のデイパックに入れた。

平日の午後とはいえ、河川敷には母子連《おやこづ》れや犬の散歩の人々が行き交っていた。安部と肇は、並んで土手を歩いた。安部は帽子をまぶかにかぶり、なにかに恐縮するようにうつむいたまま歩いていた。ほのかに暖かい初冬の日差しを浴びて歩くうちに、安部はとりとめもなく好きな音楽や小説について語りだし、肇はそれを静かに聞いていた。ラスクのことは話さなかった。土手からながめる街の風景は、静かで穏やかだった。

「遠くを見ることのない生活は、我が身を滅ぼします」

唐突に安部がつぶやいた。なんのことかわからず、肇は立ち止まる。安部は、土手から河川敷に向かうなだらかな傾斜の途中に腰を下ろした。肇も横に座った。目の前に多摩川が見える。

「景色をながめる余裕をなくすと、致命的な失敗をするような気がするんです」

安部は肇のデイパックに手を伸ばした。肇は、コンビニで買ったペットボトルの紅茶を取り出し渡した。

「ありがとうございます。ラスクもいただけますか」

ふたりはラスクを囓りながら、お茶を飲んだ。

「一日に一回は必ず外に出るようにしています。外の空気を吸って景色をながめると、まだ大丈夫って思えてくるんです」

あれほどの技術を持ち、場数を踏んでいる安部でも、余裕をなくすことを恐れているのか。しばらく、ふたりは黙って景色をながめ、かすかな風を感じていた。

「そろそろ戻りましょう」

三十分ほど経つと、安部は立ち上がった。肇も立ち上がる。

夕暮れの土手を並んで歩き出すと、安部が身体をすくめて肇に近づいた。互いの身体に触れるくらいに近づくと、さっと肇の手を握った。子供がいたずらをするような素早い動きだった。驚いて安部の顔を見ると、真っ赤になってうつむいている。

「暗くなってきました。迷子になってしまうかもしれません、主に私が」

安部は言い訳するように早口で言い、肇は思わず笑ってしまった。安部が手を引っ込めようとしたので、肇は強く握る。

「迷子になったら困りますから、手を離しません」

肇が言うと、安部も握り返してきた。

「……助かります。大人の迷子は致命傷です」

肇は安部を抱きしめたくなったが、思いとどまった。いつかちゃんと気持ちを伝えよう。ふたりは手をつないだままマンションまで帰った。

霞ヶ関、内閣官房に近い、あるビルの会議室ではスーツ姿の男たちが無言でなにかを待っていた。いずれもしっかりした体格の鋭い目つきの男たちだ。スーツを着ていても、身体からにじみ出す凶暴な匂いは消せない。事務机とパイプ椅子が雑に並べられた殺風景な部屋。窓からは初冬の日差しが差し込む。肌寒い季節だが、男たちの熱気で室内はむし暑い。男たちの額には汗の玉が浮かんでいる。

がらりと会議室の扉が開き、アメフト選手のような際だって巨体の人物が入ってきた。全員が緊張した面持ちで男に目を向ける。

「ちょっとみなさん集まってください、ってもう集まってるか」

男は、笑いながら部屋の前方のホワイトボードの前に立った。その後ろから遅れてもうひとりの男が現れた。ごく普通の体つきをしている。全員が戦闘力の高そうな集団の中では浮いて見える。

「こんにちは。自己紹介しなくてもわかってると思いますが、吉沢です。みなさんは、新しくできたラスク特別班に配置されました。各省庁から派遣された課長クラスの人たちが上にいて、僕らはその人たちのご機嫌をうかがいながらラスクを捕まえるってわけです。この班には、サイバー系と警察系のふたつがあります。こっちは警察系。みんな、警察官でしょ？　こちらでは、みなさんの経験を生かして過去にサイバー関連の事件に関与していた人間を全員洗ってもらいます。千人くらいかな」

吉沢は、そう言うと全員の顔をながめた。

「千人全員ですか？」

中のひとりが声を上げた。

「全員、しらみつぶしにやっちゃってください。ここのチームは足で稼いでもらうつもりなんで、日本中くまなく回って少しでも怪しいヤツがいたら連絡して、通信記録をチェックしてください」

「通信記録をチェックするということは、令状をとるんですか？」

「そんな面倒なことやってられません。情報を盗んでくれるマルウェアをあげますから、それをうまく仕込んでくださいよ。あとＦＢＩ経由でグーグルなんかのメールは閲覧できます」

吉沢がこともなげに言うと、室内がざわめいた。

「道警の八代《やしろ》です。マルウェアとは、なんです？」

ひとりが手を挙げた。吉沢があきれた顔をする。

「大変よい質問だと思います。おかしいなあ。サイバー関係にくわしい人を出してくれって頼んだのになあ。でも、残念ながら僕は忙しいんです。後で、くわしい人に教えてもらってください。簡単に言えば、パソコンに感染して悪さをするソフトですよ。もちろん違法」

メンバーがざわめき出す。

「無茶苦茶だ」

誰かがつぶやく。

「やだなあ、相手は法律を破ってるんですよ。こっちだけ法律を守らなきゃいけないなんて不公平じゃないですか」

吉沢は獰猛《どうもう》な笑みを浮かべる。室内のざわめきがひどくなった。

「うるさいなあ。みなさんだって、見込みで逮捕して、人権無視の勾留と拷問で自白とってきたんでしょ。そんな人に文句言われたくないなあ」

吉沢がにこにこしながら言うと、静かになった。全員が抗議と怒りの視線を吉沢に向ける。

「あんたなあ……」

怒りに顔を赤くした男が吉沢に向かって駆け寄ろうとした。他の男が、あわててその腕をつかむ。

「やめろ。相手は吉沢だぞ。ただのキャリアとはわけが違う」

言われた男は、はっとして顔色を変えた。

「そうそう。黙って言うことを聞いてくださいね。でないと、僕が困ります。僕を困らせる悪い人は、ここにいないですよね」

男たちは、渋々といった感じでうなずいた。

「まあ、みなさんも急に言われてここに来たんでしょう。突然の要請で派遣されるってことは、そんなに優秀な人じゃないですよね。でなきゃ他の人と折り合いが悪い人。僕を失望させないでくださいよ」

吉沢が笑顔で言うと、場は無言の怒りで静まりかえった。吉沢の横にいた男は、不穏な雰囲気に青ざめた。

「ええっと、五十人くらいいますよね。適当に班長決めて地域を割り振って、さっさと進めてください。地元の警察との調整が必要な時は、僕に言ってくれればやります。わかったら返事して！」

吉沢は全く意に介さず、てきぱきと指示を出す。

「はい！」

全員が太い声を上げた。吉沢は満足げにうなずく。

「あと、ボットネットのマーケットも調べたいな」

吉沢が独り言のようにつぶやくと、男たちがきょとんとした表情を浮かべた。言葉の意味がわからないらしい。

「あ、君たちには無理ってわかってるから」

吉沢が笑うと、今まで黙っていた後ろの男の顔を見た。

「私ですか……UGはほんとにヤバイですよ」

男は頭をかく。

「お国のために滅私奉公するのは国民の義務。ところでUGってなんだっけ？」

吉沢はとぼけた顔で尋ねる。

「アンダーグラウンドの略です。滅私奉公はしませんけど調べます。吉沢さんは、ラスクがボットネットを借りていると思ってるんですよね」

インターネットのUGは課報《ちょうほう》機関や犯罪組織の跋扈《ばっこ》する空間になっている。ボットネットも、そこでは商品のひとつでしかない。時間いくらで巨大なボットネットを借りることも、まるごと買い取ることもできる。それを使えば、ラスクの行っているような攻撃も容易に実行できる。

「可能性のひとつ。だから確認しておかないとね」

「なるほど、了解です。ところで、私はいつまでこうやって吉沢さんについて歩かなきゃいけないんですか？　札幌から無理矢理連れ戻されてからずっとですよね。落ち着いて仕事できないんですけど」

「まあ、慣れてもらうまでの間だけのことだから、あまり気にしないで」

吉沢ともうひとりの男は、話をしながら部屋を出て行った。残された男たちはしばらく黙っていたが、やがて、リーダーを決め、担当の割り当てを始めた。

「本気なんですね？」

会議室を出ると、男は吉沢に尋ねた。

「本気に決まってるじゃないですか。ご存じのように警察はクリティカルなサイバー事件を解決したことは一度もないんです。大手サイトが連続して不正アクセスされてたり、ネットバンクの口座やられたりしても、指をくわえて見ているだけの無能集団。捕まえられるのは間抜けな素人と子供だけです。面目丸つぶれとか言ってる場合じゃないんですよね」

「ラスクを目《め》の敵《かたき》にしている理由はあるんですか？」

「目立つから。それに世間の共感を呼んで、模倣犯を誘発するでしょ。放っておくと、どんどんハクティビストが増えかねない」

「増えますか？」

「少なくとも模倣犯は、すでに出てるでしょう？　この間、ニュースになってた」

「そういえば、確かに……」

男は腕を組み、最近のいくつかの事件を思い起こした。

各地でラスク・メンバーを堂々と名乗る者が現れた。メンバーと言ってもいくつかあるラスク支持者のコミュニティに参加し、ツールを使って攻撃に参加するくらいのものだ。あくまで支持者であり、自称メンバーに過ぎない。あからさまにメンバーであることをネットでひけらかすような者は逮捕あるいは補導された。それでも誇らしげにメンバーだと名乗る者は後を絶たなかった。特に中学生や高校生の中には、同級生の注目を集めたいがゆえにメンバーを自称する生徒が絶えなかった。

青山拓人のいる都立清北高校でも、ラスクのメンバーを自称する生徒が数名現れた。犯罪者だと顔をしかめる生徒もいたが、多くの生徒は尊敬と羨望の眼差しでその生徒を見て、話を聞くために集まった。

拓人は決してメンバーとは名乗らなかった。支持者のひとりだし、攻撃にも参加していたが、名乗ることはラスクらしくないと感じたのだ。彼が時々参加しているファミレスの会合で、大人たちの言動を見てそう感じていた。これは遊びじゃない。もしかすると社会を変えるかもしれないし、逮捕されて刑務所に入ることになるかもしれない。お気楽に同級生に自慢できるようなことではないのだ。

ラスクにくわしいということで、自称ラスクのメンバーに話しかけられることもあったが、拓人はできるだけ相手にしないようにしていた。すると相手は、「全然わかってねえじゃん」といった捨てゼリフを残して去って行く。それでよかった。自分と仲間がわかっていればいい。他の人間にひけらかすことではないのだ。

「あまり人に言わないほうがいいと思うな」

うっかり拓人が自称メンバーに言ったために、殴り合いのケンカになったことが一度だけあった。相手が怒り出し、拓人をウソつき呼ばわりし始めたのだ。拓人も、かっとして、そっちこそ本当のメンバーでもないくせに、と言い返し、殴りかかられたのだ。相手は数人いたので、拓人は一方的にやられ、「メンバーでもないくせに、ウソついてんじゃねえ」と言われた。一番腹が立ったのは怒りを抑えられなかった自分自身に対してだった。以来、自分を抑えている。

その日の下校時にも、自称ラスクのメンバーがやってきた。「ラスクの話をしようぜ」というのを、特に話すことないからと言って振り切った。「メンバーでもないのに、知ったかぶりしてんじゃねえよ」と罵声が飛んできたが、無視した。

こういう連中の相手をするのには慣れてきたが、一緒にいる友達が怖がって逃げてしまうのには困っていた。昼休みに来られると友達が逃げてひとりで食べることになるし、下校時はひとりで帰ることになる。なんだかなあと思いながら、陸上部のかけ声の響く日暮れの校庭をひとりで歩いていた。

「あのツールは攻撃することが目的じゃないんでしょう？」

突然話しかけられて、はっとした。

「ごめん。驚いた？」

立ち止まって声のした方を見ると、同じクラスの鈴木沙穂梨だった。美人だが、いつも静かでひとりでいることが多い。愛想が悪いわけではないのだが、どことなく他人をよせつけない雰囲気があってクラスの中でも少し浮いた存在だった。

「いや、ぼんやりしてただけ……でも、ツールってラスクの作った攻撃ツールのこと？」

「調べてみたけど、あれで攻撃してもサーバはダウンしない。だからあれは、一緒に戦っていることを確認するための道具なんでしょ？　そうでないと意味がない」

沙穂梨は淡々と語った。拓人は沙穂梨の真意を計りかねていた。なぜ突然話しかけてきたのだろう？

「ラスクに興味があるの？」

「違う」

沙穂梨は頬を少し赤くしてうつむいた。

「一緒に戦いたい」

うつむいたまま、小さな声でつぶやいた。相手が沙穂梨で、しかもこんないじけた話し方でなければ拓人も相手にしなかっただろう。厨二病《ちゅうにびょう》かよ、とスルーしてそのまま帰ったはずだ。

「ラノベやアニメと違うんだ。リアルに補導されたり、逮捕されたりするし、個人情報

を ネットに晒されることだってある」

ラスク・メンバーを自称して補導されて停学になったり、家裁送りになった子供のニュースは珍しくない。その後、ネットに実名や学校名を晒された生徒もいる。起きている事件は現実離れしているが、追随者が受ける罰は容赦なくリアルだ。

「あたしは、あの人たちとは違う」

「あの人たち？」

「ラスクのメンバーだって言ってる人たち」

「なにをしたいの？」

「……世の中を変えたい。生きやすい世の中にしたい」

確かに自称ラスク・メンバーとは違う。彼らはもっと攻撃的で大げさなことを言いたがる。

拓人と沙穂梨は連れだって歩き出し、とりとめもなくラスクについて語り合った。

拓人は沙穂梨のネットに関する技術的知識の豊富さに驚いた。父親がシステム開発の仕事をしており、幼い頃からパソコンを与えられてある種の英才教育を受けていたのだと言う。

ふたりは一緒に下校するようになり、ラスク支持者の会合にも一緒に行くようになった。

沙穂梨は、危ういほどに一途《いちず》な性格だ。筋の通らないことをひどく嫌う。あまり人と触れあわないのも、近づきすぎると必ずケンカしてしまうためらしい。相手の非論理的なところが許せないのだと言う。

ある時、「仲良くなると、きっと嫌いになるから、あまり仲良くしないで」と沙穂梨が拓人に言った。沙穂梨に惹かれ始めていた拓人は、なんと答えればよいのかわからず、しばらく黙っていた。

「嫌なことがあるかもしれないからって、なにもしなかったら、それはそれで後悔するだろ。だから仲良くする。ケンカしたら仲直りすればいい」

そう言うと、沙穂梨はしばらく黙って拓人を見つめていた。それから、くすくす笑いだした。

「そんなの言われたことない。ケンカばかりしてたら疲れちゃうでしょ」

「疲れて、ケンカしなくなるさ」

「青山くんておかしい」

拓人の胸の奥が熱くなった。

■　背信者X　2

――どんどん現実味がなくなっていく……どういうことなんだ？

オレはわくわくしつつ、恐れていた。

ニュースにオレたちのことが取り上げられ、ネットの掲示板やツイッターで話題にされる。そうなればリアルな感覚も出てくると考えていた。『正義の味方』を名乗り、裏で金を稼ぐ悪党としての感覚だ。うしろめたさや、誇らしさや、不安や恐怖。それを裏付ける現実のいろんなことも見えてくるはずだった。

しかしそうはならなかった。

まるで実感が湧かない。自分は当事者のはずなのに、ドラマでも見ているような気分だ。もちろん、不安はある。だが、それよりも妙な高揚感が大きい。以前の地味な仕事では感じなかったものだ。

安っぽい英雄気分、と自嘲的に思おうとしたが、気持ちの高ぶりは治まらなかった。これでは、逮捕されたハッカー連中たち、アノニマスやラルズセックの連中と同じだ。英雄扱いされ、いい気になって、やがてそこから抜けられなくなって最後には逮捕される。わかりやすい破滅への道が見えた。にもかかわらず、オレは妙に心地よかった。

「河野《こうの》さん、ラスクどう思います？」

突然話しかけられてどきりとした。見ると、数人の院生がモニターを前にああだこうだと騒いでいる。教授がいないと、うるさくてかなわない。

オレがいるのは、京都科学技術大学の河合《かわい》研究室。表向きは社会学という文系っぽい学問なのだが、実際にやっているのはシミュレーションシステムを作り、社会事象を解析する仕事なので限りなく理系に近い。

助手であるオレの仕事の半分以上は、教授に言われたシステムを作ることだ。これがそのまま研究活動にもなる。残りの仕事は、ここにたむろする学部生や院生の面倒を見ることだ。

「わかんないな」

とぼけると、質問したヤツが、えーっと声を上げた。

「河野さんは、WEBアプリの脆弱性《ぜいじやくせい》見つけるのうまいじゃないですか、ハッカー友達とかいるんじゃないんですか?」

「日本にはハッカーなんかいないと思うな」

「だってコンペとか大会に出てるじゃないですか、あれってハッカーでしょう?」

「現場の場数を踏んでないヤツはダメだ。攻撃するにしても守るにしてもな」

「そういうもんですか……」

院生は、不思議そうな顔でオレを見つめた。

「お前ら、そんなにラスクやハッカーが気になるなら、ケビン・ミトニックやアノニマスのsabuのことを調べてみるんだな。ああいう経歴がないハッカーは使えないよ」

オレは、本棚に並んでいるミトニックの自伝とアノニマスの本を指さした。

「原書だ……」

院生は、苦笑した。

「英語を使いこなせない時点で、ハッカーはあきらめたほうがいいかもね」

オレは笑った、バカな連中のお守りを早く辞めたいと思いながら。

第六章　終わりの始まり

ある日の午後、肇はコンビニで飲み物を買ってマンションに戻った。だが、自分の部屋の扉を開けようとしたとき、カチリとスイッチが入った感覚がした。違和感がある。

その正体を突き止めようと考え、誰かに見られている気がするのだとわかった。ドアに耳を押し当てると、足音のようなものが聞こえた。誰かが中にいる。鳥肌が立つ。警察に電話すべきか、それともまず管理人に報告すべきか。だが、隣の部屋の音が聞こえたのを勘違いしたのかもしれない。

そこまで考えて、ある可能性に気づき、自分で確認することにした。部屋の扉を開けて、おそるおそる中をのぞき込んだ。予想通りの相手が中にいた。物珍しそうに部屋の中を見回している。

「よお」

肇に気づいた男は、悪びれた様子も見せず笑いかけた。佐藤だった。

「お前……どうやって入ったんだ？」

肇は部屋に上がり、佐藤に近づきながら尋ねた。

「管理人さんに頼んだら入れてくれたよ。オレ、何度か来たことあるじゃん。管理人さんとも話をしたことあったから頼んでみたんだ。外で待ってると退屈だしさ。まあ座れよ」

「ほんとか？　なんて管理の甘いマンションなんだ。ヤバイじゃん」

そこまで管理人が甘いとはにわかには信じがたい。それに今日の佐藤は、髪もぼさぼさ、服装もジーンズに革ジャンというラフな格好だ。怪しまれることはあっても信用されそうにない。訝しく思いながら、床に腰を下ろす。

「てか、お前、なんで東京にいるんだ？」

「そろそろ再就職しようかと思って東京に戻ってきたんだ。それでついでにお前の様子を見に来たんだけどさ」

「そうなんだ。なんか飲む？」

肇は、コンビニ袋からペットボトルのネックスを取り出した。

「うえ、ネックス⁉　相変わらず変なもの飲んでるな」

「いかにも合成甘味料使ってますっていう味がいいんだ。たまに無性に飲みたくなる」

「他に選択肢あるの？」

「水道の水」

「……ネックスでいいや」

「オレ、いつも氷なしだけどいいよな」

「そうだった。それも信じられないんだけど、まあいいよ」

肇はキッチンからコップをふたつ持ってくると、魔法の毒液のように泡立つ琥珀色《こはくいろ》の液体を注いだ。佐藤は、黙ってそれを見ている。

「ありがと」

佐藤はネックスをひとくち飲むと、微妙な顔をした。

「しかし、ほんとに汚いよな。相変わらず彼女いないんだ」

部屋を見回して、苦笑した。

「まあね」

彼女と言われた時に安部の顔が脳裏をよぎったが、まだとても彼女と呼べる状態ではない。

「会社は辞めたんだろ？　なにしてんの？」

佐藤は、ちびちびとネックスをすりながら尋ねてきた。

「なんにも。しばらくぶらぶらして、それから再就職しようと思ってさ」

肇は努めてさりげなく答えて、ネックスを飲み干した。

「優雅だな……オレもそうなんだけどさ。焦ったりしないの？」

「そりゃ、時々焦るけど、まあ、もう少し様子を見てもいいような気がしてる。お前は、どこに再就職するんだ？」

「とりあえず、大学の先輩や以前の取引先に会って、話を聞いてるとこ。どこも厳しい感じだな。再就職そのものは難しくないんだけど、給料が前より低くなったり、キャリアプランがなかったりしてさ」

佐藤の言葉に、なにかが引っかかった。不自然だな、と思った瞬間、スイッチが入った。

「お前、やっぱり本当は再就職のために来たんじゃないな」

肇は佐藤の顔をじっと見た。

「おいおい、突然なんだよ」

「オレの部屋で、なにをしてた？」

佐藤の顔色が変わった。

「なんでわかった？　ほんとにここ一番って時にカンが働くよな」

「お前はオレのいない時に、家に来たことが三回ある。その三回とも、事前にオレに電話した。でも今日はそうしなかった。それに管理人に開けてもらった話もウソだろう。数回会っただけの人間のために鍵を開けるほど甘くないはずだ。ここの合い鍵をこっそり作ってたんだろう。だいたい再就職先を探しているにしては髪型や身だしなみがだらしなさすぎる。答えてもらおう。見えすいたウソをつくということは、ウソをついた理由を説明する用意があるってことだ」

「いや、お見事。マジすごい」

佐藤はゲラゲラと笑い出した。

「ほんとはなにしに来たんだ？」

「いや、単に顔を見たくなっただけさ。お前だけじゃなくて、東京の友達に会いにきたんだ」

「それもウソだ。それなら最初からそう言う。オレに言いにくい理由があるはずだ。なあ、怒らないし、誰にも言わないから言ってみろよ」

「困ったな」

その時、肇のスマホがかすかに揺れた。メール着信のバイブレーションだ。

「メール見ていいよ。急ぎかもしれないだろ」

肇は佐藤に見えないように、メールをチェックした。間の悪いことに、安部からコーヒーの誘いだった。

「オレ、出かけなきゃ」

肇がつぶやくと、佐藤の目が光った。

「なに？　彼女でもできたのか？」

「……まあ、そんなもんかな。それよりちゃんと説明しろよ」

「彼女からの誘いか？　ちょうどいい。紹介してくれよ。どんな女の子なのか興味ある」

佐藤は質問を無視して、肇に尋ねる。

「まずオレの質問に答えろよ」

「そんなに彼女のことを秘密にしたいのか？　紹介してくれよ」

「だから、なにしに来たのか教えろ。それに、あの人は知らない人と会うのが苦手なんだ」

「年上だな。年下なら『人』なんて言わない」

「あ……」

しまった、と肇は思った。

「よし、今度はオレが一本とった」

佐藤は笑うと、立ち上がった。

「デートの邪魔なんて野暮なことはしねえ」

そう言って、肇の返事を待たずに玄関に向かった。肇は、あわてて後を追う。

「また、連絡するよ。鍵は返しとく。じゃあな」

肇がなにか言う前に、佐藤は合い鍵を置いて出て行った。結局、なにが目的だったか教えてくれなかった。なにかが起こるような、いやな予感がした。いちおう安部にも佐藤が現れたことは報告したが、あまり興味はないようだった。

六社目のターゲットは、攻撃予告を流した三時間後に、利用者への謝罪と賠償を行う旨を発表した。

安部の部屋で待機していた肇は拍子抜けした。

「……できすぎです」

安部は、つまらなそうにつぶやいた。

「攻撃しなくて済むなら、いいじゃないですか」

そう言う肇も、最初の攻撃の高揚感を思い出し、少し物足りなく感じていた。

「次の攻撃は四週間以上先にしましょう。状況を確認してみたいのです。主に攻撃ツールの状況と情報収集です」

安部はキッチンでコーヒーを淹れながら言った。

「ありがとうございます。攻撃ツールというと、参加者に配布しているアレですか?」

肇はコーヒーを受け取りながら安部の顔を見た。薄闇の部屋の中に輝く、白く艶やかな肌は特別美しく見えた。

「いえ、本当の攻撃に使用しているものです。あの状態を詳細にチェックすると、捜査がどれくらい進んでいるかもわかると思います。好事魔多しと申します」

安部が使っている攻撃ツールの正体がなにかは肇も知らなかった。訊いても教えてくれない。「技術的には空っぽです。聞くとあきれると思います」と安部は言って苦笑した。

「他にもなにか知りたいことはありますか？」

安部に促されて、肇は今まで気になっていたことを尋ねることにした。

「ラスクになる前も含めて、攻撃の日程変更をしたことがあります。二月八日、三月十七日、五月九日、六月三日、七月二十四日、九月十六日です。過去ログを読みましたけど理由の説明はなくて、都合が悪くなったとだけ言ってました。でも僕の知る限り、安部さんはどの日もこの部屋にいた。なんで日程を変えたんでしょう？」

安部は、今まで見たことのないほど目を大きく開いた。

「よく気がつきましたね。まさかチャットの過去のログをご覧になって、分析していたとは思いませんでした。日付まで暗記しているとは驚愕《きょうがく》です」

安部はコーヒーに目を落とした。

「なぜなんですか？　身体の具合が悪くなったとかですか？」

「秘密です。体調はすこぶる良好でしたよ」
安部は肇の顔を見ずに答えた。
「……いつかお話しします」

ラスクが攻撃を休止してもネットではまだ活発に議論が行われていた。ツイッターのリプライも減る気配がない。賛否両論あるが、賛成派が多いようだ。ラスクの何度かの攻撃で、一般人には迷惑をかけないことがわかってきたせいだろう。被害を受けるのは、問題のある企業だけなのだ。

そして内部告発も途切れない。いろんな人々が情報を送ってくる。サイトやソフトの脆弱性、自分はどこそこの人間だが管理用アカウントのIDとパスワードを教えるので内部情報を公開してほしいといったものから、現在進行形の隠蔽されている事件の告発まで枚挙にいとまがない。安部の話だと、過去のハッカー集団もある程度有名になると、情報提供が爆発的に増えたそうだが、ラスクも同じだった。

ラスクに寄せられた情報は安部が仕分けし、そこからピックアップしたものを肇がツイッターとブログに出すようにしていた。

――フジデータセンターで電源装置の異常。データセンターを利用している銀行のA

ＴＭが停止。アナウンスはなし。＃ラスク
――Ａ生命保険会社のルーターに既知の脆弱性。関係者は早急に対処をお願いします。
＃ラスク
こんな感じで、情報提供された事故情報、特に現在進行形のものを肇は毎日公表している。それを見たＩＴライターたちが必死に事故発生現場を探し回り、翌日までには特定されてニュースになる。
この情報のおかげでラスクが攻撃をしていなくても、人気は衰えることがなかった。むしろ声なき人々の声を代弁する『正義の味方』というイメージが強くなってきた。

肇が近所のコンビニから出てくると、出入り口の近くに立っていた見知らぬ長身の男が近づいてきた。一八〇センチ……いや、それ以上あるだろう。パーマのかかった髪、細いががっちりした体つき。大きなサングラスをかけていて表情が読めない。そして妙にきっちりとダークスーツを着こなしている。なにものだ？

無視して歩き続けていると、男は肇のすぐ後ろまでやってきた。

「黙って、そのまま歩いて。振り返らないで。あんたはラスクのメンバー。広報担当の高野肇。そこのマイスリー調布というマンションに住んでいる。全てわかっているから逃げても無駄だ」

信号待ちをしている肇の横に立った男は、低い声でささやいた。肇は、はっとして男の顔を見、そして周囲を見回した。男の他には誰もいない。

「………」

肇がなにか言おうとすると、信号が変わった。男は道の向こうにある看板を指さした。

「そこのコロラドという喫茶店に行こう。なにも訊くな。後で説明する」

早口でそう言うと歩き出した。肇は一瞬躊躇したものの、こちらのことを全て知られている以上、逃げても無駄だと判断した。

喫茶店の看板の前で男は立ち止まった。身長とサングラスが威圧感を与える。

「どなたですか？」

肇が尋ねると男はサングラスをはずした。意外なことに人の良さそうな顔つきだ。

「まあ、お茶でも飲みながら話そう」

そう言うと、肇の肩をポンと叩いて店に続く階段を上がった。肇もわけがわからないまま後に続いた。

喫茶店は空《す》いていた。男は周囲に客のいない窓側の席を選んだ。肇が向かいに腰掛けると、すぐにウエイトレスがやってきた。

「オレ、ブレンド。あんたもブレンドでいい？」

男の言葉に肇は、はいとうなずく。

ウエイトレスが去ると、男は肇の顔を見て笑みを浮かべた。邪気を感じさせない優しい笑いだ。

「驚かせてすまん。仲間だから安心してくれ」

そう言って軽く頭を下げる。

「は？」

仲間といえばラスクしか考えられない。しかし、ラスクのメンバーは互いのことを知らないはずだ。

「ええとね。全員参加の会議は回転寿司チャットと呼んでる。司会者はジョン。これくらい言えば仲間だって証拠になるかな」

「……でも、なぜ僕のことを知っていたんです？」

「それは、あんたを仲間にする前にオレが身上調査をしたからさ」

「身上調査？」

「チームメンバーの候補の身元を調べるんだ。だいたい全員調べたかな。オレはその担当。あんたのことも調べた」

「そうだったんだ……」

「ジョンの正体だけは、知らないんだけどね」

「そうですか……」

目の前の相手を信じていいものかどうかわからなかった。だが、ラスクのことにくわしいのは確かだ。

「お待たせしました」

そこにウエイトレスがコーヒーを運んできて、会話はいったん中断された。

「本当はね。仲間が互いのことを知らないほうがいいと思う。なにも問題が起きてなければね」

男はぼそっとつぶやいた。

「なにか問題が起きてるんですか?」

「かもしれない。これはオレだけでなく、もうひとり同じ懸念を抱いている人間もいるから思い過ごしってわけじゃないと思う」

「なんでしょう?」

「ジョンが入れ替わっているかもしれないってことさ」

「え?」

男の話によれば、『正義の味方』の話が出てきてから、ジョンの様子がおかしいのだと言う。発言の頻度が増え、内容にも変化がみえるため、何者かが入れ替わっている可能性があると考えて調査に乗り出した。ジョンである安部と身近に接している肇は、全くその変化に気づいていなかった。

「なるほど……でも、ジョンほどの使い手と入れ替われる人がいるんでしょうか？」

「世の中は広い。ジョン以上の腕利きがいても不思議じゃない。正直、国内にいる可能性は低いと思う。だが、ＣＩＡのような海外諜報機関には、外部協力者も含め、たくさんいるだろう」

「ＣＩＡ……そんな連中が僕らを狙うんですか？」

「あんたもラスクが『ＴＩＭＥ』の表紙になったことを知ってるだろ。世界中が注目してる。そこのリーダーになりすませば、強力なハッカーチームを手に入れられる。そこを通じて欲しい情報を盗み出せばいい。ただこの仮説は今やってる派手な活動には、そぐわない。目立ちすぎだ」

「なるほど」

「まあ、でもオレの今日の目的は達成できた。仮説のひとつは否定されたわけだからな。オレは、あんたがなりすましてるんじゃないかと思ってたんだ。でも会ってみてわかった。あんたにはジョンの真似はできない」

そんなことを考えていたのか、と肇は驚いた。

「それはどうも……」

「じゃあ、また会いに来るかもしれないが、よろしくな」

男はそう言うと、コーヒーを一気に飲み干した。そしてすぐに立ち上がる。肇もつられて立ち上がった。

「ここはおごる」

男はサングラスをかけながら言うと、足早にレジに向かった。

「ごちそうさまです」

「いつも世話になってるからな。あんたの広報、すごくいいと思うよ」

男は肇の肩を叩き、ふたりは、連れ立って店を出た。

「ここで分かれよう。オレは右に行く。あんたは左に行ってくれ」

階段を降りながら男は言い、肇はうなずいた。

「なあ、あんた。隣に住んでるべっぴんさんと仲いいみたいだな」

階段を降りきる直前、男が尋ねた。

「はあ、まあ」

肇は、安部のことは言えないなと考えながら答えた。

「ひとつ忠告しておく。いくら信用できる相手だからって、仕事をしてるとこを見せちゃダメだ。理由は言わなくてもわかるな」

男は隣の家の住人がジョン本人だと気づいていない。ただの肇の彼女だと思っている。だから攻撃の時間に隣の部屋にいたことを責めているのだ。チームメンバー以外に秘密が漏れたと勘違いしている。それにしてもなぜわかったのだろう。監視カメラでも設置しているのだろうか？

「彼女がよく貧血を起こすんです……そういう時は寝ているので、なにも知らないはずです。心配で近くにいただけなんです」

肇は、そう言いながら、すらすらとウソをつける自分に驚いていた。

「それならいいんだが、それでも万が一ってことがある。できるだけ止めたほうがいい」

「はい。気をつけます」

男は肇の答えを聞くと、階段を降りて右に曲がった。


男と会ったことを安部に話すべきかどうか迷ったが結局話すことにした。男は、肇が安部の部屋に入り浸っていることも知っているのだ。安部なら男が本物の仲間かどうか判断できるだろう。

その日の深夜、肇は安部の部屋にコーヒーを飲みに行った。

「……その特徴はメンバーのひとり、鈴木という人物と一致します。一八〇センチを超える人は珍しい。そのうえラスクの内情にくわしい人間となれば、さらに少ない。彼が本物の可能性は高い」

安部は親指の爪を噛《か》んだ。初めて見る仕草だった。

「クセなんです。以前はよく噛んでいたのですが、最近はしていませんでした。その男が言うように、私の性格が変わったのかもしれません」

安部は肇が見ているのに気づくと、爪を噛むのを止め、きまり悪そうな顔をした。

「私の言動のパターンが変化したからといって、チームの暗黙のルールが守られないのは危険な兆候です」

続けて安部が言った。

「ラスクは有名になりすぎましたから、精神的なプレッシャーが大きいんだと思います。私が危険だと思うのは、他のメンバーでこうしたプレッシャーへの耐性の弱い人間が背信行為に走るかもしれないことです。警察へ自首したり、密告したりといった直接的な行為だけでなく、第三者に相談することも大きなリスクになります。誰かに話せば必ず漏れるでしょう」

「ラスクのメンバーだなんて話を聞いたら、絶対に友達に話したくなりますよね」

「そういえば、あなたは平気ですね。あまりプレッシャーを感じていないように思います」

「安部さんがいるからですよ。不安だと思うことはよくありますけど、安部さんと話すとすぐに楽になるんです。落ち着くって言うか……」

「それは……お役にたてて幸いです。私も同じです」

「安部さんでも不安になるんですか？」

「私の内部は常にネガティブな発想で満たされています。子供の頃からの夢は、苦痛なく死ぬことです。不安と羨望を抱え、たったひとりで長生きすることは辛《つら》いだけです」

安部は淡々と語り、じっとコーヒーカップを見つめた。

「あなたはそうではないんですか？」

顔を上げずに安部が尋ねた。

「あまり先のことは考えたことがないんです。心配性なんですけど、暗い気分にはならないんです。ネガティブな発想はないかもしれないです。でもポジティブというわけでもなくて、人生に肯定的な人を見ると、うさんくさいと思います」

「ああいう人たちはウソつきです。自分につくウソを『希望』と言い、ウソを認めることを『絶望』と言うのです。希望を口にする人は、みんなウソつきです」

安部はそう言うとコーヒーを飲んだ。そういえば安部のネガティブな言葉を聞くのは初めてかもしれない。考えてみれば思い切り人生裏街道なのだから、内面がネガティブなのは当たり前だ。今まで、それを感じなかったのは、なぜだろう。

ふたりはしばらく無言でコーヒーを飲んだ。今日の音楽は、『野獣死すべし』のサウンドトラックだった。けだるいジャズの旋律が暗い部屋に流れていた。

ふと安部と目があった。安部は一瞬困ったような表情を浮かべると、両手の人差し指で口の端を押し上げた。

「なにしてるんです？」

「にっこりしようと思ったのですが、できなかったので強制的ににっこりしました。私は笑顔を作るのが苦手です」

安部は目をそらして答えた。その仕草と言い訳のようなセリフが、あまりにもかわいらしく思えて肇はたまらなくなった。

「そろそろ次の作戦を開始しましょう。できることなら次で終わりにしたいですね。メンバーのプレッシャーが高まっています。このへんが限界なのかもしれません」

突然、口調がてきぱきしたものに変わる。

「わかりました。さっそく広報用の文章を用意します。詳細を教えてください」

ふたりはそれから長い夜を打ち合わせをして過ごした。

■背信者X　3

オレはメンバーの正体を調べておくことにした。捕まった時の交渉材料になる。うまくいけば不起訴にしてくれるかもしれないし、起訴されてもできるだけ軽い罪にしてくれる可能性がある。

わかっているのはメールアドレスとハンドル名と利用しているＶＰＮ業者だ。ＶＰＮ、仮想プライベートネットワークとは、認証や暗号で安全を確保し、第三者からアクセスできないようにしたネットワークで、もともとは企業が支社や取引先と通信するために利用していた。盗聴されにくく、アクセス元を秘匿しやすいなどの利点があるため、個人向けのサービスをＶＰＮ業者が提供するようになった。

適当にひとりを選び、そのメールアドレスから調べ始めた。フリーメールの捨てアドレスっぽかったが、＠より前の部分を他で使い回している可能性もある。

手始めに、そのうちのひとつについて調べてみる。フェイスブック、ピクシブ、ｍｉｘｉ、アメーバ、他のフリーメールアドレス、ツイッターを調べてみると、ヤフーにメールアドレスがあった。そのメールアドレスで探すとさらにアメーバとツイッターでもアカウントが見つかった。

アメーバでブログを作っており、プロフィールも登録していたが、東京くらいまでしか書いていない。これでは本人かどうかわからない。

ツイッターは、ほぼ毎日のようになにかをつぶやいていたが、肝心の個人情報につながるようなものは少なそうだ。オレはこういう時の調査のための専用ツールを持っている。指定したアカウントの過去の全てのつぶやきをダウンロードし、解析するツールだ。地名、映画、企業名などを、あらゆる種類の固有名詞を網羅的に収録している強日本語変換システム、ATOKの辞書から参照して、つぶやきに登場すると分類してくれる。ATOKの辞書には、よく使われている地名、映画、企業名、人名などが登録されている。また店の名前は食べログなどからダウンロードしてデータベース化しているので、こちらも分類してくれる。

こうして相手のプロフィールや行動パターン、そして過去の犯行日前後のスケジュールなどを洗い出した。

この一連の作業を全てのメールアドレスに対して行う。気の遠くなるような作業だが、やるしかない。

そうやって疑わしい人物を絞り込もうとしたが、これといった怪しい行動が見当たらない。

なにか手がかりはあるはずだ、としばらく考え、決定的な鍵を見つけた。何度か犯行予定日を変更したことがあった。二月八日、三月十七日、五月九日、六月三日、七月二十四日、九月十六日だ。変更前の日に、飛び込みのスケジュールが入った人物がいたのだ。急なスケジュール変更に合わせて、チームの犯行予定日を変更したに違いない。間違いない。オレは確信した。この方法で数名の候補を見つけた。

このあとはあぶり出した人物の経歴や家族、資産状況を暴いていけばいい。金を払って興信所に頼めば一発だ。

並行して、VPN業者から利用者の名簿を入手できないかも調べることにした。

＊＊＊

数日後、肇が作戦の準備をしていると、ツイッターのタイムラインが急にあわただしくなってきた。官民からメンバーを募ったサイバー犯罪専門のタスクフォース『CYWAT（Cyber Weapons And Tactics）』が発足するという発表が行われたのだ。自衛隊と警察の部隊も参加する。ぎょっとした。なにも最後の作戦の前にやらなくてもいいじゃないかと思ったが、仕方がない。

記者会見で自分たちの話が出たらしい。あわててネットニュースを確認した。まだ記事にはなっていなかったが、動画サイトに記者会見の模様がアップされていた。

いきなりでかでかとラスクの名前が出てきたので、ぎょっとした。壇上で黒いスーツ姿の男性が話している姿が映っている。テロップで「最初のミッションはラスク幹部の逮捕」と表示された。

そしてさらに肇を驚かせたのは、そのメンバーに佐藤がいたことだ。血の気が引いた。

まさか、よりによって自分が以前所属していたチームを追い詰める側に就職するとは思わなかった。一番敵に回したくない相手だ。佐藤が東京に来たのは、このためだったのか。

続いて部隊の概要のボードが映った。NISC、テレコム・アイザックなどとの協力体制、通信傍受装置の活用、などと出ている。目眩《めまい》がした。日本国内の主なサイバーセキュリティ関係機関が参加している。日本政府が全力を挙げてラスク包囲網を敷いたのだ。不安がふくらみ、胃が重くなった。

ツイッター上での騒ぎはどんどん大きくなっていた。事実をまとめる者、抗議の声を上げている者、不安を感じ逃げようとしている者……そして意見の異なる同士でケンカが始まっていた。混乱のきわみだ。

肇は、ふと思いついてフォロワーの数を確認した。八十六万六千五百四十人。最後に確認した時よりも千人以上減っていた。この発表の影響に違いない。

少し怖くなった。このまま減り続けて、誰もいなくなってしまうのではないか。

一部の識者のツイートがリツイートされだした。

――新設のサイバー犯罪特殊部隊の対象がラスクというのはおかしい。彼らは単なる犯罪者ではない。これでは戦前戦中の特別高等警察だ。言論統制としか思えない。この暴挙を止めなければ大変なことになる。

特別高等警察と聞いても、ピンとこなかった。すぐにネットで検索して、言葉の意味を理解した。特別高等警察は戦前、戦中に存在した組織で、内務省直轄で治安のための取り締まりを行っていたらしい。敗戦後もしばらくはあったが、アメリカの方針で廃止された。

――特別高等警察ってなんですか？

折しも識者のツイートを読んだ人からの質問と回答がツイッターに出回っていた。

――特別高等警察、通称特高《とっこう》は治安維持のために思想犯やスパイを拷問して殺してきた人たち。その役割は公安に引き継がれている。拷問はしていないと思うけど。今回の組織は公安が表立って協力要請できない人たちを組織化する仕組み。裏では公安が操ってるに決まってる。

――特高の後継組織は警視庁公安部。知らない人のために言うと警視庁ってのは東京都の警察。千葉県でいうと千葉県警みたいなローカルの警察。ただ首都だし、思想団体や大使館いろいろ集中してるから完全に別格。思想、宗教、スパイ、国際テロを対象。

――みんな知らないだけで、公安の人って普通に監視してますよ。だって反戦デモや市民活動対象の部署があるんだもん。デモに参加したり、見たりするだけで、写真を撮られて危険人物データベースに登録されてます。

――ハッカーとか拷問に弱そうw　アノニマスのｓａｂｕも逮捕されてＦＢＩに寝返って協力してたよね。

なにか書いたほうがいいような気がしたが、安部の指示がないので勝手なことはできない。それになにも思いつかなかった。

まだなにも起きていない。ただ新組織の発表があっただけなのに、ひどく心臓がどきどきしていた。キーボードを打とうとして自分の手が震えていることに気づいた。

警察に逮捕されるところまでは、なんとなく想像していた。しかし拷問される可能性があるなどとは夢にも思わなかった。せいぜい大声で怒鳴られたり、嫌味を言われたりするくらいだと考えていた。だが、以前あった特高はそんな甘いものではなかったようだ。

取調中に拷問で死んでしまった人もひとりやふたりではない。その時代の社会を批判する思想や小説を発表しただけの人を、拷問して殺せる時代があったのだ。

今の公安だって、逮捕できなくても怪しいと思えば、繰り返し職務質問し、いやがらせをする。もしもこのマンションでそんなことをされたら、たちまち周囲の噂になるだろう。そして出て行ってほしいという投書が管理組合にたくさん寄せられて、追い出されることになる。

嫌な想像がどんどん湧いてきた。その時、インターホンが鳴った。玄関に飛んでいって、のぞき穴を見る。安部だった。

「どうしたんです？」

肇はあわててドアを開ける。安部は黒のシングルトレンチコートにブーツだった。

「気分転換にお茶を飲みに行きましょう」

安部は、スエット姿で玄関に立っている肇の足下から頭までなめるように見てから言った。いつものくせだ。

「でも、今ＣＹＷＡＴのニュースで大変な騒ぎになってますよ。佐藤がいるのを見ました？」

「佐藤は、あちら側になる可能性があると思っていました。背信と転向は世の常です。緊急対応が必要な状況ではありません。あとでまとまったものを見たほうが効率いいと思います。不確かな情報を見ていると不安になります」

「なるほど、そうですね。安部さんは落ち着いてますね」

「そう見えますか？　……主に私が不安になりそうなんですけど」

安部は、そう言うと親指の爪を口元に持っていき、そこで気がついてすぐに手を下ろした。

「少しくらい爪を嚙んでもいいじゃないですか。かわいらしいですよ」

「かわいらしいですか？　あなたより身長も年齢も上の女がかわいらしいですか？」

安部は頬を赤らめ、抗議するような口調で言った。

「かわいらしいと思いますけど」

即答すると安部は「瞬殺された……」と小さくつぶやき、肇は思わず抱きしめたくなった。


その頃、調布のコンビニで肇の前に現れたラスクのメンバー鈴木も、大阪の自宅でテレビに見入っていた。いざという時にすぐに身を隠せるよう危険なデータを消去し始める。

「……ええと、メールはアカウント情報ごと全部削除しておこう。メンバーの身上調査の結果も消しとかないとな」

携帯電話を片手に、パソコンを操作する。三つある携帯電話のデータは全て初期化した。重要な連絡先は暗記している。だが、パソコンのデータの消去は遅々として進まない。可能な限り痕跡を残さない特殊なソフトを使った消去なので、どうしても時間がかかってしまうのだ。すぐに消さなければならないわけではないが、やはりじれったい。

貧乏揺すりしながら、消去が終わるのを待った。

いっそのことハードディスクを物理的に壊してしまおうかと思い始めた頃、やっと消去が終わった。ほっとして、電源を落とす。

その時、インターホンが鳴った。緊張していたせいで、思わず声が出そうになった。居留守を決め込んで答えないでいると、今度はノックの音がした。

「いるんでしょ、鈴木さん。開けてください」

聞き覚えのない声。独特の威圧感のあるしゃべり方。警察に違いないと直感した。心臓が高鳴り、一瞬頭の中が真っ白になった。

こういう時のことも考えておいたはずだ。思い出せ！　と自分を心の中で怒鳴りつける。

再びノックの音がした。とりあえず返事しなければいけない。

「はーい」

鈴木は、できるだけ暢気《のんき》な声を出した。それから非常脱出用のボストンバッグをつかみ、危険なものを残していないか部屋の中を確認する。問題なし……そのままベランダに出ると、手すりにくくりつけられたロープを投げ下ろす。鈴木の部屋は三階だ。あらかじめ用意しておいた非常脱出ルートだ。ロープを伝って降りるとマンションの駐車場に出られる。鈴木は、ロープがしっかり固定されていることを確認すると、ボストンバッグを肩に引っかけて降り始めた。

「鈴木さん！」

男たちの声がひときわ大きく響いた。鈴木は、ポケットからトーキーを取り出すと
「す、すみませーん。今、トイレに入ってですね。もうちょっとで出ますから」と情けない声を出した。その声は、部屋の中に残してきたスピーカーを通して部屋に響いた。

鈴木は駐車場に降り立つと、自分の車、なんの特徴もないカローラに乗り込んですぐに発車した。幸い駐車場の出口には、誰もいなかった。そのまま国道に出て、しばらく走り、ひとけのない公園の駐車場に入った。監視カメラの死角に車を停め、トランクを開ける。そこには何枚ものナンバープレートがあった。そのうち二枚を取り出し、手際よくナンバープレートを取り替えた。そしてすぐにまた走り出した。

とりあえず東京に向かうことにした。なぜ自分がラスクの一員だとばれたのだろう？ 全くわからない。仲間の中にも鈴木の正体や住所を知っている者は、ほとんどいない。ボスのジョンは知っているが、ジョンが捕まるとは思えないし、首謀者を逮捕したなら発表するだろう。

情報収集が鈴木の役割だ。仲間の身上調査を行ったり、ターゲット企業の状況を調査したりする。サイバー攻撃には参加していないから、攻撃を逆探知されて見つかることもない。いくら考えても、自分の元に捜査の手が及ぶシナリオが思いつかない。

その日の夜のニュースで、大阪でラスクの一員と思われる人物を特定したことが報じられた。捜査員が訪問したところ、逃亡し、現在行方を捜していると言う。

　渋谷ではラスク支持者が集まっていた。きっかけは、ささいなことだった。数名のグループが思い思いの仮面をつけ、ラスクのTシャツを着てハチ公の近くでCYWATや警察の捜査についての情報交換を始めた。それを見た他のラスク支持グループも集まってきて、瞬く間に数十人にふくれあがった。さらに誰かが渋谷の駅前でラスク・メンバーが集会を行っているとツイートし、それを読んだ自称ラスク・メンバーと野次馬がリツイートして押し寄せてきた。

　ハチ公の周りだけでなく、交差点にまで仮面を被ったラスク・メンバーがあふれ出し、ワールドカップさながらの騒動になった。パトカーと警官が次々とやってきて事態の収拾を試みたが、とめどなく増え続ける自称ラスク・メンバーに打つ手がなかった。やむなくJRハチ公口を閉鎖したが逆効果だった。人の波は南口を覆い尽くし、渋谷駅全体を包み込んだ。人々は口々に、「ラスクを逮捕するな」「CYWATを解散しろ」などと好きなことを叫び始め、収拾のつかない混乱になった。

　テレビニュースがこの様子を放映すると、人はさらに増えた。すでに渋谷駅での乗降は不可能になっていたので人々は近隣の駅から歩きだし、原宿と恵比寿《えびす》、表参道まで人の波に覆われた。この段階で集まってきた者の中でラスクのTシャツを着ているものは稀《まれ》だった。みんなニュースを観て、やってきた野次馬ばかりだった。

数時間後、山手線と銀座線が運転を停止し、警察の必死の努力で事態はようやく沈静化した。

夜のニュースでは、渋谷周辺を埋め尽くした群衆の映像が何度も繰り返し放送された。


肇と安部が外に出ると、すでに暗くなっていた。こういう時は人の多い店のほうがいい、という安部の意見に従い、駅近くの喫茶店に入った。師走のせいか、普段よりも街も店もざわついているようだ。ふたりは窓際の席に腰掛けた。

「CYWATって特高みたいだと言ってた人がいました。特高って知ってました?」

「特高……最近の日本には過去の亡霊がよく現れます。戦争中のような無茶はできないでしょうけど、用心するに越したことはないですね」

「はあ」

「恐怖や不安を感じないのは、想像力がないからです。今はなにが起きるかわからない時代です。いったいこれからなにが起きるのか、なにがどう変わるのか、そういうイメージを持てることは大事です」

安部は、窓の外に目を向けた。つられて肇も外を見る。調布の駅前が見えた。夜とはいえ、街灯と店の灯りで昼のように明るい。

その時、急に暗くなった。一瞬なにが起こったのかわからなかった。店内の灯りと街の灯りが消えたのだ。

「停電？」

「ブレーカー落ちたんじゃねえの」

店内のあちこちから声が響く。

「今、確認しますので、どうぞ席でお待ちください」

店長らしい初老の男性が大きな声でそう言うと、携帯電話でどこかに電話し始めた。

「もしかすると、ちょっと面倒な話かもしれません」

安部は意味ありげにつぶやくと、窓の外に目を向けた。なにかがおかしい。

「わかりますか？」

安部がいたずらっぽく微笑んで、肇を見た。

「よく見ると灯りがついてるお店が、少しありますね。ってことは停電ではありません」

肇はしばらく考えた。正面のテナントビルの灯りは消えている。斜め前のサーティーワンは明るい。そしてその向こうの書店のネオンは消えている。

「なにかを考えている、あなたの顔が好きです。ほら、まばらに電気が消えています。偶然にしては多すぎる。停電にしてはおかしい……わかりますか？　さあ、考えて。私にもっと考えている顔を見せてください」

安部はそう言いながら、スマホを取り出した。画面を肇に見せる。ニュース速報が表示されていた。それを読んだ肇はぎょっとした。東京都西部で原因不明の停電発生？原因不明ってどういうこと？　しかも、地域じゃなくて個別の建物ごとに停電してるとことそうでないとこがある？

輪番停電や節電の経験はあるが、突然でしかも原因不明の停電というのは初めてだ。

「サイバーテロですか？　確か、マルウェアで停電させられるんですよね」

「その可能性もあります。でも、まばらに停電というのは、おかしい。私のカンが当たっていれば、これはスマートメーターに起因する事故かサイバー攻撃です」

「スマートメーター？」

「スマートメーターというのは、データ通信機能や電力管理機能を持ったメーターで、電力会社がリアルタイムでそれぞれのメーターと通信することができます。例えば、節電させるとか利用状況によって料金を変化させることができます」

「えー、電気の使用量とかってプライバシーじゃないですか？」

「外に公開するわけじゃなくて、あくまで最適な電力コントロールのためだから問題ないんでしょう。で、この通信には、インターネットと同じＴＣＰ／ＩＰという通信方式が使われています」

「危なくありませんか？」

「ヨーロッパのスマートメーターの中には無線ＬＡＮで情報をやりとりしているものもあって、中には盗聴できるものもあります。日本のものはそうではないみたいですが」

「ひどいですね」

肇は思わず笑ったが、すぐに笑い事ではないと気づいた。電気といえば生活の基本だ。そんなに無防備とは信じられない。

「憶測にしか過ぎませんが、スマートメーターのファームウェアの中に誰かがサイバーテロのために仕込んだものが、バグで暴走したことも考えられます。スマートメーターの一部のパーツは中国で生産されている可能性があります。中国がスマートメーターになにか仕込んでいてもおかしくないでしょう。いわゆるバックドア。いつでも中国から遠隔操作で命令を送ったり、情報を盗んだりできるようになります。それがなにかのきっかけで暴走してしまったという可能性です」

「ほんとですか？」

「あくまでも可能性です。それもわずかな可能性」

「でも、可能性あるってことですよね」

「二〇一二年十月八日にアメリカ下院の委員会で、ある報告書が発表されました。そこには、中国政府と軍の指示を受けたファーウェイとＺＴＥの二社が、製品にスパイ機能をつけている可能性があるという指摘がありました。アメリカの通信製品には両社の部品を使用しているものも少なくないし、携帯電話としても出回っているから深刻な問題だった。スマートメーターになにか仕掛けがあっても不思議ではありません」

「どうして国内で全部作らないんですか」

「値段や生産が折り合わないんでしょう。それにこの手のことは言い出すときりがないという面もあります。製品に罠を仕込むというのは、当たり前に行われているから。アメリカがイランの核施設をサイバー兵器で攻撃したのは有名な話ですが、その前にイランが調達した電源関係の部品に密かに細工して動作が不安定になるように仕組んでいたりもしていました。ひとつのシステムを、自分の国の中で作ったパーツだけで組み立てることは難しい時代です。他国から入手したものには常に罠が仕込まれている可能性があります」

「うわあ。嫌だなあ。じゃあ、例えば中国で誰かが『東京停電』ってボタンをクリックすると停電する可能性があるってことですか？」

「いいえ、もっと精密だと思います。地区あるいはオフィスや工場は指定できるはず。都庁だけ停電とか、成田空港北ウイングだけ停電あるいはオフィス部分だけ停電くらいまで制御できると思います」

「はあ……」

肇はため息をついた時、再び灯りがついた。店内に拍手が起こった。

「私が危惧しているのは、これが私たちに関係しているのではないかということです」

「え？」

「子供の頃に『太陽を盗んだ男』という映画を観ました。若い頃の沢田研二が主演。とても印象に残っているシーンがあります」

安部の目が窓に向けられ、遠いどこかを見るような眼差しになった。

「沢田研二が公衆電話から警察に脅迫電話をかけるシーンです。警察は短時間で逆探知できるように、彼がかけている電話機以外の回線を遮断してしまう。沢田研二が電話していると、周りで公衆電話をかけている人たちが、電話が切れたって騒ぎ出すんです。すごく印象的でした」

肇は、安部の話と今のスマートメーターがどうつながるのかよくわからなかった。安部の話の続きを待つ。

「街の灯が消えた時、そのシーンを思い出しました。誰かがスマートメーターに一斉になにかを仕掛けた。狙う相手の居場所を特定するための仕掛けを持つソフトウェア。もっとも『太陽を盗んだ男』と違って、こちらは正常に進めばなにも起こらずに、密かに終わるはずだったと思います。でも一部中国のスパイウェアだか、単にバージョンが違うだかで、うまくインストールできずに不具合が生じて停電した」

「え……ちょっと待ってください。僕らのためにってことですか？　誰がそんなことを？」

「それができるのは、直接には電力会社。そこを動かせるのは、日本政府とその命を受けて動いている人たち」

「CYWATですか……そんな…まさか」

肇は、あっけにとられた。自分たちを追うために日本中のスマートメーターに罠を仕込む。あまりにも大がかりすぎて、妄想もついていかなかった。

「想像力を働かせただけです。たくさんある可能性のひとつにしか過ぎません。警察の吉沢という人物が、ハッキング技術を持つ人たちを集めているという噂が流れています。吉沢は、サイバーセキュリティ界の石原莞爾《いしはらかんじ》と呼ばれている危険な人物です。彼ならなにを仕掛けてきてもおかしくない」

安部は爪を噛んだ。肇は無言で安部の手をつかみ、止めさせた。安部の頬が赤らむ。

「きっとはずれていると思いますけど」

安部はスマホの画面を肇に見せた。

スマートメーターにバグがあったということが発表されただけで、詳細は公開されていなかった。

「詳細を発表しないということは、やっぱり単なるバグではないと思います」

肇は、嫌な予感を覚えた。

自称ラスク・メンバーが姿を消し始めた。警察の対ラスク包囲網が明らかになるにつれて、それとともにラスクの主要メンバーが逮捕されるかもしれないという雰囲気が漂い始めたせいだ。自称ラスク・メンバーの逮捕や補導が増えたのも影響した。

拓人の周りでも変化が起きていた。「今は静かにしていたほうがいい」というリーダーの判断でラスク支持者の会合がなくなった。学校でも、自称ラスク・メンバーが姿を消した。それどころか、以前メンバーと名乗っていた生徒が、いつ頃どんな風にラスクが逮捕されるという予想を語り出したのだ。

「オレ、そのうち殴るかもしれない」

ラスクを褒《ほ》め称《たた》えていた生徒の急な転向に拓人はあきれ、怒りを抑えられなかった。

沙穂梨と下校する時の話題は、そのことばかりになった。

「あの人たちは、きっと次のことを考えてると思う」

校門を抜けたところにある商店街を歩いている時、沙穂梨がぽつんとつぶやいた。夕刻の雑踏の中で、「え？」と拓人は立ち止まった。

「そこでお茶でも飲もう」

沙穂梨が指さしたのはドトールだった。学校帰りに喫茶店に寄るのは初めてなので少し緊張した。慣れている様子の沙穂梨の後について、スーツ姿の客の多い店内に入る。拓人が慣れていないのに気づいた沙穂梨が、「ブレンドでいいよね」と一緒に注文してくれ、ふたりでボックス席についた。

沙穂梨はラスクは解散するだろうと説明した。あと一回か二回事件を起こし、それから姿を消すのだという。にわかには信じられなかった。

「警察が本気になってる。同じチームで同じことを続けるのは捕まえてくださいって言ってるようなものでしょ。解散してそれぞれ別々に活動したほうが安全。あの人たちは頭がいいはず」

「だって、それじゃラスクのことを信じて集まった人はどうなるの？」

「それは、その人たちが決めればいいこと。ラスクが指示することじゃない」

「鈴木はどうするんだよ」

「あたしは……なにもしない。なにかをするには、まだ早い」

「なにをするんだよ」

「……青山くんは、どうするの？」

「オレは戦う。戦い続けなきゃいけないだろ」

「戦うってハッキングするの？　無理。すぐに捕まって戦えなくなる」

「なんだよ、それ。自分のことは言わないで、人のすることにダメ出しするのってずるいだろ」

拓人がむっとすると、沙穂梨は、「違う」とつぶやいてうつむいた。

「ほんとはなにもしたくない。働きたくない。大学も行きたくない。そんなことをしても楽しくないし、幸福にもなれないってわかってる。だってあたしたちの親がそうやって、この絶望社会を作ったんだもん」

「お前、ひきこもるつもりか？」

「言ってるだけ。ほんとは、大学に行って、それから就職すると思う。当たり前の人になる」

「当たり前の人？　今日のお前、おかしいぞ」

「青山くんが、これからどうするって訊くから答えただけ」

「大学行って就職して当たり前の人になるってのが答えなのか？」

「そう。あたしは特別じゃないから、普通に生きるしかない。生き続けて、少しずつなにかをする。ハッキングして世の中の仕組みを壊す。結婚なんかしない。子供も産まない。絶望の再生産なんかしたくない」

「……お前なあ。本気なのか？」

「公務員になって内側から情報を入手して、機密情報をどんどん外に流す」

「捕まるぞ」

「青山くんだって、ハッキングするんでしょ？　ふたりとも捕まるね」

それからふたりは、顔を見合わせて笑った。

■ 背信者X　4

オレはラスクのメンバーが逮捕される可能性を整理した。すでに日本各地で何人か見つかっているらしい。可能性は日を追うごとに高くなっている。

まず、ラスクを狙っているのはどこの連中なんだろう？　表に立っているのはCYWATだが、その実態がわからない。警察や自衛隊などが入っているが、どこが主導しているかも不明だ。

日本にはサイバーセキュリティのための組織は複数ある。まず、実行部隊、つまりサイバー空間における防御や攻撃を行う体制を持った組織は、警察のサイバーフォースセンターと各地にあるサイバー犯罪対策室とサイバー攻撃特別捜査隊、自衛隊の自衛隊指揮通信システム隊とサイバー空間防衛隊、今回のCYWAT、そしてテレコム・アイザックとNISC、それに日本サイバー犯罪対策センター（JC3）だ。テレコム・アイザックは、表向きは通信事業者を中心としたサイバーセキュリティのための連絡組織だが、いざという時にはとんでもない力を発揮する。国内でインターネットにアクセスするには、ほとんどの場合プロバイダを経由しなければならない。プロバイダが協力すると、とてつもないパワーになる。以前も、ボットネットを無効化するための『ブラックホールIP作戦』などを実施したことがある。国内だけに限られるとはいえ、強力な組織だ。

ＮＩＳＣは情報収集、連絡、分析を主に行っており、各省庁や民間から人材が派遣されているが、実行部隊は持っていない。

実用に耐える実行部隊と言えるのは、警察庁のサイバー攻撃特別捜査隊と自衛隊指揮通信システム隊。自衛隊指揮通信システム隊とサイバー空間防衛隊は自衛隊だから、オレもあまり情報を持っていない。警察ならＮシステムでの監視や盗聴法に基づく盗聴などソフトに情報を集める手段があるが、自衛隊にはそれがない。その分、どうしても情報が必要な時には容赦ないような気もする。射撃訓練してるヤツより、演習で戦車に乗って機銃掃射してるヤツのほうが乱暴だと思うのはあながち間違っていないだろう。公だが、今回のＣＹＷＡＴの人事を見る限りでは自衛隊の関与はあまりないようだ。公表されているのは幹部人事だけだが、その範囲では自衛隊から派遣されている人数は数人だ。やはり警察、それもサイバー攻撃特別捜査隊主体と考えるのが妥当だろう。

Ｎシステムと盗聴にも気をつけなければならない。Ｎシステムとは、警察庁の持つ全国監視ネットワークだ。正式名称は、自動車ナンバー自動読取装置で、全国の主要道路と重点監視地域に設置されている。勝手にカメラで車のナンバーを撮影して、記録している。

さらに怖いのが盗聴だ。「犯罪捜査のための通信傍受に関する法律」という法律で全てのプロバイダは、通信ログを保存し、警察から要請があった時には内容を開示しなければならなくなっている。やっかいだ。

もともと通信は足跡を残さず、暗号化しておくように心がけているが、それだけでは不充分かもしれない。ハンドル名、ＩＤを時々変えるようにしよう。

サングラスとカツラも念のために複数買おう。外出する時は、服装を変えないといけない。これまで以上に注意深く行動しなければならない。

もちろん、それでも危険はある。いざという時は、この間調べ上げた仲間の情報を提供して交渉するつもりだ。

第七章　灰燼のキャノン

　大阪でラスクのメンバーらしき人物を発見したというニュースから始まり、東京、神戸、札幌で続々とメンバーが見つかっていた。肇は気が動転したが、安部は落ち着いた様子で、警察がガセをリークしているのですと言う。

　警察は、捜査が進展していなくてもあたかも犯人に肉薄しているかのようなリークをすることがある。犯人を動揺させ、疑心暗鬼に陥らせるためだ。特に年末のこの時期には、一年を振り返る特集番組が増える。ラスクのことを取り上げる際に、逮捕は近いという警察リークをつけくわえればかなりのプレッシャーになる。心理戦と言えなくもないが、マスコミを通じてウソの情報を流すのはやりすぎではないのか。そのことを安部に言うと、不思議そうな表情で「あなたは、よくも悪くもうぶですね」と答えた。

　その時、肇は安部が爪を噛んでいることに気づいた。爪がぼろぼろになっている。

「あの……」

安部の手を握って口から離すと、安部は、はっとした表情で肇を見た。

「爪がぼろぼろですよ」

ぎざぎざになった安部の右手の親指を両手で包んだ。細く柔らかい指だ。

「汚いですよ。私の唾液がついてます」

安部は頬を赤らめながら、すっと肇の手から指を引き抜いた。そしてまた爪を噛みそうになり、あわてて下ろした。

気まずい雰囲気になり、肇は黙った。なにを言えばいいのかわからない。胸が苦しくなり、鼓動が早くなる。もう一度安部の手を握りたいが、怖くてできなかった。

「あなたがいてくれて、とても助かります、主に私がですが」

安部はうつむいてつぶやくと、今日はもう寝ることにしますと言った。肇は少し高い声で、はいと答えて部屋を出た。冬の冷たい空気が頬に触れた。空は暗く、星も月も見えない。

＊　＊　＊

不安と焦燥感に襲われながら、鈴木は深夜の東名高速を走る。大阪を出てから名古屋、静岡のホテルに泊まり、警察の動きをニュースでチェックしながら、東京に向けてゆっくり移動していた。ラスク・メンバー発見のニュースが立て続けに流れた時は、ガセだろうと思いつつも焦った。仮にガセだとしても、何度も続けて流すということは、かなり本気なのだろう。

鈴木には、問題が発生していた。金がなくなってきたのだ。手持ち資金は、もともとわずかしかなかった。移動中に下ろせばいいと考えていた。しかし、銀行から金を下ろそうとしたところで重大な失敗に気がついた。パスワード管理ソフトの内容をバックアップせずに消去してしまっていた。

全身から血の気が引いた。いくつかある口座は、いずれも鈴木名義ではない。いざという時に、捜査を逃れるためにそうしている。だが、それは逆に本人確認を求められると困ったことになるということでもある。平常時なら、証明書類のデータからニセの書類を作ることもできるが、それらのデータも消去した。頼みの綱は、ジョンだけだ。今の鈴木はラスクの秘密の会議室に入るパスワードもわからない。わかるのはジョンの携帯電話の番号くらいだ。車の時計を見る。まだ朝の四時だ。電話できる時間ではない。朝八時になったら電話しよう。おそらくそれまでに東京に着く。それからジョンに電話し、金を借りるか、パスワードをクラックしてもらおう。

＊＊＊

肇が朝食をとっている時、安部からメールが届いた。まだ朝の九時だ。こんな時間に珍しいと思いながら読むと、来てほしいと言う。なにかあったのだろうか。食べかけのパンを無理矢理口に押し込み、コーヒーで流し込んで、洗面所で身なりを確認して部屋を出た。

肇を迎えた安部は、無言で部屋にあげ、コーヒーを出した。いつものちゃぶ台の前に座った肇は、朝でも夜と同じように薄暗い安部の部屋を見回した。窓のカーテンを閉め切っているせいだ。いつもと同じ深夜のように錯覚してしまう。

「いささか危険な事態が発生したようです」

安部は自分も座り、ひとくちコーヒーをすすってから話し出した。『危険』という言葉を耳にして緊張する。

「なにかあったんですか?」

「昨日からラスクのメンバーが見つかったという警察からの意図的な誤報が続いています。残念なことに、そのうちのひとつは本当だったことがわかりました。大阪で鈴木が見つかり、東京に逃げてきています。鈴木というのは、以前あなたに直接コンタクトしてきた人物です」

「なぜわかったんでしょう」

「……おそらくはＣＹＷＡＴの仕業《しわざ》でしょう。昨日からの誤報をチェックしました。どうやら、ＣＹＷＡＴは確証があって調べているのではないようです。過去になんらかのサイバー事件に関与した、あるいは関与が疑われた人を全員調べているようです。ラスクのメンバーと名指しされた人々は全員、過去にサイバー犯罪で摘発もしくは関与を疑われたことのある人物でした。鈴木は摘発されたことはありませんが、いくつかのサイバー事件に関与し、事情聴取されたことがあります。それでＣＹＷＡＴが来たのでしょう」

「ええと、それは要するになんの根拠もなく、とりあえず昔なにかあった人を調べ回っているだけですよね。だったらしらばっくれればいいんじゃないんですか？」

「冷静に考えれば、その通りです。しかしＣＹＷＡＴが踏み込んできた時に、そこまで考えが及ばなかったのでしょう。手が回ったと思い込んで、逃げ出してしまった。逃げれば容疑者です。昨日からリークされているラスク・メンバーは、突然警察が訪ねてきて逃げ出した人たちでしょう」

「どうするんですか？」

「ラスクの攻撃は、あと一回。それは予定通り行います。ただし、私たちは姿を消したほうがよいでしょう。鈴木の部屋や通信記録から、なにか手がかりが見つからないとも限りません。スマートメーターの一件も気になります」

「僕も逃げたほうがいい……ってことですよね」

肇は思わず訊き返した。ある程度、覚悟していたことだが、いよいよ犯罪者として追われることになるのだ。

「強制ではありませんが、強く勧めます。あなたは鈴木と直接会っていますから危険です。できれば私と一緒に来てください。とても助かります、主に私がですが」

安部は淡々とした口調でそう言うと、少し頬を赤らめ、うつむいた。目を合わせないのはいつものことだが、顔が見えなくなるほど下を向くことはあまりない。コーヒーの水面に目を落とし、時折、ちらちらと探るように肇の顔に視線を投げる。

「わかりました。もちろん一緒に行きます」

そう答えると安部は顔を上げて、ぎこちない笑顔を浮かべた。

「すぐに荷造りしたほうがいいですね」

「あ……荷造りというより、証拠になりそうなものを廃棄し、必要最低限のものだけ持つようにしてください。私は、あのバッグひとつです」

安部が指さしたのは、ボストンバッグだった。ノートパソコンと一日分の着替えを入れたらいっぱいになりそうだ。

「えええ？　あれだけ？」

「大荷物を持って移動すると、それだけで目立ちます」

「わかりました。やってみます」

「お手数おかけします。これも宿命です。ところで、姿を消す前にやっておかねばならないことがあります」

「はい。なんでしょう？」

「鈴木はあわてて逃げ出してきたために、保有する口座のパスワードを記録していたパスワード管理ソフトを誤って消去してしまったそうです。つまり、今の彼には金がない。そこで、金を一時的に用立て、彼の口座のパスワードを教えてあげなければなりません」

「お金を貸すのはわかりますけど、僕も鈴木さんのパスワードはわかりませんよ」

「それは、私がクラックして突き止めます。鈴木にどのようなタイプのパスワードかを教えてもらいましたので可能です。ただし、計算に時間がかかります。ボットネットの一部を使って演算するつもりですが、それでも数日かかると思います。急で恐縮ですが、手分けしましょう。私は、これから都内のホテルにふたりの部屋をとり、この部屋にある証拠を消去し、他のラスク・メンバーに警告を流します。あなたは、まず自分の部屋にある証拠になりそうなものの廃棄と必要最低限のものをバッグに詰め、それから鈴木に当座の資金を渡してあげてください。鈴木に会う際は念のためマイクをつけていってください。私がモニターします。鈴木と会った後に、私の部屋に来てください。一緒にホテルに向かいましょう」

「しばらくはホテル暮らしですか……」

安部はダブルやツインの部屋を取るのだろうか？　それともシングルふたつなのか。察したのか安部は、すぐに「シングルルームをふたつ予約します」と付け加えた。そして、こまごまと鈴木への連絡手順や連絡時間を肇に指示した。

「では、さっそく始めましょう」

安部の言葉に、肇は立ち上がった。

部屋に戻った肇はバックアップ用の媒体のデータを片端から消去し、利用しているサービスも可能な限り退会した。そして必要最小限の荷物をリュックに詰めた。ノートパソコンと当座の着替え、各種カードくらいだ。二時間ほどで終わった。その後、午前十一時に鈴木に電話し、以前と同じ喫茶店で三十分後に会うことにした。

コロラドに行くと鈴木は先に来ていた。肇の姿を認めると、軽く手を振った。

「ごぶさたしてます」

「すまんな。会いたくなかっただろうけど、こういう状況だ。勘弁してくれ」

「お互いさまですよ。僕だっていつお世話になるかわかりません。忘れないうちに、これどうぞ」

肇はそう言うとさりげなく、封筒を鈴木の前に置いた。さきほど下ろしてきた二十万円が入っている。

「ありがたい。で、パスワードは？」

「説明受けてないんですよね。数日かかるそうです」

「そうなのか。説明どころか、こっちの状況だけ聞いて、ひと言、ふたこと言われただけだよ。ええと、まずオレがジョンに電話して、連中が来たからとりあえず逃げ出したんで、金もパスワードもないって話をしたわけだ。そしたら、あなたの正体はCYWATにも警察にもわかっていません。パスワードはこちらで解きますので、ヒントをください。って言ってきて、ヒントを渡したら、そのまま次の連絡を待ってください。で、電話を切られた」

「電話？　ジョンと電話で話したんですか？」

「うん。ネットにアクセスできなかったから電話した。でもジョンはいつもボコーダーで声を変えてるから、性別や年齢は全くわからないけどな」

「そうですか。ジョンの考えでは、彼らはなにか根拠があって、鈴木さんを訪ねてきたわけではないそうです。過去にサイバー犯罪で摘発されたり、関与が疑われた人たちをしらみつぶしに調べているんだろうと言ってました。昨日、メンバー発見という情報が流れたのは、その捜査で相手が逃げたから、ラスク・メンバーだろうと当たりをつけて報道陣にリークしたんでしょう」

「えっ……」

鈴木は絶句した。それから腕組みして、しばらく考え込んだ。

「オレはなんてバカやったんだ。しらばっくれてればよかったのか。すまん。ほんとに申し訳ない」

「謝る必要はないですよ。僕が鈴木さんの立場だったら、同じようなことをしたと思いますよ。とりあえず今のところ実害は出ていないので、予定通り最後の作戦を実行しましょう。僕とジョンも身を隠して準備します」

肇が鈴木と別れ、マンションに戻ろうとした時、後ろから声をかけられた。

「高野くん……だよね」

振り返ると、見覚えのない女の子が立っていた。自分と同じくらいの年格好の、明るい笑顔を浮かべたかわいらしい女の子だ。カーディガンの下に胸元が大きく開いたシャツとミニスカートを着ている。肇は思わず、きれいな脚に目を奪われた。

「あ……ヤバ、油断しまくりの格好じゃん。ちょっとコンビニで買い物しようと思って出てきたから」

女の子は、自分の身なりを見直し、赤面した。その仕草は、いかにもかわいらしさを計算したものに見える。

「久しぶりだよね。あ、忘れてるって顔してる。ひどいんだ。大学のサークルで一緒だった川本《かわもと》なんですけどお」

顔には覚えがなかったが、名前は覚えていた。確かにサークルにそんな子がいた。女の子は髪型や化粧で見違える。

「川本さん?……このあたりに住んでるんだっけ?」

なぜここにいるんだ?　と言いそうになったのを飲み込んで、さりげなく尋ねた。

「うん、最近引っ越してきたんだ。会社変わったし、気分変えようと思ってね。でも、びっくりしたあ。このへんに住んでるの?」

川本は、愛くるしい表情で肇の顔を見つめた。

本当なのだろうか?　猜疑心《さいぎしん》が頭をもたげるが、その一方でかわいらしい仕草の連続攻撃に心を奪われる。シャツからのぞく豊かな胸元にもどきりとした。

「うん、まあね」

どうしたものかと考えながら答えると、川本は一歩近づいた。肌が触れあい、体温を感じるくらいの距離だ。爽やかな柑橘《かんきつけい》系の香りがした。

「引っ越したのって……カレとダメになっちゃったせいなんだけど……」

その言葉で思い出した。川本は学内でも有名なトラブルメーカーだった。同じサークルの先輩とつきあっていながら、いろいろな男子に思わせぶりな態度をとったり、食事に行ったり、飲みに行ったりしていた。そして相手が、その気になって具体的な行動に移ろうとすると掌を返したように冷たくスルーするのだ。しかも実名を出してやっているツイッターでそういったやりとりをすることが多く、スキャンダル製造機と化していた。よりによって、このタイミングで現れるとは間が悪い。

「ごめん。オレ、ちょっと急いでるんで」

そう言うと、川本はふくれてみせた。

「えー、ウソでしょ。ちょっとくらいいいじゃない。あたし、覚えてるよ、ほら、部の新歓の飲み会で、フリーなら立候補しようかなって言ったでしょ。あたし、すごくうれしかったんだから」

そんなことを口にした覚えはないが、もしそうなら黒歴史だ。この女は、なんでそんなことを覚えているんだ。この会話は、安部に筒抜けなのだ。知り合う前のこととは言え、決して楽しい話題ではないだろう。

「ちょうど今、ヒマしてるんだ。カラオケでも行かない？」

川本は腕を組んできた。ぎょっとする。冷や汗が流れる。こういうことを平気でする女だった。

「いや、だからダメなんだって」

その時、電話が鳴った。見るまでもない。安部からに決まっている。ごめん、と言ってスマホに出る。

「カラオケに行けばいいじゃないですか。楽しいところだそうですね、私とは一生縁がないと思いますけど」

安部の声は冷たく事務的だった。

「やめてください。なにを言ってるんですか。すぐに戻るに決まってるでしょう」

焦って答えると、その横で川本が笑った。

「えー、高野くん約束あるの？　まさか彼女？　違うよね。彼女ならそんな話し方するはずないもん。それに、あたしとカラオケ行ったくらいで怒るような心の狭い彼女なら、別れたほうが正解だよ」

川本がわざとらしく大きな声で言うと同時に電話が切れた。血の気が引いた。川本は楽しそうに、電話切れちゃったの？　なんでー？　などと言っている。すぐにまたかかってきた。あわてて出る。

「……念のために申し上げておきますが、私は怒っていません。さらに私は、あなたの彼女という存在でもありませんので前提からして間違っています」

安部は言うだけ言うと、すぐに電話を切った。かなり怒っている。肇の困った表情を見て、川本のテンションは、ますます高まっているようだ。早くカラオケ行こうと肇の腕をつかみ、自分の胸を押しつけた。柔らかい感触にくらくらしたが、なんとか振り払った。

「どうしたの?」

川本がふくれる。

「悪い。でもオレ、行かなきゃいけないんだ」

そう言って、走り出した。後ろで、なんでえー? と川本が叫ぶ声がしたが、振り向かなかった。そのまま走って、マンションに戻る。

自分の部屋からリュックをとって担いだ。そして玄関の扉を開けようとして、気がついた。二度とこの部屋に戻ってこれないかもしれない。いや、きっとそうだろう。急に胸が熱くなり同時にこれからのことが不安に思えてきたが、安部の仲間になった時に、そういう生き方を選んだのだと自分に言い聞かせて部屋を出た。

安部の部屋のインターホンを押したが、返事がない。やっぱり怒っているようだ。しばらく待ってもう一度インターホンを押すと、スマホにテキストメッセージが来た。

——別々に逃げましょう。

とだけ書いてある。頭を抱えたくなったが、

「ずっとドアの前で待ってます。一緒に逃げましょう」

扉に向かって言った。返事はない。しばらく扉の前で立っていると、やがて扉が開いた。

「そこに立っていると他の住民に不審に思われます。止めたほうがよいでしょう。早くお逃げになったほうがよろしいと思います」

安部は、無表情で冷たくそう言うと、再び扉を閉めようとした。肇は、あわてて扉を手で押さえる。

「いや、誤解です。彼女は大学のサークルで一緒だっただけです。ああいうちょっかいを出して、男性をからかうのが好きなんですよ」

「言い訳は結構です。彼女はＣＹＷＡＴのスパイかもしれません。私の気持ちを乱して、誘い出そうとしているような気がします。あなたに女の子が近寄ってくるなんて、それしか考えられません」

「いや、その、それはちょっと……ほんとうに大丈夫ですか？　いつも言うことが極端ですけど、今日は特にひどいです。そんなんじゃひとりで逃げられませんよ」

「失礼な。私は大丈夫です。一年分のラスクの備蓄を秘密の場所に隠してあります。あとはコンビニでおかずを買ってくれれば問題ありません。私はラスクを食べて生きていきます。あなたの分はありません。おあいにくさまです。さ、好きなところに行ってください」

おあいにくさま……リアルで聞いたのは初めてかもしれない。最後に耳にしたのは、サザエさんだったような気がする。バタンと扉は閉じられた。

どうしたものかと迷ったが、とりあえず部屋の前で待ってみることにした。安部は川本のことをＣＹＷＡＴのスパイかもしれないと言ったが、その可能性はないだろう。あの怒り方は川本に嫉妬しているように見える……ということは、自分に好意を持っているのだろうか？　嫌われていないという自信はあったが、好意を持たれているかどうかは確信がなかった。そもそも安部自身が、男女間の恋愛感情を正しく認識しているとも思えない。それにほとんど友達のいない安部のことだから、恋愛感情ではなく単に友達をとられると思って嫉妬した可能性もある。

いずれにしてもよくわからない。だが、ひとりでどこかに行く気にはならない。

普段の安部がメンバーの動静を把握しているのは、ネットから得る情報と、鈴木のリアルな調査があったからだ。鈴木が使えない今、安部の情報収集能力は下がっている。その一方でＣＹＷＡＴの動きは素早く、しかも広範囲だ。短期間に日本各地に捜査員を派遣したことを考えるとかなりの人数が動いているのだろう。安部ひとりで置いていくわけにはいかない。

そんなことを考えていると、再びドアが開いた。

「まだ、そこにいたんですか……」

安部はボストンバッグを持っていた。

「おっしゃるように、好きなところに行きます。でも、僕の好きなところは、安部さんの行くところです」

そう言うと、安部は真っ赤になってうつむいた。

「なんたる攻性防壁」

小さな声でつぶやく。そしてそのまましばらく身動きしなかった。

「大丈夫ですか？　調子悪いんですか？」

肇が声をかけると、安部は顔を上げた。顔色は普通に戻っている。ふたりの視線が交わる。瞳が、うるんで揺れていた。

「こういう時になんと言えばいいのかわからなかったので考えていました。あなたは、いつも私の考えていなかった言動をする」

「すみません」

「謝らないでください。わ、わ、私もあなたと一緒に逃げたかったんです」

安部は再び顔を赤くした。肇もつられて思わず赤くなる。

「熱が出そうです」

安部は身体を前に傾け、肇の肩に額を載せた。

「私の額は、すごく熱いと思います。肩をやけどしてしまうかもしれません」

安部は目をつむった。肇は、安部の肩に軽く手をかけ、髪を優しく撫《な》でた。なにか言いたいのだが、なにを言えばいいのかわからない。胸が苦しくなって、声が出ない。ただ黙って髪を撫でるしかできない。

「誰かに髪を撫でてもらうのは久しぶりです。最後にそんなことをされたのは、いつだったのか思い出せません。もしかしたら初めてなのかもしれない」

安部の身体から甘い香りが漂い、肇は髪を撫でる手を止めた。このまま抱きしめたいと思うのに身体が動かない。どれくらいの時間が経ったかわからない。もしかしたら数分。しかし肇にはひどく長く感じられた。このままずっといられたら、それでもいいとすら思った。

「行きましょう」

安部は肇の肩から額を離すと、そう言った。かすかに声が震えている。だが、瞳にはいつもの冴《さ》え冴《ざ》えとした光が戻っていた。

「駆け落ちしにまいりましょう」

すたすたとエレベータの方向に歩き出した。肇もあわてて後を追う。

歩くさまには、さきほどまでの顔を赤くしていた安部も、怒っていた安部もいない。いつもの安部だ。日本にネットが普及した時から、誰にも知られず密かにハッキングで生計を立ててきたハッカーなのだ。

「……あの、今さらですが、申し訳ないと思っています。私、人に謝るのが苦手なのです。でも、あなたには謝らないといけないような気がします」

安部が肇の目を見た。

「申し訳ない？　なんでしたっけ？」

「あなたを仲間にしたことです。私にはあなたが必要でした。だから仲間にしたことに後悔はありません。でも、うしろめたさを感じます。申し訳ありません」

「ああ、そのことですか、気にしていないというか……仲間になることを決めたのは僕ですから、安部さんが気にすることはないですよ。もちろん後悔もしていません。むしろ感謝しているくらいです」

安部は黙ってうつむいて爪を噛んだ。

エレベータが開くと、ひとけのないマンションの入り口だ。タクシーが停まっているのが見える。安部は、無言でタクシーを指さし、乗り込んだ。そのままホテルに移動するのかと思ったが、数回タクシーと電車を乗り換えた。肇は、安部の用心深さにあらためて感心した。

「これが最後のタクシーです」

鶯谷《うぐいすだに》駅前のタクシーに乗った頃には、夜になっていた。肇はタクシーの窓から、夜の街の風景をながめた。

「静かですね。まるでなにかが終わったみたいだ」

つぶやくと安部が肇の肩を突《つつ》いた。

「いえ、祭りはまだこれからです。ほら、あのへんはにぎやかそう」

安部は窓の外を指さす。タクシーの向かう先には、都心のネオンが輝いていた。

「まるで遊園地みたいですね。リアルでは、行ったことないですけど」

安部は、また肇の肩を突いた。うれしいのだが、どういう反応をすればいいのかわからない。

「私、自分から人の身体に触れるのは初めてなのです。さっきは額を肩に当てました。今度は、肩を指で突きました。うまくできたと思いますか?」

安部はまた肇の肩に触れた。

「……いいと思います」

肇は、赤い顔で答えた。


ホテルの部屋は別々だったが、ふたりは寝るまで一緒に過ごした。互いに互いのパソコンをながめ、ネットの様子を確認しながら、他愛もない話をする。ふたりともツインルームをひとりで使っていたので、部屋は充分な広さがあった。

安部はほとんど映画を観たことがなかった。映画音楽を知っていても本編を観たことがないのだと言う。

「映画館は人が多いし、家では集中できません。パソコンをいじりたくなってしまうんです」

肇はなるほどと思った。

「じゃあせっかくだから、映画を流しっぱなしにしましょう」

肇の提案で一緒にいる時は、映画を映していた。安部も時々映画を熱心に観ることもあり、時々そのまま眠ってしまった。そんな時、肇は安部をベッドに寝かせ、静かに部屋を出た。

おとぎ話のような、とらえどころのない、形容できない毎日をふたりは過ごした。

■背信者X　5

オレは迷っていた。

このまま黙っていれば、見つからないのだろうか？　他のメンバーはどう考えているんだろう。日本の警察や公安、自衛隊は甘くない。もちろんＣＹＷＡＴもそうだ。

相手は警察だ。日本の警察は、捕まえると決めた時には、ひどく周到に準備する。連中は必要があればなんでもやるし、令状さえあればどんな情報でも入手できる。

そして、オレたちは絶対にどこかでヘマをしているに違いない。今まで完璧にこなしてきたと思っているし実際そう見えるのだが、世の中には完全はない。オレはどこかで些細《ささい》なミスがあったと信じている。犯行を何度も繰り返してきて、それでミスがゼロなんてことはない。

例えばインターネットで活動するためには、プロバイダを含め、どこかのサービスを使う必要がある。キャリア、つまり回線を提供してくれる携帯電話会社、NTT、ケーブルテレビといった事業者とは必ず契約している。警察は、そこからだって情報を入手できるのだ。ネットでの足跡を消すサービスを提供している事業者を本名とリアルの住所で契約して使っていれば、追跡されてしまう危険がある。警察は、丹念にこうした証拠を積み上げて追ってくる。

だが、オレたちは細心の注意を払っている。ほとんどのサービスを匿名もしくは違う人間の名義で利用しているので追跡は困難なはずだ。となると一番の可能性はスパイと裏切りだ。

ラスクにスパイが潜入している可能性はあるだろうか？　オレは、ないだろうと考えた。理由は簡単だ。日本では囮捜査《おとりそうさ》が許されていない。ＦＢＩなど海外の捜査機関は潜入捜査官が囮捜査を行って検挙にこぎつけることが多いが、潜入しても囮捜査ができなければ証拠をつかむのは難しい。幸いにオレたちのチームは、参加している個々人に与えられる情報はかなり限定されている。だからただ参加しているだけでは全体像をつかむことはできないだろう。

もちろん、ラスクの攻撃や活動に参加しているだけの連中、ツイッターのフォロワーにはたくさんの警察官や関係者がいるだろう。だが、そこで得られる情報はしょせん公開情報に過ぎない。オレたちにとってなんの危険もない。

裏切りは予想できないが、もし『ある』と考えるなら、一番初めに裏切った人間が一番有利だ。裁判で情状酌量してもらえるだろうし、在宅起訴になって拘置所に入れられない可能性だってある。

オレが裏切りの可能性はあると考えた以上、他の連中もそう思っているだろう。となったら、もう裏切りは避けられない。あとはいつ、誰がやるかってことだけだ。

＊　＊　＊

その日も、肇と安部は並んでソファに腰掛けて映画をながめていた。といっても安部はテーブルにノートパソコンを置いて、一心不乱になにかをしている。たまに映画に目をやるもののストーリーを理解しているとは思えない。肇もノートパソコンを持ってきていたが、意識は映画に集中しており、時折ちらちらメールやツイッターをチェックするくらいだ。

映画が終わると、安部は立ち上がって伸びをした。その拍子に黒のワンピースの裾が上がり、膝頭が見えた。膝頭くらい、なんということもないのだが、妙にどきりとした。

その時、臨時ニュースがテロップで流れた。肇は、自分の目が信じられなかった。

「……私たちは有名になりすぎたようです」

安部がぽつりとつぶやき、チャンネルを変えた。TBSがちょうどニュースを流していた。

「アメリカのニューヨークタイムズは、さきほど日本のハッカー集団ラスクの攻撃ツールに関する暴露記事を発表しました。コードネーム『灰燼《かいじん》のキャノン』と呼ばれるサイバー兵器です」

安部がサイバー兵器を使っていることはわかっていたが、『灰燼のキャノン』という言葉は初耳だ。

「『灰燼のキャノン』のことは、誰にも教えたことはないのですが……もしかするとマルウェアの開発に当たって協力を仰いだアメリカのハッカーコミュニティ経由で情報が漏れたのかもしれません」

「アメリカのハッカーにニューヨークタイムズが取材したんですか？」

「いえ、おそらく裏でFBIかNSAあるいはCIAが動いていると思います。そこからのリークでしょう」

FBI？　NSA？　CIA？　一気に現実感がなくなった。あっけにとられていると、安部が言葉を続けた。

「私たちは有名になりすぎました。アメリカ政府も気になりだしたのでしょう。調査して一定の脅威があると判断し、本格的に追い詰めるための準備をしているのかもしれません」

「こっそり調べるんじゃなくて、公表しちゃっていいんですか？」

「揺さぶりです。裏切り者が出るように、ここまで調べはついているんだぞという脅しをかけているのです。CYWATも同じようなことをしています。これを見てください」

安部はiPadの画面を肇に見せた。どこかの匿名掲示板のラスクに関する書き込みだ。

——幹部のひとりがCYWATに逮捕されたみたい。脅されて、いろいろ仲間の情報をしゃべってるらしいけど、なんか司法取引みたいなことしてるのかな。情報が伏せられてるってことは、協力している本人は不起訴で済む約束をしてるのかもね。

「こういう書き込みがいたるところにあります。おそらくはCYWATが仕掛けているのでしょう。ラスクの誰かが、騙《だま》されて自首するのを待っているんでしょう」

「安部さんは自信あるんですよね。仲間は裏切らないっていう自信が」

「そんなものありません。誰だって都合が悪くなったら、仲間の情報を売ると思っています。だからあなたも捕まったら、ぺらぺらしゃべっていただいて結構です」

「えっ……そうなんですか？」

「だって、無理にがんばって拷問されたら痛いでしょう」

「そりゃそうですが……」

「ただ、申し訳ないことに、私のチームの人たちはほとんどお互いのことを知らないし、知っていたとしても間違った情報のはずです」

「どういう意味ですか？」

「私は、仕事を始める時は、どうやって終わらせるかを考えておきます。引き際が大事なんです。ピークに達した後、そこから抜けていく時にみんな失敗するんです。だから、いろんなことを用意しておきました。互いの正体を隠すこともそのひとつです」

「ええと、ただ解散して姿をくらますだけじゃダメなんですか？」

「内通者が私たちのことを警察に漏らすかもしれないし、マスコミに手記を発表するかもしれない。金遣いが荒くなったり、海外で羽を伸ばしすぎたりして目立ったために正体がばれて捕まるかもしれない。ひとり捕まると、数珠つなぎで捕まることは多いですから気をつけなければなりません」

「なるほど」

「あなたと鈴木以外は、みんなそれぞれこのチーム全体のことを知っている……いえ、知っていると思い込んでいます」

安部はいたずらっ子のような笑みを浮かべると、胸元から数枚のメモを取り出した。

「なんですか？」

そのメモには、人の名前と簡単な履歴、身体的特徴、性格、住所などが書いてあった。一枚のメモにひとり分がぎっしりと書き込まれている。

「一枚で一セットの設定が書き留めてあります。伝説のハクティビスト集団ラスクのメンバーリストです。私が作り上げた架空のものです。実在しません」

「え？　架空ってどういうことですか？　これが僕らのメンバーリスト？」

すぐには理解できずに、メモを何度も見直した。安部や自分のものもある。だが、本当のプロフィールとは異なる。

「私たちのことを探ろうとした相手を騙すための、ニセのプロフィールです。よくできているでしょう？」

「これ……全部ウソなんですか？　すごくリアルですよね」

「だって信じてもらわなければならないし、それに実在のモデルがいます」

「どういうことです？」

「全員、実在する人たちです」

「ちょっとわからないんですけど。だって実在する本人は、僕自身ですよね。このウソの設定の中の人が実在するってどういう意味でしょう？」

「メモの作り方を説明します。最初におおまかなメンバー構成を考えます。そして、それに合った人をネットで探します。年齢や職業とかで絞り込んでゆく。で、適合する人がいたらその人の情報をほぼそのまま利用させてもらいます。そうすれば、私のウソのチーム情報に飛びついた人は実在の人だって信じるでしょう。さらに私自身は安部響子という名前でいろいろなコミュニティに出没して攪乱《かくらん》するようにしています。この間もラスク支持者のコミュニティで女子高生とお話ししました」

「なるほど」

「以前、あなたは、仕事の日程を変えた理由を私に質問しましたね」

「はい」

「あれは全てその身代わりの人たちの予定に合わせたものです。だからウソの情報と私の発言を照らし合わせるとぴったり適合します。これだけやっておけば信用します」

「それを全員分やったんですか？」

「ええ。ただし、あなたについては、やっていません。あなたは裏切らないから」

「裏切ることはないって、信用されてるってことでしょうか？　それはちょっとうれしいです」

「正直に言いますと、そこまでの技術と猜疑心のない人という意味です。私の話を聞くまで、仲間の情報をそこまで努力して集めるなんて考えたことなかったでしょう？」

「あ、ええ、まあ、そうですけど。そっかー、みなさん、ちゃんと下調べしてるんですね。そうですよね。互いの正体を確認しておきたいですよね」

「人間は自分を基準に物事を判断することが多い。私は、常に猜疑心とねたみで満たされています。だから裏をかくことができるのです。よかれ悪《あ》しかれです。逆手に取って騙されるわけですから」

安部は微笑んだ。初めて会った頃のぎこちない笑みに比べると、柔らかく暖かい笑顔だ。安部が変わったのか、それとも自分の感じ方が変わったのか……きっと両方なのだろう。

第八章　罠

■背信者X　6

ジョンから、CYWATがオレたちの情報を一部つかんだようだという連絡が来た。サイバー攻撃方法の内容に関することなので、くわしくは明かしてくれていない。他の連中にも同じように知らせているだろう。

とうとうその時が来たのかもしれない。裏切るなら今だ。躊躇すれば他の誰かが先に裏切るかもしれない。

密告を申し出るメールはすでに作成済みだ。送る相手も決まっている。あとはこれを送信するだけ。だが、家からは送りたくない。念には念を入れて、最後までこちらのリアルはつかまれたくない。最初に相手の出方を確かめて、いざという時に逃げられるようにしておきたい。

家を出ると、特急に乗って大阪の梅田《うめだ》に出た。自宅でないからといって生活圏内ではあまり意味がない。これくらい離れないと安心できない。

こういう時のために、ただ乗りできる野良ＷｉＦｉを確保してあるのだ。道路脇に立ったままノートＰＣを開いて無線ＬＡＮに接続した。世の中にはまだまだ推測しやすいパスワードや脆弱な暗号化で無線ＬＡＮをダダ漏れにしている連中がたくさんいて助かる。他人の無線ＬＡＮに接続し、フリーメールアドレスを使い、ＷＥＢメールでラスク・メンバーの情報を知っていると送信した。

送信を終えてノートＰＣを閉じると、ほっとして力が抜けた。そのまま座り込んでしまいたかったが、そういうわけにもいかない。

疲れた身体を引きずって近くのマクドナルドに入った。

泥のような温水をすすっていると、驚いたことにすぐに返事が来た。早い。予想以上のレスポンスだ。

本物かどうかの確認をしたいので、ちょっとそこで待っていてほしいと書かれていた。なんのことだと思った。なにを待てと言うのだ？　ここがわかるはずはない。もしかすると確認するための方法を確認するということなのかもしれないと思い、しばらく待つことにした。

やがて届いた次のメールには、これからそちらに行くので十五分ほど待っていてほしいと書いてあった。ぎょっとした。ここがわかるはずがない。だが、メールのどこにも場所を教えろとは書いてない。

こちらの場所を知らせていないが大丈夫か？　と送ってみた。だが、返信はなかった。ありえない。オレがここにいることがわかるはずはない。何度も頭の中で繰り返した。店内を見回しても警察関係者らしき人間はいない。

その時、店に明らかに一般市民には見えない、目つきの悪い凶暴な雰囲気の中年男が入ってきた。ヤクザか警察だ。無言で店内をぐるりと見回し、オレに目を止めた。オレはあわてて目をそらしたが、そいつはすたすたとまっしぐらにこちらに向かってきた。なにかの間違いだ。

オレは心の中で叫んだ。

「おい。あんただろ？　メールよこしたの、あんただよな」

標準語だ。

「なんのことですか？」

オレはノートパソコンを閉じながら答えた。すると、相手はかがみ込んで目線の高さを合わせると暗い目でオレの目をのぞき込む。

「別に逮捕しにきたわけじゃないんだ。ちょっと話を聞かせてくれればいい。オレだって、頼まれたから来ただけなんだ。年末で忙しいんだよ」

頼まれた？　なにを言ってるかわからない。

「わかったら来い。ここだと目立つ。署内のほうがお互い気楽だろ。ここにあんたとオレが一緒にいたら目立ちすぎるだろ」

署内？　オレを警察に連れて行きたいのか？　そっちのほうが気が楽か？　絶対に違う。楽になるのは、あんただけだ。オレは行きたくない。

「なんのことかわからないんですけど……」

「うるせえなあ。ああ、めんどくせえ」

そいつは怒鳴ると、右手でオレの肩をつかみ、左手でスマホを取り出した。そしてどこかに電話する。

「ほら、出ろよ」

「え？」

「あっ、はい。こんにちはー」

電話口から聞こえてきたのは、明るい女の声だった。どことなく声優の水橋《みずはし》かおりに似ている。

「メールをくださった方ですよね。申し訳ありません。そっちには、場所柄ちょっと荒っぽい人材しか配置してないものですから、よろしければ東京にいらっしゃいませんか？　東京ならもっとリラックスしてお話しできると思うんです。あたしもいちおう担当なんですよ。へへへ」

「あ、はあ」

オレは不意を突かれて、頭が真っ白になった。

「どうします？　いらっしゃるなら迎えに行きますよ。二時間ちょっとお待ちいただくことになるんですけどいいですか？　そこにいる下品な人と来ていただいてもいいんですけど、調整がやっかいなんですよ」

「なんでここにいることがわかったんです？」

「あれえ？　ほんとにラスクの方ですか？　わかりません？」

「え？」

「いちおう、あまり公にしてないんですけどー。いいかな。特別ですよ。現在、日本の都市部のＷｉＦｉの通信内容はＣＹＷＡＴによって傍受されているんですよ。グーグルのストリートビューってサービスご存じですか？　世界中の道をグーグルの車が走って撮影した写真を見られるサービス。グーグルは撮影の時にちゃっかり周辺のＷｉＦｉの情報を収集してたんです。それと同じことを警察でもやったんです。だからどこのＷｉＦｉ使ったかがわかると一発でだいたいの場所も特定できちゃうんですよ。対ラスク包囲網のひとつです。匿名通信ツールのＴｏｒやＶＰＮを使ったらアラートが出て、どこのW-i-F-iを使ったか即座に表示されるんです。便利でしょう？」

「なんですって⁉」

「驚きました？　あははは。ところで、こちらに来ていただけますか？」

正直、甘く見ていた。ラスクを狙っているのは、言ってみれば日本政府そのものなのだ。盗聴されても不思議はない。自首して正解だった。

「いい……ですよ」

口の中がからからだった。

「はーい。じゃあ、そこにいる下品な人に代わっていただけますか？」

オレがスマホを差し出すと、そいつはひったくるように受け取り、耳に押しつけた。

「あっ、そう。いいよ、それで」

そして素っ気なくそう言うと電話を切った。

「じゃあ、あんたはここで二時間オレと一緒だな」

「え？」

そういうことになるのか。それはちょっといやだ。

「なんだよ、その顔は？　気が変わって逃げるかもしんねえだろ」

相手は有無を言わさない口調だ。ここまできて逃げるわけにもいかない。無言でうなずいた。そいつは、オレの隣に腰掛けた。

二時間、そいつとはひと言も会話しなかった。そいつは、時々どこかに電話しては、怒鳴りつけていた。店員が「もう少しお静かに願えませんでしょうか？」とやってくると、面倒くさそうに警察手帳を見せつけ「公務」とつぶやいた。それで店員は退散した。

胃の痛い思いでとにかく時間が過ぎるのを待った。

スーツ姿の若い女性が店内に現れた時、救われた気分になった。きょろきょろと店内をかわいらしい仕草で見回した後、こちらに駆け寄ってきた。

「お待たせしましたー」

明るい笑顔で話しかけてくると、わざとらしく敬礼した。それからオレの目の前のヤクザ風の刑事に、「ごくろうさまです」と頭を下げる。刑事は、そっぽを向いて、「勝手にしろ」とつぶやいた。

「どっ、どうも」

思わず立ち上がって答えると、後ろから誰かがオレの肩と肘をつかんだ。

「さあ、東京に行きましょう」

顔を向けると、岩山のような男が、にやにやしていた。オリンピックの柔道無差別級決勝戦でしか見ないような体型だ。正面には美人。横にはヤクザにしか見えない大阪の刑事。後ろには柔道無差別級。ノーと言えない状況だ。

オレはそのまま東京のＣＹＷＡＴ本部に連れていかれ、そこで自分の調べた内容を話した。彼らは、検察と協議して悪いようにはしないと約束した。

「ベストは不起訴ですけど、まあ有罪で執行猶予くらいが落としどころじゃないかと思ってます」

岩山のような男は笑った。男は、CYWATの吉沢と名乗った。警察庁から出向しているらしい。

「でも、ちゃんと協力してくれたらの話です」

「知ってることは全部話した」

「うーんとね。ジョンって、かなり頭がいいと思うんですよね。だから、周囲の人をトラップにかけてニセ情報を握らせている可能性がありそうな気がするんですよね」

「オレが騙されてるって言うの？」

「短く言うとそうです。まあ、待っててください。調べて裏を取ります」

その男、吉沢はそう言うと、オレの肩を叩いた。

「あなたもCYWATのメンバーなんですよね？」

オレは、ずっと気になっていたことを女性に尋ねた。すると、女性は答えずに男の顔を見た。

「この子は声優の卵です。この手の情報提供者の人って、人見知りでしょう。どっちかというと二次元のほうが親しみ湧くみたいなんで、アルバイトしてもらってるんですよ。

僕や大阪の連中が出て行くと、みんな引いちゃうから」

なんだそれは……詐欺じゃないか。オレも他人のことは言えないが。

「ごめんなさいね」

女性は屈託のない笑顔を浮かべ、ぺこりと頭を下げた。


オレはCYWATの屋舎の中にある宿泊設備に寝泊まりすることになった。ていのいい軟禁だ。こんな寂しい年末を過ごすことになるとは思わなかった。犯罪者なのは間違いないので、文句は言えない。

八畳ほどの広さの洋室に冷蔵庫、テレビ、パソコン、ポットがあり、部屋の隅にベッドがぽつんと置いてある。窓はなく、壁も床もベージュがかった灰色。じっとしていると、気が滅入《めい》るというか、頭がおかしくなるほど殺風景だ。

ここに来た最初の日に、ひととおり知っていることを吉沢に話した。すると、吉沢は確認に一日か二日かかるので、それまで休養しててください、と適当なことを言ってオレをこの部屋に押し込んだのだ。部屋の外に出るには、インターホンで頼まなければならない。そして建物からは出られないので、意味がない。トイレや風呂は部屋についているから、部屋の外に出てもできるのは廊下を散歩するくらいだ。しかも誰かが一緒についてくる。面倒くさいので、ひたすら部屋の中でネットとテレビを見て過ごした。

　二日後、吉沢が部屋にやってきた。こいつが部屋に入るだけで、五度は室内温度が上がるような気がする。気を遣ったのか、ドアを閉めない。少しほっとした。締め切った部屋で脅迫や拷問をされたらしゃれにならない。

「河野さん、困りますよ。全員シロです。内偵したら違ってることがわかりました」

　吉沢は開口一番、苦笑いしながら言った。

「そんなバカな」

「それはこっちのセリフです。まあ、あなたがガセを流したとは思いませんが、あっちのほうが上手だったってことでしょう。ジョンのウソにまんまと引っかかったんです」

「しかし、あの情報は気づかれないように集めたもので……フェイスブックやブログやツイッターから集めてきたんですよ。ピクシブやこえ部や掲示板もチェックした。どこをどう騙すんです。全員実在しないとかってことはないですよね」

「なんて説明すればいいのかな。わかりませんかね？　河野さんのリストのメンバーは全員存在するし、日程的にも犯行可能ですね」

「そうです」

「こういう風に言うとわかりやすいのかな。あれは全部河野さんがこんな風に仲間の情報を調べるだろうって予想して用意していたものだと思うんですよ」

「なにを言ってるんです。だって実在の人間なんでしょう？　自分の指示通りに生活させていたって言うんですか？」

「逆ですよ。犯人に仕立てやすいスケジュールで活動している人を探したんです。条件に合う実在の人間を見つけておいて、その行動と犯行がうまく一致するように、足跡を残し、犯行日時を変えたんです」

「なんのためにそんなことを」

「河野さんが仲間の情報を調べ、僕らに売るかもしれないって思っていたんでしょう。十年近く一緒に仕事してたんですよね。ずうっと、フェイクデータをメンテナンスしてたんですね。まあ、もしかしたら河野さんだけでなく全員を罠にかけていたのかもしれませんけどね」

「だ、だって、おかしいでしょ。だって本物なんですよ。実在の人物。フェイスブックにだって、怪しげな記録が残ってる」

「そう思わせるように作ったんです。ほとんどの情報は本物。でも、ところどころにラスクのメンバーっぽい情報を仕込んであるんです。周りが全部本物でつじつまがあっているから、つい信じちゃいますよね。うまくできてると思います」

「ツイッターやフェイスブックも本人がやってただろ」

「それもそうです。通信内容を確認しました」

「じゃあ、なんでオレの仲間じゃないってわかったんだよ」

「……河野さん、提案があります。僕らは大人ですから、互いに敬語を使いましょうよ。ねえ、そうしてください」

突然、吉沢が気持ちの悪い笑みを浮かべて言った。その表情に寒気が走った。この男は笑いながら人を殺せる。そんな気がした。

「え……いいですけど、もしかして失礼な言葉遣いをしてましたか？」

「失礼というか、友達に話すような乱暴な感じになってました。興奮したせいだと思います。でも、僕ね。そういう言葉遣いをされると、ちょっとむっとする性格なんです。だからお願いします」

「わかりました」

「わかればいいんです。通信内容を確認したので、仲間じゃないのは間違いないです。河野さんが仲間と通信している間、この連中が通信していないことが多々ありました」

「ちょ、待て！　待ってください。オレ、いや私の通信ログも見たんですか？」

「当たり前じゃないですか」

「プライバシーの侵害です」

「そういう概念は僕らにはないんで、すいませんね。まあ、そもそも、河野さんが罠に引っかかるからいけないんですけどね」

「くそっ！　あ、すみません。つい言葉が下品になってしまって……」

「河野さんももう少し大人だといいんですけどね。見事なもんです。実在する人間を身代わりに使うとはね。正直、騙されても仕方がないと思います」

「もう一度調べる。調べます。やられっぱなしでは、気が治まりません」

「あ、いや、あなたが同じことを同じスキルで限られたリソースでやっても結果は決まりきってます。だから一緒にやりましょう」

「なんですって？」

「うちの施設で、うちのスタッフと一緒にやってみてはどうですかと提案してるんです。クセのある連中ですけど、成功の可能性は高くなるのは確かです」

「それは、なにかの罠？」

「罠もくそも、あなたはもう逮捕されたも同然の状態ですからね」

吉沢は楽しそうに笑い、オレはドラえもんのジャイアンを思い出した。こいつは人の不幸を見てゲラゲラ笑うタイプの人間だ。

二日この部屋にいただけで、すっかり気分が滅入っていた。協力すれば部屋から出られるし、他の人間と話もできる。それはなによりありがたいことのように思えた。

「わかった。協力する」

「なにを偉そうに言ってるんです。それしか選択肢ないでしょう」

吉沢は笑顔のままオレの肩を叩いた。鎖骨が折れるかと思うほどの衝撃だ。

「痛たたた。わかりました。協力します」

「もう少ししたら、あなたの特技を発揮してもらいます。それまでうちの連中と仲良くしててください」

吉沢は笑いながら去って行った。

＊＊＊

安部と肇は、三度目のチェックインを終えてホテルの外に出た。ふたりは、一週間をメドに宿泊場所を変えていた。長期滞在すると目立つし、見つかりやすくなるというのがその理由だ。根無し草。最初は落ち着かない感じがしていた肇も、だんだんと慣れてきた。

宿泊したホテルは新橋だが、安部は銀座まで歩いて出ようと言い出した。ふたりは夕方の並木通りを歩き出した。

「美味しいケーキのお店があるそうなので、行ってみましょう」

安部は、赤い顔でそう言った。

「ケーキ⁉　安部さんがラスク以外の甘いものを食べるのを見るのって初めてです。ケーキ好きなんですか？」

　安部は戸惑った表情を浮かべた。

「……食べ物のことを考えると、気持ちが悪くなるんです。今は大丈夫ですけど、子供の頃はほんとうにダメでした。ラスクだけは平気だったんです」

「美味しくないとか、嫌いとかってわけではないんですよね？」

「いえ、きっと好きだと思います。なにぶん、食べたことがほとんどないので、よくわからないのです。食べている最中になにかあったらと思うと、怖くてひとりでは食べることができませんでした。今はあなたがいるので安心です」

　言いながら口元に右手を持って行き、爪を噛みそうになった。だが、噛む前に気がついて、手を下ろした。

　やがて安部が『ルブラン』という看板の出ている小さな店の前で立ち止まった。

「ここです」

　そう言うと、あなたから入ってください、と目で促す。

　ラスクの仕事では、あれほど大胆な作戦を遂行するくせに、ケーキ屋に入るのは躊躇する。そのアンバランスさも安部のよさだ。肇は、白い瀟洒《しようしや》な扉を押して中に入った。

　こぢんまりした店内には、甘い香りが漂っていた。幸い、客は一組だけだ。ふたりは、ウエイトレスに案内され、窓際の席に腰掛けた。

「わ、私はシュークリームとショートケーキを頼んで、セットにします」

あらかじめ調べておいたらしく、安部は運ばれてきたメニューも見ずに決めた。

「早いですね。うーんとじゃあ僕は、季節ものの洋なしのコンポートにします。コーヒーのセットにしようかな」

「洋なしのコンポート？」

安部は、メニューを開いて確認した。季節商品はＷＥＢには載っていなかったのだろう。

「むう。それも美味しそうですね」

「少し味見しますか？　少し切って安部さんにあげます」

「……ありがとうございます。では、私もあなたにショートケーキを少しあげます」

ウエイトレスがやってくると、肇がふたりの分を注文した。安部は、その様子をじっと観察している。

ウエイトレスが去ると安部は、ほっとため息をついた。

「……緊張します。喫茶店やレストランとは雰囲気が違いますね」

「大丈夫ですか？　気分は悪くありません？」

「大丈夫です。あなたのおかげで、いろいろなことに耐性ができてきたような気がします」

それでも安部は、緊張が解けないらしく、ケーキが運ばれてくるまで、無言だった。

肇が、とりとめなくニュースの話をするのを小さくうなずきながら聞いている。

やがてケーキとコーヒーが運ばれてくると、ふたりは互いのケーキを切って交換し、食べ始めた。安部は、ひとくち食べて「美味しい」とつぶやき、笑みを漏らした。それを見て、幸福な気分になる。

ケーキを食べ終わると、安部は明らかに挙動不審になった。

きょろきょろと周囲を見回し、肇の顔にちらちらと視線を投げる。

「なにかあるんですか？」

肇が見かねて尋ねると、安部は顔を真っ赤にしてうつむいた。

「わ、わ、わ……私と一緒に海外に行きましょう」

絞り出すような声だった。

「え？」

なんのことかわからなかった。一瞬、ふたりでどこかに逃げたいのかと思って安部の顔を見ると、少し驚いてそれは違うという表情を浮かべた。

「あなただけではないです。チームメンバー全員で海外脱出することを考えています。そろそろ本格的に危険になってきました」

「ああ、なるほど」

「全員が来るとは限りません。あなたには来てもらわないと困ります、主に私が」

「そうなんですか？」

「あなたは、ずっと私のそばにいてください」

突然の安部の言葉に、肇は戸惑った。これは告白なのか……しかしいくらなんでもこんなところで……それに急すぎないか？

「……ええと……それって、その……」

「誤解です。気持ち悪い」

肇の言葉をさえぎり、安部が即座に否定した。じゃあいったいどういうことなんだ。

「なんと言えばいいのかわからないんですけど、あなたがいるととても助かります。だから近くにいていただきたいのです。おつきあいとかそういうことは考えていません。気持ち悪いというのは、あなたではなく、男性とおつきあいする自分が気持ち悪く思えたのです」

いいお友達でいましょう、というお決まりの断り文句なのだろうか？　自分から告白したわけでもないのに、あまりの仕打ちじゃないか。少しへこんだ。

しばらく視線を宙に泳がせていたが、

「正直に言います。安部さんの気持ちがよくわかりません」

ややあって肇は言った。

「そのままの意味です。私のそばにいて、時々手を握ってくれればそれでいいのです。主に私は、とても癒されます」

「もしかして男性とつきあったことないんですか?」

安部が固まった。ぴたりと動きを止め、瞬きながら、きゅっと固く結んだ唇を震わせる。

「……答えたくありません。それは本題ではありません。私は、あなたに一緒に逃げてくださいとお願いしています。はいと言ってください」

「安部さんは、時々子供みたいに聞き分けがなくなる」

「人間は成長しません。子供も大人も考えること、感じることは同じです。ウソがうまくなるだけです。私はあなたには、ウソをつけません。だから今の私は子供と同じです。来てください」

うつむいたまま必死に話す安部を見ていると、肇は断れないなと思った。元から断るつもりはない。ただ驚いただけだ。

「もちろん行きます」

安部は顔を上げて目を大きく見開いた。

「ありがとうございます」

それから頭を下げた。

「こちらこそ、よろしくお願いします」

つられて肇も頭を下げた。いったいどこに行くつもりなんだろうと思いながら。

「誰かと一緒にクリスマスにケーキを食べたのは初めてです」

うつむいたまま安部がぽつりとつぶやき、肇は今日がクリスマスイブだったことに気がついた。


その日の夜、安部は全員参加の回転寿司チャットを開催した。

――私からふたつ提案があります。

安部が切り出した。

――ひとつめの提案です。七社目のターゲットが決まりました。これを最後の仕事にします。年が明けてから三格ＦＸサービスのメールサーバと会社サイトを停止させます。我々の主張をきかない場合は、ＦＸサービスそのものを攻撃します。

彼らのシステムはサービス開始当初から不安定で、たびたびダウンや遅延によって多大な損害を利用者に与えてきました。それでも利用者が減らないのは、押し売りに近い訪問セールスのおかげです。ネットそのものにあまり知識のない人々に口座を開設させ、取引させていました。しかもその口座は、年間維持費が十万円もします。三格ＦＸサービスに対して利用者全員へ一年間の口座維持費の払い戻しを要求します。すでに私の懇意にしている業者が、数千の口座を利用者から買い取っています。これをみなさんに分けますので、最後に一稼ぎしましょう。

――了解。

ひとりが言うと、次々と「了解」が続いた。

――ありがとうございます。では、ふたつめの提案です。すでにみなさん全員、それなりの現金を手にしていると思います。この際、日本を脱出して南米のリゾート地でゆっくりするのはいかがでしょう？　海外脱出の直前に解散宣言を出して逃げましょう。

――一生？

――ほとぼりが冷めるまでです。これからサイバーテロや犯罪は増えますから、あの人たちも忙しくなってそのうち私たちのことも追いかけなくなるでしょう。そのまま、よその国で暮らすという選択肢もあります。

――英語なんか話せない。

――それは私も同じです。なんとかなるものです。それに、南米はたいていスペイン語です。

――スペイン語！　全くわからねえ。

――勉強は楽しいです。新しい言葉を学びましょう。

――ちょっと、考えさせてください。というか、とりあえず行くならドバイはダメですか？

――ドバイ……噂はよく聞きます。いろんな意味でとんでもない所みたいですね。

――砂漠に降臨した人工都市。とにかく世界一を作るってのがコンセプトなんで楽しいと思います。物価は高いと思いますから、長くはいないほうがいいでしょう。

――ドバイにいったん移動して、そこで長く落ち着く場所を考えるということですね。

――ええ、そういうことです。

――治安は大丈夫なんですか？　中東って危険なんじゃないでしょうか？

――ドバイは政情が安定しているから大丈夫でしょう。あのへんにしてはリベラルだし。エミレーツ航空に乗るのは楽しみだ。確か成田から直行便があります。十時間くらい。

――エミレーツ航空……聞いたことないですけど、大丈夫なんですか？

――世界一のサービスを目指して作られた航空会社だから大丈夫。サービスはいいし、落ちることもないと思います。まあ絶対はないけど。

全員が解散と日本脱出に同意した。全員が成田に集合してエミレーツ航空に乗り込む。初めての顔合わせだ。安部は、一網打尽にするチャンスですね、と冗談を言った。

安部によれば全員が外部に秘密を漏らさなければ捕まることはないと言うのだが、いつものことながら肇は心配で仕方がなかった。安部を信用していないわけではない。だが、安部自身がいつも言っているように、物事に絶対はないのだ。どんなところから足がつくかわからない。裏切り者がいる可能性もある。肇がそのことを尋ねると、安部は「大丈夫だと思います」と笑うだけで、くわしくは教えてくれなかった。

——あの人たちがどこまで把握しているのか……そこが一番のポイントです。まだ私たちを特定できる情報はつかんでいないと思っています。

〝あの人たち〟とは、CYWATのことだ。もしも特定できているなら、なにかが起きているはずだと言うのだ。確実に起訴、有罪にもってゆくための証拠固め、逃走を防ぐための手立て、次の犯行で完全に証拠をつかむための準備。さまざまなことを同時並行で行っていれば、どこかでこちらにもわかると安部は語った。

例えば、歩いている時に跡をつけられていないか、郵便物がいつも通りに届いているか、開封された跡はないか、近所に聞き込みが来ていないか、留守中に誰か家に入った様子はないか、などなどこまごまとチェックすべき点をメンバーに解説した。

■背信者X　7

吉沢に、ラスクが三格FXサービスをターゲットにして最後の攻撃を行い、海外に逃亡することを伝えた。

「素晴らしいクリスマスプレゼントですね！　それでこそ、裏切り者です。時間の余裕があれば、守りようはあります。ラスクの攻撃を失敗させ、さらに海外に高飛びする前に全員を逮捕。美しいエンディング。僕はそういうの好きです」

吉沢は、よほどうれしかったのか、オレを抱きしめようとした。あからさまに嫌な顔をしてみせたら、代わりに肩をバンバン叩いた。痛いだけでうれしくない。

「謝礼とか出せるといいんですけどね。まあ、検事や裁判官の心証はよくなると思うんで、それで納得してください」

吉沢は、にこにこして部屋を出て行った。後に残ったオレは、「それだけかよ」とつぶやいた。この情報は、どう考えてもすごい価値がある。三格ＦＸサービスに持ち込んだって、少しは金をくれるだろう。心証がよくなるだけ？　騙されたような気分だ。

だいたいここに来てからろくなことがない。オレはＣＹＷＡＴの一室で数人とラスクの連中の足跡を追いかける作業をしていたが、一向にらちが明かなかった。

オレが調べ上げた全員が間違ってたってのも未だに信じられない。オレだって、この世界で十年以上生き延びてきた。フェイクの情報もある程度は見抜ける。もちろん騙された可能性はあるが、全員を間違えるなんて、そこまで間抜けじゃない。少なくとも何人かは当たってると思うのだが、ここにいては確かめようがない。

ひとりぼっちなことも変わらない。最初、やっと他の人間と話ができると喜んだが、ここの連中は機械のように必要なことしか話さない。かえって疎外されているような気分になる。実際、浮きまくってる。こっちから話しかけても、赤い顔をして黙りこくる。ひとつだけうれしかったのは自分のパソコンを使えるようになったことだ。あの監禁部屋にあったパソコンは古くて使いにくかった上、ツールのインストールも禁止されていた。

数日後、いまいましい吉沢のヤツが、逮捕のための切り札を持って現れた。あるVPN業者の顧客名簿だ。

「ジョンが紹介したことがあるって、河野さんが言っていたエストニアの業者です。ラスクの誰かが使っていた可能性があるでしょう。幸いに協力依頼しやすいんですよ。端的に言うとお金と言い訳を用意すれば顧客名簿くらいはすぐに出してくれます」

「しかし……名簿だけあってもそこからどうやって探すんです？」

「組織力です。ここの客で日本国内に居住している者は三百六十二人。しらみつぶしに調べます。そんなに難しいことじゃないです。比較的時間を自由に使える職業でネットワークにくわしい人間。これだけでもかなり絞れると思います。十人くらいまで絞り込んでから、さらに細かくチェックすればいいでしょう」

「かなり時間がかかるんじゃないですか？」

「いや、二日もかかりません。そのためのCYWATです。必要に応じて外部協力者の招集もすぐに行えます」

なるほどと河野はうなずいた。

「ついては河野さんの例のツールをお借りしてもよろしいですか？」

「例のツール？」

「ツイッターのツイートを分析するアレです」

「……かまいません。私のパソコンからコピーしてお渡しすればいいですか？」

「あ、そのパソコンはもうクローンを作ってあるんで、そこからコピーします。コピーして起動するだけでいいんですよね。インストール不要ですね」

「そうですが……いつの間にクローン作ったんです？　これ、私の私物でしょ」

「入館する時、荷物をお預かりしたでしょう。あの時です。申し上げていませんでしたっけ？　館内では、プライバシーはないんです。ヌーディストビーチみたいなもんです。人権もないんで、ぱーっとはじけちゃってください」

「………」

なぜこんなヤツが公務員として税金で暮らしているのだろう。不思議だ。

「あとね。この情報も使っていいですよ」

吉沢は、そう言うと隣の席のヤツのノートパソコンをひったくって、ひとつのファイルを開いて見せた。慣れているのか、取られたヤツはなにも言わない。

「不在、在宅、就寝、起床……なんですか？　まさかメンバー全員を盗聴したんですか？」

そこには表形式で、名前と住所、それに時刻と不在や在宅といった状態が表示されていた。なにかのグループの全員の監視記録のようだ。これが吉沢のふたつ目の切り札だった。

「メンバーわかってないのに、そんなことできないでしょ。絞れてないのに闇雲《やみくも》に盗聴なんかできません。これはスマートメーターの電力使用状況から推定した行動記録です。便利でしょ？」

吉沢がにこにこしながらディスプレイを叩くのを見て、オレはまた寒気がしてきた。こいつらは、普通の個人の自宅の中にまで入り込んでいる。

「あんた、なにを言ってるんだ……」

「あっ、言ったらまずかったかな？　誰にも言っちゃダメですよ。そんなことしたら一生刑務所から出られないようにしますからね。検察も喜んで協力してくれると思います」

「スマートメーターで行動記録を取ってるなんて知らなかった」

吉沢は部屋の隅でパソコンに向かっていた男を手招きした。男は、苦笑いを浮かべてやってきた。

「ええとね。この人、元お仲間です。ラスクの前身のハッキングチームにいたのを僕が見つけてきたんです。佐藤さん」

吉沢が言うと、佐藤と呼ばれた男は軽く会釈した。どこにでもいるごく普通の会社員っぽい男だ。ラスクの前身のチームならオレとも共同作戦をしたことがあるはずだ。

「あんた誰？」

オレが言うと佐藤は頭をかいた。

「だから佐藤です。それ以上は言えません。お互い正体を知らないほうがいいでしょう」

「じゃあ、あんたもオレの正体、チーム内でのコードネームを知らないってのか？」

オレは吉沢を見た。吉沢はうなずく。

「そんな細かいことはどうでもいいじゃないですか。それより、佐藤さんのほうがスマートメーターにはくわしいんで呼んだんです」

吉沢が言うと、佐藤が後を引き取って話を始めた。

「想像以上にいろいろなことがわかります。エアコン使っているかとか、電子レンジ使ってるとかくらいはかなり当たります。そこから家にいて起きていた時間帯も推定できます。食事の時間や風呂の時間、テレビをつけた時間もわかりますよ。こうした行動記録からもメンバーを絞れます」

「すごい便利でしょう」

吉沢は、まるで子供のようにはしゃいでいる。ふと気がつくと、周りのＣＹＷＡＴの連中が、全員こちらを白い目でじっと見ている。無言の圧力を感じた。もしかしたら、オレは知りすぎたのかもしれない。

「消費電力からの推定で、使っているマシンの種類もわかります。ノートパソコンか、デスクトップで消費電力違いますからね。いざとなったら、デスクトップ使ってる時に、電気を止めていやがらせできます」

佐藤は冗談だか本気だかわからないことを言うと、にやりと笑った。

「スマートメーターが盗聴器に変わるのも時間の問題だな」

「当たり前じゃないですか」

吉沢が心の底からうれしそうな表情を浮かべた。

「家だけじゃないですよ。スマートグリッドで車や電車やバスの中まで追いかけますからね。僕の仕事は楽になります。うれしいなあ」

「そんなこと勝手にやっていいの？　ちゃんとそれ用の法律作らないといけないだろ」

「そんなこと言い出したら、みんな反対するじゃないですか」

「黙ってやっていいの？」

「ばれなければいいんですよ。まあ、ばれてもやったもんがちですけどね。悪いことやってなければ監視されてても問題ないでしょ。こういうことをいやがるのは、やましいことをしてるヤツだけなんですよ」

「全然違う」

「だって、河野さんはやましいことだらけの犯罪者ですもん。そう思うのは当たり前です」

「いい加減にしろ！」

オレが語気を荒らげる、佐藤が唇に指を当て「シーッ」と言った。しまった。

「また口のきき方忘れてますよ」

「……すみませんと言えばいいんでしょ」

「なんていうか、素直じゃないんだよなあ。まあいいや、このデータも使わせてあげますから、しっかりうちの連中と協力して仲間を見つけ出してくださいね。期待してますよ」

「わかった……わかりました」

その時、ふっと頭に閃《ひらめ》いた。スマートメーターといえば……。

「まさか、この間の停電……」

「河野さん、よけいなとこに頭が回りますね。そういう人は長生きできませんよ。でも、正解です。監視用ソフトをリモートで一斉にインストールしてたら、一部のファームウェアと相性悪くて事故が起きたらしいんですけどね。僕なんかにはわからない複雑な話です。念のために言っときますと、うちのせいじゃないですよ。ファームウェアのバージョンをちゃんとそろえてないほうがいけないんです」

オレはあきれてなにも言えなかった。

「ねえねえ、河野さん、ボットネットを利用した攻撃ってことはわかってるんです。そこまでは、素人でもすぐにわかりますからね。問題はどうやってボットネットを維持、拡大してるかっていうことなんです。あなたの専門じゃないですけど、なにか思いあたることありませんか？」

吉沢は話題を変えた。ほんとに落ち着きのない野郎だ。

「ボットネット？　あの攻撃って無自覚なフォロワーたちが、自発的にしてるんじゃないんですか？」

「そんなのたいした攻撃力にはなりませんよ」

「なに？」

「私から説明しましょう。最近のＤＤｏＳ攻撃はボットネット、ＤＮＳリフレクション、クラウドサービスを利用するものが主流です。対策も進んでますからね。簡単に言うと、人力に頼る昔のやり方では効率的に相手をダウンさせることはできません」

佐藤が横から説明した。

「そうなのか」

「まあ攻撃はできるんですけど。実際の攻撃の規模と比較すると、人力での攻撃はあまりにも非力です。数が少ないんです。河野さんは実際に攻撃に参加した数を知らないんですよね。私たちが測定した範囲では千以下です」

「そんなに少ないの……」

「なんだかんだ言って、みんな犯罪行為には手を染めたくないんでしょう。だから、あれは大衆煽動《せんどう》用のはりぼてです。参加することで『気分はもう革命』って感じに盛り上がれるじゃないですか。実際、オレ、ラスクなんだぜって威張ってる高校生や中学生いますから困ったものです。私はラスクが使用している『灰燼のキャノン』はどこかでレンタルしてるんじゃないかと思って調べています。自前のボットネットの可能性もありますけど、そこまでの規模を持っているとは考えにくい。それにそっちは、今アンチウイルスソフトで対応を進めていて、どんどん駆除しています」

「レンタルなんかできるのか？」

「ええ、できます。お金さえ払えば、大規模な攻撃だって簡単にできます。お金があればですけど」

「そんなことできたのか……」

「お手数ですが、ジョンに訊いてもらえませんか？　どうやって攻撃してるのかって」

「それは無理。自分の仕事に関係ないことを訊くと怪しまれる」

吉沢が肩を叩いてきた。

「好奇心とかって言えばいいでしょ。だって不思議でしょ。仮に自前だとしても、どうやって構築して維持しているのかわからないんですよ。こっちはアンチウイルスソフトを投入して、ボットクライアントを潰して回ってますから、急激に縮小しないとおかしいんですが、そうじゃないんですよね。だからどっかで補充してるんですよ。いったいどうやってるんだろう？　ねっ、好奇心湧くでしょう」

「だからって質問するのは、ルール違反です。よけいなことは訊かない、話さないってのは基本ルールです」

「お堅いこと言ってますね。役所みたいだ。できないんですか？」

吉沢が身体を乗り出した。この男の身体は肉の壁だ。近づかれると、ものすごい威圧感がある。理屈抜きで圧倒される。

「いや……怪しまれないように訊いてみます」

だが、結局、オレは訊かなかった。自分で見つけたのだ。

ボットネットの拡散についての佐藤の資料を何度も読み返したオレは、ひとつのことに気がついた。拡散が一時《いっとき》に集中している。ウイルスやワームのようなものには拡散のピークがある。ボットネットのクライアントもそうなのは納得できる。

だが、このボットクライアントそのものは拡散する機能を持たない。普通は自分自身をどんどん他のマシンにも感染させて増やすようにしているものだが、その機能がない。吉沢は他に感染専門のマルウェアがあって、それは一定期間で痕跡を残さず消えてしまうのだろうと言っていた。ありえない話ではないが、どうもしっくりこない。

感染機能を持たないのに広がっているとなれば、どこかからなんらかの方法で配布していると考えるのが妥当だ。配布方法は、ブログ、WEB、ツイッター、フェイスブックなどが考えられる。吉沢の言うように別の方法で拡散しているなら、こうしたものに感染を広げるウイルスが別途用意されているのかもしれない。ツイッタースパムやフェイスブックスパムがさまざまな形で悪用されているのは有名な話だ。感染した自分のフォロワーや友達から、突然英文のスパムメッセージが送られてきた経験を持つ人は多い。それだけでなく動画に密かにフェイスブックの共有ボタンを仕込まれていることもある。その罠にかかったあるJリーガーのフェイスブックのページに、「少女が馬と痛そうなセックスをした後に死亡」というタイトルの動画が表示されて大騒ぎになった事件があった。だが、もしそういったものなら発見されているはずだ。吉沢は痕跡を残さず消去と言っていたが、これだけの規模で感染しているなら発見されないということはない。

他の方法……。

オレははっとした。全てのインターネットのサービスというのは、あるひとつの前提の上に成り立っている。正規の事業者は社会の基本的なルールを守るということだ。アンチウイルスソフトのメーカーが悪質なウイルスをばらまいて販促活動したり、サイバーセキュリティ予算を増額させるためにハッカー集団をでっちあげてサイバーテロを行ったり、プロバイダが裏で個人の通信ログを販売したり、広告効果を上げるために見ただけでクリックする仕掛けを仕込んだりすることは、まっとうな業者はやらない、させないはずだ。そこが崩れたら全てのサービスが崩壊する。

まさか……だが、一番簡単で確かだ。しかしどうやる？　業者が協力する動機はなんだ？　オレは頭の中でシミュレーションを始めた。

鐘の音が聞こえて、年が明けたことを知った。こんな狭い部屋でひとりきりで新年を迎えるなんて思わなかった。どれもこれも吉沢のせいだ。今年こそ、ラスクの全貌を暴いて、あいつを驚かせてやる。

＊　＊　＊

ラスクの活動が沈静化してしばらく経った。拓人は毎日ラスクのツイッターアカウントをチェックしていたが、これといってめぼしい情報はなかった。一方で、ラスクのメンバーが捕まったというニュースや主犯格が特定されたという噂がネットにあふれた。ラスクも終わりという雰囲気が漂う。

大晦日《おおみそか》、自宅で両親と一緒に夕食をとっていると、テレビのニュースでラスクの話が出た。

「なんだかんだ言っても、悪いことはできないってことなんだよな」

父がわかった風なコメントをしゃべり出した。拓人は、黙って耐える。

「国が本気になったら、ハッカーの技術力なんか敵じゃないってことだろう。そういや、お前の学校にもラスクの仲間だって言ってる生徒いたのか？」

テレビの解説を聞きながら、拓人の顔を見る。ラスクの仲間……自分も支持者のひとりだが、そんなことは言えない。

「さあどうだろ。わかんない」

「いないのか……それが普通だ。テレビを見てると、中高生がラスクの仲間を気取って騒いでるって話だが、煽《あお》り過ぎだ。いまの中高生は、そんなことよりアニメやマンガの方が大事だもんな」

同意を求めるように拓人に声をかける。なにもわかってないくせに、わかったようなことを言ってほしくない。いっそ自分もラスクの支持者で集会に何度も参加していると言ってしまおうとすら思う。

「お父さん、いまの中高生はずっと真面目なんですよ。ちゃんと勉強するし、社会のこともちゃんと考えてるらしいですよ」

母がさりげなく、割って入る。拓人の怒りを察したのだろう。

「そうなのか？」

「ごちそうさま」

さらになにか質問しようとする父を置いて、拓人は自分の部屋に戻った。

「あとで年越しそばを食べにいらっしゃいよ」

母の声が後ろで響いた。父のせいで、ひどく攻撃的な気分になってしまった。ラスクのやっていることは犯罪かもしれないが、別に悪いとは思わない。社会に問題があったら、それをただすには法律を守ってなんかいられない。そんなことを言っていたら、表現の自由のない国では自由な社会は永遠に実現できない。

むしゃくしゃしたままスマホを操作し、沙穂梨とＬＩＮＥでトークを始めた。

――なんでみんなわからないのかな。ラスクみたいに、なにかやらないとなにも変わらないってのに。

拓人は、さきほどの父親のことを話した。

――あの人たちは、なにもしなくてもなんとかなる時代しか知らない。これまでもこれからもずっとそうだと信じてるんでしょう。

――なにそれ？　そんな時代があったの？　でも、いまは普通に暮らせない人間の方が多いから、言うことをきいてたら死ぬだけ。

――あたしたちの親くらいまでは、ほとんどの人は普通に暮らせたらしい。でも、いまは普通に暮らせない人間の方が多いから、言うことをきいてたら死ぬだけ。

――それなのになんで普通にしろとか言うわけ？

――世の中は変わらないし、変える必要がないと思ってる。そうじゃないとわかっていても、どうすればいいかわからないからなにも言えない。あの人たちは、無責任にあたしたちを産んで、絶望の再生産をしてる。

――お前って、ほんと救いのないことを言うよな。世の中とか、親とか全否定してるだろ。

――最初に否定してきたのは、あっちだから。

――そうなんだ。

――君たちはこれから学問と社会について最低九年間勉強しなければならない。それはなんの役にも立たない。その通りにすれば飢えて死ぬか、過労で死ぬことになるだろう。でも、それ以外の選択肢は認めない。それって、あたしたちの人生を全否定してる。

――過激だな。

沙穂梨の毒気に当てられて、拓人はだんだん落ち着いてきた。自分よりもひどいことを言う人間を見ると冷静になれる。

――あたしは死にたくないだけ。別に過激なことをしたいわけじゃないよ。

――でも、沙穂梨みたいなヤツって他に知らないぞ。

――ラスクに集まってきてる人の中にたくさんいそうな気がする。ラスク支持者のコミュニティで、すごく気の合う人と会ったことがある。

――誰？

――安部響子って名乗ってたけど、絶対本名じゃないでしょ。

――なんか普通の名前だな。

――あたしの言ってることをちゃんと理解してくれて、自分のことも話してくれた。図書館で暮らしてた男の子と仲がいいとかさ。

――図書館？

――図書館で暮らすなんてカッコいいと思う。その人もそう言ってた。

――ちょっとわかる気がする。

――その人も特別なことをしてるわけじゃないし、したいわけでもないって言ってて。でも、きっと生きていること自体が世の中を変えると思ってるって言ってた。

――生きるだけでいいの？

――親や社会の言うなりに生きたら死ぬでしょ。だから生き続けるってことは、少しずつでもするってことなんだと思う。

――なんかいいこと聞いた気がする。

――でしょ？

しばらくふたりとも黙った。

――明けまして　おめでとう
ややあって沙穂梨が言った。

――あ、そっか、年が明けたのか。

遠くに除夜の鐘が聞こえる。同じ鐘の音を沙穂梨も聞いているかもしれない。胸が熱くなり、無性に沙穂梨に会いたくなった。


ホテルの部屋で映画を流しっぱなしにしてまったりしていると、安部のスマホが鳴った。そういえば安部のスマホが鳴るのを見るのは初めてだ。

安部は画面を見て、顔をしかめた。爪を嚙み、それから電話に出る。

「はい」

肇は映画を一時停止した。音が消え、かすかに電話の相手の声が聞こえてくる。近寄って話を聞きたいような気がしたが、我慢していったん自分の部屋に戻ることにした。

安部に部屋の扉を指さして、戻る旨のジェスチャーをした。すると安部は電話を耳に当てたまま首を横に振り、肇の袖をつかんで引っ張った。訝しく思いながらも、肇はそのまま安部にぴったりと身体を密着させ、電話の声を聞く。

「……迷惑はかけない。失敗しない」

鈴木だ。

「そういう問題ではありません。必要ないと申し上げています」

安部の声は淡々としているが、どこかしらいらだちを感じる。

「相手の情報は必要だと思うよ。最後の作戦だ。確実に成功させたい。それにＣＹＷＡＴの連中に仕返ししてやりたい」

「前者の意見には異論はありませんが、リスクとベネフィットがバランスしません。リスクが大きすぎます。後者の理由が大きいように感じます」

「悪いんだけど、許可をもらうために連絡したんじゃない。あらかじめ知らせておいたほうがいいと思ったから連絡しただけだ。ここはオレのやり方でやらせてもらう。もしも今後オレと連絡がとれなくなったら、そういうことだったと考えてくれ」

電話がそこで切れた。

「今のは鈴木さんですよね。いったいなにをしようとしてるんですか？」

肇は安部から身体を離すと、さっそく質問した。

「ＣＹＷＡＴから内部情報を盗み出してネットに晒すそうです。これにより、ＣＹＷＡＴを一時的に混乱させれば、次の作戦をやりやすくなると彼は言っています」

「そんなことできるんですか？」

「可能です。ＣＹＷＡＴは、急ごしらえの寄せ集め部隊です。ソーシャルエンジニアリングを使えばつけ込む隙はたくさんあるでしょう。問題は、鈴木が見つかって捕らえられるリスクは決して低くないことです」

「止められないんですか？」

「あの様子では言うことを聞いてくれそうにありません。成功を祈るしかありません」

安部はそう言うと、爪を噛んだ。表向きは取り乱してはいないが、いらだっているのかもしれない。肇はスマホを握ったままの安部の手を両手で包んだ。安部の顔がみるみるうちに赤くなる。

「て、て、敵の人心を乱す作戦は、残念ながら功を奏しているようです。鈴木は、まんまとのせられてしまいました」

安部は、うつむいて黙り込んだ。肇が手を離そうとすると、スマホを放して手を強くつかんだ。絨毯《じゅうたん》に音もなくスマホが落ちる。

「あ、あ、あなたが握ってきたんですから、私が、いいと言うまでこうしていなければなりません」

安部はうつむいたまま、もうひとつの手を肇の手に重ねた。

「はい。いつまでもこうしていますよ」

「そういう安直なことを言ってはいけません。私には通じません。今は通じているふりをしているだけです」

なにも言えなくなったふたりの耳に、除夜の鐘の音が響いた。

「年が明けました。二年越しで手を握られてしまいました」

安部が震える声でそう言ったので、肇は強く手を握り締めた。

「何年でもずっとこうしています」

「あなたの年初の誓いは、それですか。信じたふりをしておきます」

安部がおずおずと肇の手を握り返した。


翌日から安部は、CYWATの状況の調査を開始した。鈴木が止めない以上、できるだけ失敗しないように情報を提供して支援すると言う。

「これまでもCYWATの状況はチェックしていました。どちらかというと全体としての動きや保有しているシステムなどの情報でした。鈴木の支援には個別の隊員の個人情報を狙ったほうが効果的だと思うので、その情報を集めています」

安部は、ずっとPCを操作している。その横で、肇はソファに腰掛けて映画を観ている。申し訳ないような気分になるが、肇にはなにも手伝えない。もしかしたら安部の集中の邪魔になっているかもしれないと思って、「僕、自分の部屋にいたほうがいいですかね？」と尋ねてみた。

「あなたは、ここにいてください。そのほうが私は落ち着きます。時々、コーヒーを淹れてくれるともっとよいと思います」

安部はPCから目を離さずに答えた。肇は了解と答えてコーヒーを淹れることにした。コーヒーを飲み終えると、安部は出かけると言い出した。

「どこに行くんです？　僕も一緒に行きますよ」

「CYWATの情報を直接集めてみます。ネット経由では手に入らないものがあるんです。リアルに行かなければなりません。でも、ふたりで行くと目立ちますから、ひとりで行きます」

「大丈夫ですか？」

リアルに人と接して大丈夫なのだろうか？　だが、安部は頑としてひとりで行くと言ってきかなかったので、肇は説得をあきらめた。

安部が出かけてから一時間以上が経過した。どうにも落ち着かなくて、元旦で人のまばらなホテルの周りをうろうろ歩き回っていた。心配でたまらない。ここ数週間は、ほとんど一緒にいたからよけいにそう感じるのかもしれない。こんなことなら、止められても後をついて行けばよかった。

「高野くん？　だよね」

振り向くと川本だった。以前会った時と違い、ぱりっとしたスーツを着こなし、きれいに化粧している。なんでこんなところに？　と思ったが、ここは都心の交通の要所。いても不思議はない。

「やっぱりー！」

川本は無邪気に笑った。

「なにしてるの？」

さらに近づく。ほとんど触れあうくらいの近さだ。近すぎて正面から顔を見られなくなった肇が、視線を下に向けるとはちきれそうに膨らんだシャツの胸が見えた。目のやり場がない。

「ええと、人を待ってるんだ」

仕方なく、横に目を向けて答えた。

「ふーん。この間、転職したって言ったの覚えてる？　気分一新で新しく買ったの、いいでしょ」

川本はスーツを見せびらかすように身体を左右に揺らして見せた。甘い香りが漂い、どぎまぎする。

「へえ、似合ってるね」

なんでこんなに接近してくるんだろう。肇は少し後ずさりした。

「でしょう。お給料いいんで、少しいいのを買ったんだ。初詣に行くとこなんだけど……時間あったらお茶でもしない？」

川本は上目遣いで近寄ってくる。官能をくすぐる甘酸っぱい香りが鼻腔をくすぐる。

「いや、オレはそんなに時間ないんだ」

肇は、後ずさる。このままだと川本のペースに巻き込まれてしまう。そんなところを安部に見つかったら、なにを言われるかわからない。

「えー、そうなんだ……じゃあ、メアドかスマホの番号教えてよ」

川本はぐっと近づいた。豊かな胸が肇の胸にくっつきそうだ。

「あ、いいよ」

肇は思わず、答えていた。直後にまずいかな？　という気もしたが、ついメールアドレスを教えた。

川本は、ありがとうと言って肇の腕に自分の胸を押しつけると、去って行った。川本の身体の感触と香りにぼんやりしていたが、我に返ってあわてて周囲を見回すと一ブロック先の交差点で信号待ちをしている安部の姿が見えた。黒ずくめなので見つけやすい。駆け寄ろうとした時、その隣に誰かいるのに気がついた。

佐藤だ。

肇の足が止まる。どういうことだ？　佐藤はＣＹＷＡＴ隊員だ。テレビに出るくらいだから、そこそこのポジションを与えられているに違いない。以前ラスクの前身のハッキングチームにいたこともＣＹＷＡＴにはわかっているのだろう。もっとも危険な敵だ。ＣＹＷＡＴを調べるためなのかもしれないが、肇以外には自分の姿を見せない安部が直接会うというのはよほどのことだ。

信号が青になると、ふたりは並んで歩き出した。佐藤はさりげなく、安部の肩に手を回す。肇の胸にざわざわした黒い思いが沸いてきた。嫉妬だ。もしかしたら、佐藤と安部はつきあっていたのかもしれない。安部以外のラスク・メンバーと引き替えに、安部だけは見逃してもらう相談をしているのかもしれない。そもそも自分を引き込んだのは佐藤だ。佐藤と安部が、荒稼ぎしてハッキングから足を洗うために利用されたのかもしれない。ネガティブな妄想が次々と浮かんでくる。

雑踏のざわめきがひどくうるさく聞こえ、全身が熱くなった。嫌な汗が出る。落ち着け、と自分自身に言い聞かせ、近くのコンビニに入った。騒音が途絶え、少し気分がよくなった。だが、相変わらず頭の中はうしろむきの妄想でいっぱいだ。

安部が戻ったら問い詰めたほうがいいのだろうか？　だが、まるで浮気を責めるようで気が乗らない。そもそも肇と安部はつきあっていないのだから、浮気ですらない。ラスクを裏切るつもりですか？　と訊くべきかもしれないが、素直に答えるわけがない。その場を取り繕って、すぐに佐藤に連絡するだろう。そう考えると、黙っていたほうがよいのかもしれない。それとなく安部の様子を観察し、裏切りなのかそれとも違うなにかなのかを見極めよう。

肇はため息をついてコンビニを出ると、ホテルの部屋に戻った。

部屋で悶々《もんもん》としていると、安部から電話がきた。ケーキを買ってきたので一緒に食べようと言う。正直そういう気分にはなれなかったが、行かなければ理由を尋ねられるかもしれない。

「ちょうどコーヒーを淹れたところです」

肇が部屋に入ると、安部はいつものソファの前のテーブルにカップを置いた。

「あ、ありがとうございます」

肇はソファに腰掛ける。安部はケーキを持ってきた。ふたつの皿に二種類のケーキが細く切られてのっている。

「ケーキをふたつ買いました。ふたりで分けたほうが、どちらも味わえていいかと思って」

「美味しそうですね」

安部は皿をテーブルに置くと、肇の横に腰掛けた。ケーキをふたりで分けて食べるということがうれしかった。ささいなことだが、安部との絆《きずな》があるような気がした。

「私が出かけている間、特になにもありませんでしたか?」

「ええ、特になにも」

まさか安部を待ってうろうろしていて、川本に出くわしたなどとは言えない。安部に、あなたはどこで誰と一緒にいたんですか? と訊きたくなるが、なんとかこらえた。代わりにやりきれないもやもやが残る。

「どうしました?」

「なんでもないです。なにかおかしいですか?」

もちろん、なんでもないわけはない。心の中は安部への疑念で揺れていた。

鈴木は、CYWATのビルに近い喫茶店にいた。ジャンパーにデニムというラフな格好だ。ジャンパーには、会社名がプリントされている。もちろんニセモノだ。鈴木はCYWATに出入りしている業者にまぎれて、密《ひそ》かにいくつか罠を仕掛けた。簡単に引っかかるとは思えないが、とにかくいろいろな方法を試してみることが大事だ。

トイレに立って席に戻ると、さきほどまでなかったものがテーブルの上にあった。見覚えのあるUSBスティックが五つ。ふたつは罠。三つは盗聴機能のついたWiFiルーターだ。鈴木がさきほど出入りの清掃業者のふりをしてCYWATの中に置いてきたものだ。

血の気が引いた。客はまばらで、周囲にそれらしい人物はいない。なにも気づいていないふりをして、USBスティックをポケットにしまい、そのまま会計して店を出た。

罠のUSBスティックには、「B班捜査状況報告」「バックアップ用人事データ」とマジックで書いてある。つい見たくなる内容だ。こういうものをさりげなく狙うオフィスに置いておくと、うっかり見てしまう慌て者がいる。しかし実際に中に入っているのはマルウェア。感染して持ち主にはそれとは気づかれないように情報を盗み、USBのWiFiルーターを経由して情報を外部に送信する。鈴木は地下鉄に乗り、他の駅に移動し、ドトールに入った。そこで、USBスティックの内容を確認する。鈴木が仕込んだもの以外にいくつかファイルが増えていた。マルウェアを仕込まれていないかチェックした後で、その中の比較的安全そうなファイルを開いてみた。

「ごくろうさまです。

こんな古典的なやり方をしたら、すぐにばれますよ、鈴木さん。

佐藤より」

やられた。佐藤は、CYWATに寝返った仲間だと高野から教わった。同じチームだっただけのことはある。こちらの手の内を知り尽くしている。

最後の攻撃予定日、部屋に行くと安部はノートパソコンの画面を肇に見せた。

「CYWATの内部情報を入手しました。主にはふたつ。ひとつは、CYWAT隊員の個人情報。もうひとつは、私たちの七つ目のターゲット企業とCYWATとの会議記録です」

画面には情報の一覧が並んでいる。目を疑った。七社目のターゲットはまだ公開していない。攻撃の直前にツイートする予定だった。まさか、安部が佐藤に話したのか？

「……なぜ、CYWATが七社目のターゲットを知っているんですか？」

肇は画面を食い入るように見ながら尋ねた。

「わかりません。もっとも合理的な解釈は、裏切り者がいるということです」

安部は、こともなげに言ってのけた。肇は、あっけにとられた。裏切ったのは、あなたじゃないんですか？　と言いたくなるが、こらえる。

「誰が裏切ったんですか？」

「わかりません。あなたと私は除外してもよいと思います。いずれにしても、今回手に入れた情報と攻撃予告を同時に出せば、三格FXサービスはすぐに要求を呑むでしょう」

混乱する頭で理解しようとしたが、うまくいかない。

「……その情報は、確かにすごいですけど、どうやって手に入れたんですか？　それに裏切った人間をそのままにしておいて大丈夫なんですか？」

安部はそこで初めて肇が混乱していることに気づいたようだった。

「あなたは、状況がうまく把握できていないのですね。私の説明が悪かったのかもしれません。複数のことが同時に起きてしまったので」

そう言うと、肇の目をじっと見た。いつも人の目を見ない安部にしては珍しい。肇も、安部の目を見つめ返す。大きな黒い瞳に吸い込まれそうになり、頭の中が真っ白になった。

「まず、七社目の攻撃計画は相手の知るところとなっています。ラスクの内部に裏切り者がいたためです。それが誰かは、まだ特定できていません。しかし私はトラップを仕掛けて必ずあぶり出します。だから安心してください。運良く私たちは、相手の機密文書を入手しました。相手を攪乱し、攻撃計画の阻止を断念させるに足る内容です。情報を公開し、攻撃することなく三格ＦＸサービスを我々に従わせるのが、今回のあなたの役割です」

噛んで含めるような説明で、肇はだいぶ落ち着き、理解できるようになった。だが、どうやってそこまで貴重な情報を入手したのか気になる。

「その情報はどうやって手に入れたんですか？」

「ハッキングとソーシャルエンジニアリングを使いました。鈴木からもらった情報も少しあります」

安部は答えたが、中身がない。どんな攻撃でもハッキングとソーシャルエンジニアリングと言える。鈴木の活動が功を奏したなら、もっと具体的に教えてくれてもいいはずだ。だが、さらに突っ込んで尋ねる気にはなれない。肇は、唇を噛んだ。

「なにか気になることがあるのですか？」

「いえ、なんでもありません。気にしないでください」

「あなたが困っていると、私は気になります。だから教えてください」

安部にしては珍しく食い下がる。肇は思わず目をそらす。

「ほんとになんでもないんです」

そうは言ったものの、安部に対する不信感がぬぐいきれない。

「安部さんは、僕と……いやみんなと一緒に外国に行きますよね？」

「その予定です」

安部は目をそらさない。

「……わかりました」

「わかっていない表情です。私にはなにが問題なのかわかりません」

「ほんとになんでもないんです。それより、話の続きがあるんじゃないですか？」

安部の入手した情報には、ＣＹＷＡＴとターゲット企業にとって致命的な防御システムおよび攻撃探知と追跡の態勢などの情報が含まれていた。さらにＣＹＷＡＴにとって問題だったのは、ターゲット企業は早くラスクに降参してごたごたを終わらせたいと考えていたことだ。叩けばいくらでも埃《ほこり》の出る会社なので、ラスクの言うことを聞いたほうが得なのだ。だが、ＣＹＷＡＴは、無理矢理ラスクと対決することを企業に求めた。言うことをきかなければ、今の事業を続けられないようにするという。恫喝《どうかつ》と脅迫だ。これが世に出ればＣＹＷＡＴにとってはかなりのダメージになる。

「これらの情報を出した時点で、ＣＹＷＡＴは三格ＦＸサービスからは手を引くでしょう。従って今回は私の出番はなさそうです。主役は、あなたです」

「は、はい」

安部に対するわだかまりは消えていなかったが、目の前で起きていることに肇は心を奪われてきた。

「この資料には、ＣＹＷＡＴとの会議や社内会議の記録も入っています。素直にラスクの言う通りにしたい三格ＦＸサービスと、対決してほしいＣＹＷＡＴとのやりとりが入っています。ＣＹＷＡＴ側が、ラスクを罠にかけたいので、攻撃を実行させてほしいと発言しています。あなたが、その資料を効果的にリークすれば攻撃しなくても済むと思います。音声ファイルを公開するのもインパクトがあると思います」

「なるほど」

肇は、資料をざっと流し読みし、短く要約した。会議の音声記録もＣＹＷＡＴの人間が執拗《しつよう》に罠を張るように主張している箇所だけ抜粋した。

「どんな風に仕掛けます？」

ややあって安部が尋ねた。

「関連データをどこかにアップして、ツイッターで告知するつもりです。影響力のある媒体にリークしようかとも思ったんですが、ラスクっぽくないような気がして。つまり、えこひいきとか、特別扱いなしで誰でも早い者が情報を得られるというほうがラスクらしいんじゃないかと思います」

安部はうなずき、ＰＣの画面に見入った。普段なら肇はその隣に座る。だが、どうしてもそうはできなかった。

「あとは自分の部屋でやります」

安部は、ではお願いしますと振り返らずに答えた。

――次のターゲットは、三格ＦＸサービス。この会社は強引な勧誘によって会員を獲得し、十万円もの年間の口座維持費を徴集し、劣悪で不安定なサービスを提供していた。我々は勧誘方法とサービスの改善および一年間の口座維持費の返金を要求する。#ラスク

――今から三時間後、メールサーバと会社サイトを攻撃する。二十四時間以内に要求が受け入れられない場合、FXサービスそのものを攻撃する。#ラスク

――今回、CYWATなる組織が、事前に我々の攻撃を察知し、あえて攻撃を受けて証拠を集めるように三格FXサービスを恫喝していたことがわかった。その資料と音声記録をブログに掲載した。#ラスク

――我々は自衛のため、こうした卑劣な活動を進めているCYWAT隊員全員のリストも公開する。善良なる市民諸君は、このリストに掲載されている人物を見たら警戒すべきである。#ラスク

　肇がツイッターで情報を流しデータをアップすると、ネットは騒然とした。アップしたデータは何度もコピーされ、さまざまな場所に掲載された。ネットニュースはすぐにトップ記事に取り上げた。テレビニュースでは繰り返し、会議の音声が流れた。

　三格FXサービスは、すぐにラスクの要求を呑む旨の発表を行った。肇は深夜十一時のニュースを観ながら、ため息をついた。終わったと思う。あとは賠償金を手にして消えるだけだ。安部はなにを考えているのだろう？　なんのために佐藤と会ったのだろ

う？　これだけ身近にいて、一緒に作戦を実施してきたのにまだ信用してもらえていないのか。

肇の脳裏に、安部の肩に手を回す佐藤の姿が蘇った。頭が熱くなる。自分でさえ手を握るまでに、あれほど時間がかかったというのに、佐藤はいとも簡単に肩を抱いていた。やはり昔からそういう関係だったのかもしれない。五分以上人と話せないなんて、ウソだったんだ。

悔しさと悲しさで、胸がつぶれそうになった。その一方で、全部思い過ごしかもしれないとも思う。

首尾よく作戦を成功させたにもかかわらず、肇の気持ちは沈んでいた。

深夜零時を回った頃、安部からメールが届いた。コーヒーの誘いだ。断ろうかと思ったが、それも大人げない。

ノックするとすぐに扉は開いた。安部はさきほどと違う服装だ。黒のキャミソールに黒のホットパンツ。胸元の赤いリボンに、肇は目を奪われた。安部は、そんな肇の反応に気づかないのか、そのまま部屋に入ると、肇をソファに座らせ、コーヒーカップをふたつ持ってきた。ひとつを肇に渡し、自分も腰掛ける。

「おつかれさまでした」

安部はそう言うと、コーヒーを飲んだ。肇も、ひとくち飲んだ。なにか言わなければと思う。しかしうまい言葉が浮かばない。うっかりすると、佐藤となにをしていたんですか？　と訊いてしまいそうだ。

「『灰燼のキャノン』も、もうすぐなくなります。今消去を行っています」

安部はコーヒーの水面に目を落としてつぶやいた。

「『灰燼のキャノン』は、ニューヨークタイムズに載ったように、ボットネットだったんですか？」

「ボットネットであることは間違いないです。でも、『灰燼のキャノン』の本質は、そこではないんです。あれは、半永久的に再生する破壊装置です」

「どういう意味です？」

「まずどこからお話ししましょう。ええとボットネットだということはわかっているのですね」

「はい。どうやって命令を出していたんですか？」

「命令は、ツイッターでつぶやくだけです」

「え？」

「ボットはあるアカウントのツイートの内容を定期的に確認するようになっていて、命令がツイートされるとそれに従った攻撃を行います」

「それ、ばれませんか?」

「ツイッターの莫大な利用者とそのツイートの中から攻撃命令を見つけるのは不可能です。露骨に、どこそこを攻撃せよ、なんて書いてあったら別でしょうけど、見かけは普通の英文みたいなものだから、攻撃命令だなんてまずわかりません」

「攻撃を逆探知できないんですか?」

「この仕組みだと、命令の発信元を特定するのはまず無理です。命令を出しているツイッターアカウントまでは解析すれば可能だと思いますが、そこから私にたどりつくことは難しいでしょう」

「もし命令を出しているツイッターアカウントが見つかっても、その持ち主はボットに感染した被害者なわけですよね」

「その通りです。おそらく自分のパソコンが乗っ取られて攻撃に使われているなんて知らないと思います」

「命令を出していたパソコンを調べれば攻撃方法は、わかるんですか?」

「こういうのって、一台見つかるとあとはもう時間の問題と勘違いしてしまいがちだと思います。そのPCと環境を徹底的に調べて、どこから感染したかを確認するわけです。でも実はここが第二の関門。CYWATは、見つけたボットクライアントをアンチウイルスベンダに渡して検知、削除できるようにしてもらうでしょう。それが行き渡れば、ボットネットのクライアントは根こそぎ削除できる……と普通は思います」

「違うんですか？」

「念のため、クライアントソフトには複数のバージョンを用意してあります。だからひとつのバージョンに対応しても他のバージョンのクライアントソフトは生き残ります」

安部は、そこまで話すとタブレットを取り出して肇の前に置いた。ボットネットとツイッター、感染元が図解されている。

「つまり……どういうことでしょう？」

「だから、まだ少しだけ時間はあります。敵が全てのバージョンを探し出すとボットネットは消滅します。そして感染元が特定されると、もしかしたら私たちまでたどりつくかもしれない。でも感染元は第三の関門です。まずわからないと思います」

安部がタブレットの感染元を人差し指で指すと、そこがひときわ明るく光った。

「でも……なぜわかったんです？　相手がそこまで動いているって」

「ほとんどは私の憶測です。想像力の産物。でも、だいたい合っていると思います。なぜ気がついたかというと、アンチウイルスソフトが私たちのボットクライアントに対応し始めたからです。おそらく敵は複数のバージョンがあることに気づいていないんだと思います。だから不用心にも手の内を晒してきた。アンチウイルスソフトでボットクライアントを除去すればボットネットはなくなって、もう私たちに切り札はないと判断したのでしょう。実際にはそれはひとつのバージョンだけ。まだこちらには余裕がありま す。相手もそのことには、すぐに気づくでしょう。アンチウイルスソフトが検知した数はおおよそつかんでいると思うので、過去の攻撃と比較して少ないとわかるはず。わかればまた動き出す。今度はもうアンチウイルスベンダに情報を提供しないでしょう。敵に手の内を晒すことになりますからね」

「CYWATが僕たちにたどりつくまで、どれくらい余裕があるんでしょう？　そもそもたどりつける可能性ってあるんでしょうか？」

「それは……わかりません。私たちにたどりつくのは、難しいでしょう。でも、可能性はあります。物事には絶対はない。相手がなにを仕掛けてきているのか、それがわかれば手の打ちようもあるんですけど……」

「普通に考えると見つからないですよね。僕たち、なんの痕跡も残していないはずですよね」

「私の見たところ、攻撃から私たちを特定するのは無理だと思います。攻撃命令はツイッターの匿名アカウントで数カ国を経由して出しているから、痕跡はないはず。賠償金の受取人は数万人いますし、多数の口座をとっかえひっかえ提供してくれる業者の存在がそれをさらに複雑にしています。特定はまず無理でしょう」

「可能性が高いのは、ボットネットの感染方法ですか？　きっとどこかをクラッキングして、そこから感染を広げたんですよね」

「……もう『灰燼のキャノン』は使いませんからお教えしましょう。実はクラッキングなんかしていません。ボットクライアントをインストールさせる広告を配信しました。ブログサービスのYなど大手サイトに表示される広告から、『灰燼のキャノン』は感染していったんです」

「えっ⁉　そんな有名サイトにマルウェアつきの広告を載せられるんですか？」

肇は絶句した。正規のネット広告を使ってそんなことができるなどとは考えたこともなかった。しかもYと言えば、日本で一番利用者の多いブログサービスのひとつだ。

安部がタブレットに表示されている感染元という文字を軽く二度叩くと、新しい図が現れた。それを指さしながら安部が説明したのは、常識では考えられないことだった。

安部は別人名義で買収した社歴の長い会社を使って、通販サイトを用意し、そのURLを含んだ広告を作って代理店経由で広告掲載を申し込んでいた。広告内容と会社の信用度の審査を通れば、大手サイトなど数多くのサイトに広告を掲載してもらえる。サイトも広告の内容も、当たり障りのないものにしておいたので、問題なく審査を通った。広告を配信する直前にサイトのスクリプトを書き換え、脆弱性を突いて訪問者のパソコンや携帯にボットクライアントを感染させるような罠を仕込んだ。初めて訪問したのではない相手と広告関係者らしいアクセス元には感染させないようにした。見た目は、広告を申し込んだ時と全く同じだ。仮に広告代理店の担当者や関係者が訪問しても感染しないからばれにくい。話を聞くと、そういう手もあったのかと思うが、それにしても正面から広告出稿してマルウェアを配布なんてことが本当に可能なのだろうか？

「二〇一〇年一月、アンチウイルスベンダのシマンテック社が大手ブログサービスのアメーバでノートン警察というプロモーションを実施しました。この時、その仕組みが何者かによってマルウェアを配布するように改竄《かいざん》されました。その後、ヤフーなどの大手サイトにもマルウェアつきの広告が配信される事件が発生し、いまやネット広告を使ってマルウェアを拡散するのはマルバタイジングと呼ばれる一般的な攻撃手法になっています。ボットクライアントの宿主を広告で集めるという簡単なことを私もやってみただけです」

「そんなことができるんですか……でも、サイトを残しておくと、証拠になりますよね」

「もちろん、サイトはその後すぐに撤収しました。サーバは海外だし、匿名でのレンタル契約だし、跡形もなく消し去ったので足はつかない」

「それにしても、そんなに簡単にできるなんて……」

「私が持っているのは社歴の古い会社ですし、インターネット広告の代理店には、いわゆるブラック企業も少なくありません」

「ブラック企業……」

「ノルマで死にそうになっている営業の人に、とびきりいい条件で話を持ちかけると広告を掲載してもらいやすいんです」

肇は茫然《ぼうぜん》としていた。安部の説明を聞いていると、あまりにも簡単すぎて怖くなる。

「簡単でしょう？　ボットクライアントが減ったらまたやればいいだけの話です」

「怖いくらいに簡単ですね」

「ええ、もっと悪質な犯罪にも利用できます」

「あ、でも制作会社さんに直接会ったら人相がばれてしまうんじゃないですか？」

「実際の発注に当たっては、身代わりを頼みました。ネットでフリーの仕事をしている人を捕まえてね。どんな仕事でも、ネットで探せば、引き受けてくれる人を見つけられます」

「ヤバイ人たちもインターネットに集まってきてるってことですか……」

「あなたもわかっていると思いますけど、ネットには現実世界にあるものがほとんど全てあります。それもかなり誇張した形で。現実世界では、おおっぴらに犯罪の協力者を募集できませんが、ネットにはそういう掲示板や連絡コミュニティがある。リアルにアンケートを実施するのは難しい。でも、ネットアンケートは数円の謝礼でたくさんの人が押しかけてくる。リアルでは家の中でくすぶっている悪意が、ネットで言葉になると拡散してたくさんの人を巻き込む」

「確かに、そうですね」

肇はうなずいた。

話が終わると、とたんに肇の胸に、もやもやが蘇ってきた。佐藤とのことを訊きたい。でも、決して本当のことは教えてくれないような気がした。

肇は、やりきれない気持ちを抱いたまま、自分の部屋に戻った。

その日以降、肇は安部の部屋にほとんど行かなくなった。行きたい気持ちはあるのに、佐藤のことが気になって行けないのだ。

■背信者X　8

しばらく吉沢はオレのところに現れなかった。どうやらラスク最後の襲撃の防衛作戦に失敗し、さらにまんまと裏をかかれたことが原因らしい。ラスクに内部情報を盗まれて晒されてしまうという失態を演じたのだ。大騒ぎになっただろう。オレにとってもいい話じゃないが、吉沢がひどい目に遭うのは、ざまあみろという気分になる。

ラスク最後の事件の三日後、ＣＹＷＡＴがラスク・メンバーの情報に賞金をかけたことがニュースに流れた。逮捕につながる情報ならば一千万円、メンバーの正体を突き止めるための参考情報なら百万円を目安に支払うと言う。なりふりかまわなくなってきたな、とオレは思った。この金額になるとバカにならない。深刻な脆弱性情報の値段に近い。つまりそれなりに腕のある人間が、本気で取り組む可能性のある金額ってことだ。そういえば、オレには賞金をくれないのか？

賞金発表の翌日、久しぶりに現れた吉沢に連れられて会議に参加した。佐藤も一緒だ。VPNの顧客名簿を元にしてラスクのメンバーを突き止めたというのだ。正直、驚いた。吉沢は、見つかると言っていたが、そんな簡単な作業ではなかったはずだ。

会議室に入ると、数人のスーツ姿の初老の男たちがいた。知った顔はいない。態度がでかそうなので、おそらく吉沢より偉い連中なのだろう。オレが入っていくと、じろりとにらんだだけでなにも言わない。居心地悪い。年寄り連中は、みんなオレをにらんでいる。なんでここにいるんだと言いたげだ。

オレが席に着くと吉沢はプロジェクターでなにかのリストを投射した。『ジョン　安部響子』という表示を見た時、身体が震えた。ありきたりな安部響子という名前が妙にリアルだ。メンバーは全部で五人いた。ただし、完全には絞り切れていないらしく、メンバーひとりにつき、五人ほどの候補があがっていた。だから、オレの見ているリストには、五人の安部響子が並んでいる。

「ラスクのメンバー一覧です。おそらくこの中にホンモノがいます。間違いないでしょう。みなさんが、GOサインを出してくだされば逮捕状とれますんで、あとは誰がいつ逮捕するかだけです」

組織力というもののすごさを見せつけられた。こいつらは、国の力でどこからでも必要な情報を集められる。この日本で情報の存在しないものなんてない。あるとしたら、それは元から存在しない都市伝説だ。

住民票や戸籍の閲覧はもとより金融機関からの資産状況の確認、道路と街のあちこちに設置されている監視カメラの映像、そして盗聴まで簡単にやってのける。こんなやつらを相手にしていたのかと思うと、ぞっとした。とっととあきらめて投降して正解だったとあらためて思った。

「今回の捜査に当たっては、こちらにいらっしゃる河野さんと佐藤さんにご協力いただきました。感謝しております」

吉沢はそう言って、オレと佐藤を指さした。佐藤は、「佐藤です」と挨拶した。だがオレは、表示されている資料にみとれて言葉が出ない。

「どうしました？」

吉沢がオレに尋ねた。

「ちょっと驚いた。ここまで簡単に調べられるとは思わなかった」

「日本は全体主義国家ですからね。やりやすいんですよ。他の国だともうちょっと面倒だと思います。もっともテロがらみだと、他の国のほうが融通きいたりしますけどね」

「全体主義？　日本が？」

「僕が言ってたってことは秘密ですよ。官僚と政治家は、いくらでも好きな時に好きなことをできるじゃないですか。勝手に法律作ったり、年金とか税金とかって名目でお金集めたり、もらったお金は適当に管理してればいいし、なくなっても誰も文句言わないし、こんな楽勝な国ないですよ。だからみんな官僚になりたがるんでしょう」

「待ってくださいよ。官僚は試験や面接があるでしょう。政治家だって選挙がある。民主的に選ばれているから、全体主義とは違うでしょう」

「うぷぷぷぷ、おもしろいこと言いますね。今どき、小学生だってそんなうぶなこと言わないと思いますがね。本当に民主的に選ばれているなら、世襲議員や世襲官僚があんなに多いわけないでしょ」

「そういうことなんですか？」

「とてもよくできた仕組みだといつも感心するんです。だって、はたから見ると民主主義みたいですもんね。もっともまっとうな共産主義がこの世に存在しなかったのと同じで、まっとうな民主主義も存在したことはなかったんですけどね」

　吉沢の悪口雑言は止まらない。室内の雰囲気は最悪だった。偉そうな連中は、明らかに不機嫌なのだが、吉沢はおかまいなしにしゃべっている。

「お前のごたくはいい。仕事を続けろ」

誰かが低い声でつぶやいた。吉沢の言葉がぴたりと止まる。

「はいはい。本題に戻りましょう。ひとつ問題があるんですよ。ほんとはずっと懸案になっているボットネットの正体を含めて、ふたつなんですけどね」

「問題ってなんですか？」

「本人の写真を特定できないんです。顔や体型がわからないと、確保するのに支障をきたします」

「特定できない？」

「ありすぎてわからないんです。もしかしたら今見つかっている中にない可能性だってあります」

「だって、そんなのフェイスブックでも見れば……そういうことか！」

「連中はフェイスブックをはじめとして複数の偽名を使い分けてますでしょう。それぞれおそらく実在の人物が存在する。その人物の写真や経歴、行動をうまく利用してニセの自分を作ってるんです。だから写真はたくさん見つかっているんですけど、どれが本物かあるいはどれも本物ではないのか決め手がないんです。例えば、安部響子なんか五人もいます。そのうち年齢の近い女性が三人もいて、全員ネットにアップしている写真は、少しぼやかしたり一部を隠してるんです。わかりゃしない。河野さんは本人たちに会ったことないんですよね」

「一度もないです」

「当然、ビデオチャットもしたことがない？」

「ええ、ないですね」

オレが答えると、吉沢は確認するように佐藤を見た。佐藤は、「その通りです」と短く答えてうなずいた。

「そうだ！　パスポートの写真じゃダメなんですか？　ここまで特定できていればわかるでしょう」

オレがそう言うと、吉沢は首を横に振った。

「パスポートって有効期間十年なんですよ。最近では性転換する人までいるし、あれで同定できる可能性はほとんどないです」

吉沢は大げさにため息をついて見せた。

「時間があれば、張り込んだり、任意で引っ張って直接確認することができるんですが、もう時間がないんです。河野さんの情報によると、ドバイ行きは四日後なんでしょう。ちょっと時間がきつい」

吉沢はそう言うと頭をかいた。

「成田での待ち合わせ時間と場所は聞いているし、本名までわかっているから空港で確保してもいいんですが、正直言うと都内のほうが動きやすいんです」

「縄張りってヤツですか？」

「役割分担と言ってください。それに空港で発砲すると、ものすごく叱られるんですよ。絶対確保しろって言われてるから、とりあえず出会い頭に脚でも撃っときゃいいかなって思ってたんですけどね。空港じゃ、できないな」

そこで吉沢は、オレを見て言葉を切った。なにを言おうとしているのか、すぐにわかった。オレの切り札を使えと言うのだ。

「河野さんの切り札を出してください。報奨金をそのまま差し上げます。それなら動かせるでしょう？」

「UGの連中を使えと言うんですね」

「そうです。僕らが民間や他の省庁の管轄下の監視カメラやデータベースをハッキングするわけにいきませんからね。アンダーグラウンドの連中なら、喜んで手伝ってくれるでしょう。本人確保まで行かなくてもいいです。とにかく本人の姿を特定してくれればOKです。そうしたら空港で確実に確保できる。今日と明日、明後日は河野さんも外で自由にやってください。そのほうがUGの連中とも連携とりやすいでしょう」

「オレが言うまでもなく、報奨金目当てで動くヤツはいますよ」

吉沢は大きくうなずいた。

「そうだと思いますけど、サポートしてやってください。河野さんが知ってることを全部教えてかまいません。もちろん、この容疑者リストも渡してかまいません」

「なんですって？　これも渡すんですか？」

「ええ、僕らが渡しても信用しないと思いますけど、日頃からおつきあいのある河野さんからなら信用するでしょ」

「それは……そうですけど」

さすがのオレも躊躇した。UGの連中はみさかいがない。容疑者のリストをもらった時点で、ひどく乱暴な方法で調べだすだろう。

「うーん、運がよければUGの連中の情報で、先に逮捕できるかもしれませんけど、可能性としては空港でやることになるのが一番高いですかね。UGの連中が姿を特定してくれるといいんですけど。いろいろ手配しないといけません。あ、もちろん河野さんはラスク・メンバーとして空港で行動をともにしていてください。僕らは勝手に逮捕に向かいます。あ、逮捕状とれますよね？」

吉沢は他の連中に向かって声をかけたが、返事はない。

「返事がないってことは内諾とれてるんですよね。了解です。河野さん、がんばってください。ひとりじゃ無用心でしょうから、頑丈なのをふたり貸しますよ」

「……はい」

オレは答えたが、不安でいっぱいだった。

＊　＊　＊

どうしても、もやもやが晴れない。むしろひどくなる。安部に佐藤のことを確認したくて仕方がない。でも、それを尋ねるのはひどくみっともないことのような気がした。安部とつきあっているわけでもないのに、他の男とつきあっているのかなんて訊けない。日本脱出を四日後に控えた夜、肇は買ってきたケーキをお裾分けすることを口実にして、安部の部屋を訪ねた。安部は、くつろいだ様子でコーヒーを淹れて待っていた。顔を見たとたんに緊張した。ケーキを食べ終わってから訊こうと決めて、ケーキをそれぞれふたつに切って、両方味わえるようにする。こんなに仲がいいのになぜつきあってくれないんだ、と肇は心の中で叫んだ。

いつものようにソファに並んでケーキを食べた。食べ終わった頃、安部が口を開いた。

「高野さん、今日はいつもと感じが違います。賞金首になったことが気になっているんでしょうか？」

「そりゃ、気になります」

それ以上に気になることもありますけど、と付け加えそうになったのをこらえる。

「逃げにくくなったのは確かですね。身近にネットやハッキングにくわしい人間がいれば、とりあえず通報する人間が出てくる可能性もあります」

安部の言葉に肇は、うなずいた。日本中が敵になっているかもしれない。

「前回は、過去のサイバー犯罪に関与した人間をしらみつぶしに調べ、鈴木が引っかかりました。捕まりはしませんでしたが、ラスクのメンバーの可能性が高いとマークされました。今回もまた誰かが引っかかる可能性がないとは言えません」

「僕たち、逃げられるんでしょうか？」

「私は可能性の高い計画を立てたつもりです」

「全員逃げられるんですよね？」

「……あえて残ることを選択しなければ逃げられます」

「どういう意味ですか？」

「言葉通りの意味です。日本に残ることをあえて選択する人は当然逃げられません。内通者はそうするでしょう」

今までの安部と違う。安部は、こんなあいまいな言い方をしたことはなかった。はっきりと教えてくれるか、教えられないと言ってくれた。持って回った言い方などしなかった。

「内通者が誰かわかっているんじゃないですか？」

思い切って尋ねてみた。

「それは……」

安部が言いよどんだのを見て、肇は今しか聞くチャンスはないと思った。

「安部さんが佐藤と一緒に歩いているところを見ました。どういうことなのか、教えてください」

「作戦の一環です」

安部の表情は変わらなかった。目撃されることも計算済みだったのかと思うほどだ。

「佐藤となにをしてたんです？」

「あとでお話ししますので、今は言えません」

「僕を信用していないんですか？」

「……今のあなたは、感情的になっています。そういう精神状態の人間は信用できません」

「誰のせいだと思ってるんですか？」

「なぜ、そこまで感情的になっているのかわかりません。話の流れからすると、私のせいだとあなたは考えているようですが、因果関係が理解できません」

「もういいです」

ソファから立ち上がり、部屋を出ようとした。自分でも子供っぽいと思いながらも止められなかった。

「……待って、待ってください」

珍しく安部が取り乱した声を出して追って来た。扉を開けようとする肇の袖をつかむ。

「もう話すことはないんでしょう?」

肇は安部の顔を見ずに言った。

「あなたにいてもらわないと困ります、主に私が……」

そう言うと安部は、膝から崩れるように倒れた。肇は、あわてて安部を抱きとめた。顔から血の気が失《う》せている。

「申し訳ありません。いつものヤツです。あなたといる時は、大丈夫だったのですが、今日はダメみたいです」

安部は、うつろな目で続けた。肇は胸が苦しくなった。

「すみません。僕が感情的になったせいです」

「謝るのは私のほうです」

肇は安部をベッドまで運んでいって寝かせた。安部はそのまま目を閉じた。

「ほんとうは、もっとお話ししたいし、そうすべきだと思うのですが、今日はもう無理みたいです」

安部の細い声を聞いた肇は、いったいいつから我慢していたのだろうと思った。今までなら、安部の不調に気がつかないことはなかった。興奮して見えなくなっていたのだ。肇は、無言で自分の部屋に戻った。

■ 背信者X　9

日本脱出まであと三日。オレはCYWATのビルで吉沢に嫌味を言われながら、じっと脱出の日を待っていた。何食わぬ顔で集合場所に行き、ラスクの崩壊を見届けるのだ。うしろめたさや後悔を感じるかと思ったが、全然なかった。その代わりに妙な興奮がある。日本をゆるがしたハクティビスト集団の運命はオレが握っているんだ。

吉沢に言われた通り、UGに情報を流した。数人が報奨金につられて活発に動いているようだが、日本脱出までに間に合うかどうかはわからない。写真くらいならなんとかするかもしれない。なにしろそれで一千万円手に入るのだ。

ヒマになったので手記を書き始めていた。ジョンとの出会いやラスクを崩壊させるまでを綴《つづ》ったものだ。これは絶対に売れる。『正義の味方』が実は巧妙に仕組まれたネット犯罪集団だったなんて、誰でも興味を持つだろう。しかも、十年近く法の網をすり抜けて商売を続け、海外に脱出する寸前、空港で逮捕される。まるで映画みたいじゃないか。

　手記は時系列に沿ってオレが体験したことを書き綴っているのだが、最初のページはまだ書いていない。そこには空港での逮捕のシーンを入れる予定だ。これからオレが目にするはずのものだ。

――オレたちは最後の最後になるまで互いに正体を明かさなかった。最初に会う時が最後の時だなんて皮肉だ。しょせんはネットで知り合ったクズ同士だ。そういう終わり方が似合ってる。

　オレは手記の出だしを考えながら、ほくそ笑んだ。その時、ドアがノックされた。反射的に時間を確認する。夜の十時。吉沢がこんな時間に訪ねてきたことはない。オレは扉を開けずに、「誰だ?」と尋ねてみた。

「佐藤です」

　なぜ、こんな時間にと思ったが、正体のわからない佐藤は気になっていたので、ドアを開けた。

「夜分にすみません」

　佐藤はそう言うと、部屋に入り、勝手に椅子に腰掛けた。

「なんの用だ?」

　オレがベッドに腰掛けると、佐藤は腕組みし、いたずらっぽい笑みを浮かべた。

「京都の人ですよね？」

心臓が止まりそうになった。佐藤はあえて、オレのコードネームを言わなかった。盗聴を警戒しているのだろう。オレは動揺を表さないように気をつけた。

「そうかもしれないな」

「あんたは、わかりやすい。当たったみたいですね」

佐藤は、くすくす笑った。

「そういうお前は誰なんだ？」

「自分から言うわけないじゃないですか。当ててみてくださいよ」

「……なぜ、オレのことがわかった？　吉沢に訊いたのか？」

「吉沢さんは、ああ見えて口が固い。大事なことは絶対漏らしません。僕が自分で考えたんです。昔のログを確認して、あなたに該当する人物がいないかってね」

「リアルに紐付けられることはなにもなかったはずだ」

「天気とサイバー犯罪の履歴です。あなたがなにげなくつぶやいた『暑い』『雨だ』といった言葉である程度地域を絞り込みました。それと吉沢さんが作ったサイバー犯罪者のリストを照らし合わせたんです。簡単でしたよ。あのリストに従って、警察官が訪問しています。数回訪問しても不在だった人はそれほど多くない。あなたは、ここにいるからずっと不在でしょ？」

冷や汗が出た。うかつだった。そんな方法があるとは気づかなかった。

「……じゃあ、同じことをオレもやれば、あんたの正体がわかるわけだ」

「吉沢さんが言っていた通りだ。あなたは、時々肝心なことを見落とす」

「なにい？」

「僕が手の内を明かすってことは、あなたにはできないってわかってるからですよ。サイバー犯罪歴のある人物のリストを作る段階で、僕はもうここにいました。あのリストには、僕は入っていないんです。あなたはあのリストができた時には、まだここにいなかった。だから見つけられたんです」

オレは唇を嚙んだ。なんで、こんなヤツにバカにされなきゃならないんだ。だいたいこいつは、ここになにをしに来たんだ。

「僕がここに来たのは、あなたの正体を確認するのと、僕の正体がわかっていないことを確認するためです。正直に言うとあなたが二重スパイだという可能性もあると思っています。僕の正体をラスクの連中にばらされても困るし、ＣＹＷＡＴの邪魔をされても困る」

「オレは二重スパイなんかじゃない」

「ならいいんですけどね」

佐藤はそう言うと立ち上がった。

「お前の正体を暴いてやる」

オレは、部屋から出て行こうとする佐藤の背中に声をかけた。

「怖いなあ。お手柔らかにお願いしますよ」

佐藤は振り返りもしなかった。

第九章　空　港

二〇一五年二月八日　日本脱出二日前

午後、肇がぼんやりパソコンの画面をながめていると、安部からチャットが来た。

——思った以上に、賞金稼ぎのみなさんが優秀です。

はっとした。とうとう追っ手が迫ってきたのだろうか？

——まさか、僕らの正体を突き止めたんですか？

——正確に言えば違いますが、結果としては同じです。どうやら、ＣＹＷＡＴは目をつけた賞金稼ぎに、捜査情報を渡しているようですね。そこには、ラスク・メンバーであることが疑われる人間のリストが含まれています。

——ＣＹＷＡＴは、どこまでわかっているんです？

——数十人がリストアップされているそうです。その中に私たちが含まれている可能性は否定できません。

――安部さんは、その情報を誰からもらったんですか？　情報をもらうために、なにをしたんです？

――佐藤からもらったんですか？　と言いたいのをこらえた。

――なにをおっしゃっているのかわかりません。この情報は私が入手したものですが、入手経路、方法についての詳細は申し上げられません。これまでも情報入手方法や攻撃方法はくわしくご説明しませんでした。

――知りたいんです。

――……あなたが知りたいと思う理由は、私に不信感を抱いているためだと思います。それは私にとってとても嫌なことです。不信感をなくしてください。

そんなことができるならとっくにしている。

――佐藤からもらったんじゃないんですか？　いったい佐藤とどういう関係なんです？

――……それは言えません。精神状態の不安定な者に不用意に情報を開示するわけにはいきません。

――僕の気持ちが落ち着いたら、教えてくれるんですか？

――そうです。あなたに落ち着いてもらったほうが私も助かります。

――じゃあ、教えてください。安部さんは、僕のことをどう思っているんですか？

――……以前申し上げた通りです。特に変化はありません。そばにいてほしい人です。

――僕は、安部さんのことが好きです。今回の件で、それがはっきりとわかりました。

　肇は思いあまって告白してしまった。

――やめてください。好きとか嫌いとか、そういうお話は別のところでしてください。目眩がします。

――すみません。

――やっぱり人間は怖い。あなたは、そうじゃないと思ったけど、他の人と同じように感情をぶつけてくる。

　安部の反応を見て肇はひどく後悔した。安部が人間の感情を苦手なことは重々知っていたのに、考えなしに感情をぶつけてしまった。しばらくふたりともなにも発言しなかった。

――こんな時になんですが。緊急事態です。

　安部からメッセージがきた。

――なにかあったんですか？

――ホテルの制御システムに侵入させておいた監視ソフトが他のマルウェアの侵入を検知しました。このホテルの制御システムがハックされたようです。監視カメラも支配下に入っています。

――ええっ？　CYWATですか？

――いえ、彼らなら堂々とホテルに協力を要請できます。これは賞金稼ぎでしょう。移動しなければなりません、すぐに。

瞬時に肇の気持ちは切り替わった。アドレナリンが分泌《ぶんぴつ》される。

――わかりました。でも、どこに逃げるんです？

――狙っているのは、特定の汎用制御システムの脆弱性です。その製品を利用していないホテルなら大丈夫です。くわしい説明はあとです。すぐに移動しましょう。変装用のサングラスと帽子を忘れずに。

――了解。

肇は、ノートパソコンを閉じ、バッグに入れた。周辺機器と当座の着替えも押し込み、部屋を出て、安部の部屋をノックした。安部はボストンバッグを持ってすぐに出てきた。視線を交わし、チェックアウトするという安部はフロントに向かい、肇はホテルの前に停車しているタクシーに乗り込んだ。後部座席からホテルをながめる肇の目に、ボストンバッグを持った安部がやってくるのが見えた。ホテルの中から出てくるのではなく、外からやってきてホテルの中に入っていった。肇は混乱した。さっき安部はホテルのフロントに向かったはずだ。外に出て、戻ってくる時間などない。見間違いだったのだろうか？　不安が胸をよぎった。

安部がホテルから出てきて車に乗り込んできたので、不安は解消された。さきほどは他の人間と見間違えたのだろう。

「お待たせしました」

安部はそう言うと、ここにお願いしますと運転手に携帯の画面を見せた。運転手は安部に質問しながら、車を発車させた。

「汎用制御システムについて簡単にご説明します」

肇はさきほど見たことを質問しようと思っていたが、それよりも早く安部が話し始めた。

「ホテルのエアコン、エレベータ、監視カメラ管理から工場や発電所の管理にまで利用されている汎用制御システムというものがあります。代表的なものはＳＣＡＤＡです。十年以上前から脆弱であることが指摘されていますが。未だに対処できていません。理由は簡単で、止めることが許されないシステムが少なくないからです。問題点をなくすにはいったん止めて穴をふさぎ、テストしなければなりませんが、そんな時間もないし、余分なコストをかけたくないところがほとんどです。問題に対処した結果、システムが動かなくなることも珍しくないので、非常にリスキーです。Ｗｉｎｄｏｗｓのアップデートでも、したあとにパソコンが動かなくなることが稀にあります。あれと同じことが制御システムで起きたら莫大な損害が発生します」

安部にしては珍しく長々と説明した。

「なるほど」

「東京の主な繁華街には、監視カメラが設置されています。どこかで画像を撮られると画像認識で発見される恐れがあります。おそらくCYWATも賞金稼ぎも数千人以上のリストの顔写真などを入手しているに違いありません。監視カメラの設置されていない場所を選ぶ必要があります」

「連中は安部さんや僕の写真も持っているってことですか？」

「はい。可能性はゼロではありません。知り合いに勝手に撮られてフェイスブックにアップされたもの、卒業写真など、さまざまな経路で個人の画像は漏洩します」

安部の話を聞いているうちに、車は込み入った路地に入っていき、やがてホテルの前に泊まった。肇は一瞬目を疑ったが、安部は平然として料金を支払って車を降りた。肇もそれに続く。

「ここです。チェックインしましょう」

そう言うと、ホテルの中に入ろうとする。

「あの……ラブホテルですけど」

「近くて比較的安全な場所は、この手のホテルです」

「僕はいいですけど、安部さんはいいんですか？」

「はい。かまいません。不審に思われないためには、ふたりでひとつの部屋に泊まる必要があります。あなたには、一定の配慮をお願いします」

「はあ」

肇はなんと言っていいかわからなかった。毒気を抜かれ、ぽかんとしたまま中に入る。

「こういう場所では男性がリードするものと聞いています」

安部に促され、広めの部屋をとって鍵を受け取る。ふたりで部屋に入ると、安部はてきぱきとボストンバッグの中からノートパソコンなどを取り出して使い始めた。肇も見習ってパソコンを出して、ネットの情報をチェックし始めた。特別気になる情報は見つからなかった。

寝る時、ソファで寝ますという肇に対して、安部は体調を崩されては困るので、一緒にベッドで寝ましょうと言ってきかなかった。ふたりとも、ホテルに備え付けの露出度の高い寝間着をきている。ほとんど裾の長いTシャツのようなものだ。肇は自分を抑えられるのか不安になったが、何度も勧められてやむなく安部の隣に潜り込んだ。並んで寝て天井を見上げ、時折安部の横顔に目を走らせる。

「安部さんは、僕が好きなことを知っていますよね」

「はい。聞きましたから知っています」

安部も天井に目を向けたまま、顔を赤くして答えた。

「僕が安部さんに抱きついたらどうするんですか？」

「私の理解では、あなたはそんな不埒《ふらち》なことをする人ではありません。仮に精神的に不安定なことが原因で、そのような行為に及んだとしても、いたしかたないことです」

最後のひと言で、心臓が爆発しそうになった。

「え？　それって、その……いいってことですか？」

「積極的には支持しません。基本的にはネガティブです」

「……安部さんは、僕にどうしてほしいんですか？」

「そばにいてくれればとても助かります、主に私が」

「佐藤は安部さんの肩を抱いていました。すごく気になります」

「佐藤さんの件については、コメントできません。私は、なぜあなたが佐藤さんをそんなに気にするのかわかりません」

「安部さんだって、僕が同じサークルの女の子と話をした時に怒ったじゃないですか」

「怒っていません。あなたの思慮分別に欠けた行動を注意しただけです」

「同じです」

「違います」

言いながら肇は、なぜ自分たちはこんな子供っぽい言い争いをしているのだろうと思った。結局、もやもやした気持ちをいだいたまま、言い争いを続け、気がついたら眠っていた。

同じ部屋にいるにもかかわらず、翌朝目覚めた肇と安部はほとんど言葉を交わさなくなった。ただ定時連絡で簡単なメッセージを交わすだけだ。すぐ近くに安部がいるというのに、もどかしいと思うが、どうにもならない。

二〇一五年二月九日　日本脱出前日

ふたりはラブホテルを出て近くの喫茶店に入った。安部からの誘いだ。仲直りの申し出があるならうれしい。

「これからのことをおさらいしましょう」

安部も心なしか緊張した声音だ。肇がひとくちコーヒーを飲むのを待って、安部は口を開いた。

「私たちは、理解不能な理由で意思疎通に齟齬をきたしています。しかし、無事に日本を脱出するためには仕事をしなければなりません。最後の作戦に先立ち、広報担当のあなたには、そろそろ動いていただきたい。解散宣言をお願いします。敵はもう逃げるつもりなんだなと確信するでしょう」

仲直りではなく、仕事の話だったか……肇は少し落胆した。

「それまずくないですか？　敵は焦って追い詰めてくるんじゃないですか？」

「そこが狙いです。相手の手の内を知ることができるチャンスでもあります」

「そういうものですか」

「ここのところ、相手の動きが読めません。アンチウイルスソフトは、どんどん『灰燼のキャノン』のボットクライアントに対応し続けています。でも、それ以外の動きがありません。対応しているってことは感染者を突き止めているはずだから、そろそろ広告配信ネットワークを利用してると気づいてもいいはずなんです」

「気づいているんでしょうか？」

「その気配はありません」

「よくある『しばらく泳がせておく』ってのとは違うんですか？」

「その場合、密かに広告依頼主を調査すると思うのですが、それもありません。おそらく広告配信ネットワークで感染を広めていることに気づいてないのだと思います」

「じゃあ、なにをしてるんでしょう？　逆探知とか？　ラスクのツイッターアカウントを調べているとか」

「逆探知やツイッターアカウントの捜査はしていると思いますが、なにもわからないと思います。ツイッターからたぐれる情報は限られています」

安部は頬杖《ほおづえ》をつくとため息を漏らした。目が少しうつろになる。肇は、どきりとした。

その時、聞き覚えのある声が店の中に響いた。

「高野くん！　なんでこんなとこにいるの？」

ぎょっとして振り返ると、スーツ姿の川本が立っていた。なぜ？　と思うよりも早く、安部が無言で立ち上がり、レジに向かった。

「ねえ、どうしたの？　あの人、彼女？」

川本はそう言いながら、ずかずかと近づき、肇の腕をつかんだ。ずいぶん強引だ。

「その人がここにいることを偶然と考えるには確率が低すぎます。つまりその方は、CYWATもしくは賞金稼ぎです」

レジで支払いを済ませた安部はそう言うと、振り向きもせずに店を出ようとした。

「出すな！　止めろ！」

川本が別人のように鋭い声で叫んだ。すると、安部の前に黒ずくめの二人組が現れて出口をふさいだ。安部は二人組の顔に向かって右手を突き出す。いつの間にか、ゴーグルをつけスプレーを持っている。シューという音とともに霧状の液体が二人組の顔にかかり、ふたりの男は両手で顔を覆ってその場にうずくまる。それでも必死に安部の足をつかもうと試みる。

「早く！」

安部は右足首をつかまれながら肇に叫んだ。肇は川本を突き飛ばし、安部に駆け寄ると、足首を握っている手を踏みつけ、ひるんだところで安部の腕を引いて逃げ出した。

「荷物は持っていますね？」

安部は不器用に走りながら肇に尋ねた。肇は、はいと答える。ふたりはそのまま大通りに出ると、タクシーを拾った。

「羽田空港までお願いします」

安部が言うとタクシーは走り出し、肇と安部はしばらく黙ったままだった。

「彼女が、敵だったなんて……大学で同じサークルだったんですよ。偶然にしては、できすぎです」

「違います。おそらく彼女はあなたの知り合いではありません。全くの別人でしょう。あなたの過去を調べて、すぐには思い出せない知り合いになりすましたに違いありません」

安部はそう言いながら爪を噛んだ。

「不覚をとりました。あれほど明晰《めいせき》な記憶力をお持ちのあなたが、こんな思い違いをするとは計算外でした。私のミスです」

「それって僕が悪いようにも聞こえますけど……」

安部の言う通りだとしたら、最初に調布で声をかけられた時に疑わなかった肇の甘さが原因だ。

「……まずは用意しておいた解散宣言を流してください。全ては予定通り行わなければなりません」

「はい」

肇はバッグからノートパソコンを取り出し、用意しておいた解散宣言をツイッターに流した。

――諸君。我々の旅は終わりだ。だが、全てが終わったわけではない。このあとは、諸君ら自身の旅が始まるのだ。我々は、何度でも姿を変えて蘇る、この世に悪しき企業がある限りは。次のラスクは、君たち自身なのだ！

その言葉は、瞬く間に拡散され、翻訳され、日本中、世界中に広がっていった。

ラスクの解散宣言を見た拓人は愕然として、しばらく自宅のパソコンの前で動けなくなった。隣家から聞こえてくるテレビの音が白々しい。

ウソだと思いたかったが、ものすごい勢いでニュースがリツイートされ、それに対するコメントが流れ、瞬く間に拓人のツイッター画面はラスクの解散に埋め尽くされた。すぐにニュースサイトでも取り上げられ始めた。本当なんだ、とじょじょに実感すると、とたんに怖くなってきた。なんとなくラスクのあることが当たり前の生活になっていた。ラスク支持者のコミュニティに参加し、沙穂梨とラスクの話をし、ツイッターをチェックする。それがなくなってしまう。ラスクがなかった頃、なにをしていたかすぐには思い出せない。

「見たか？　解散だって」

思わず沙穂梨に電話していた。

「見た」

沙穂梨は短く答えた。いつも素っ気ない話し方をする沙穂梨だが、電話では特にそうだった。

「どうしよう？」

「あたしたちの番」

「なんのこと？」

「解散宣言で、あたしたちが次のラスクになるんだって言ってた。だからあたしたちの番」

「なにをするつもりだ？」

「前にも言った。大学行って公務員になって、内側からシステムを壊す」

「本気なのか？」

「本気でないことは言わないから、そういう質問は止めて。生まれた時点で負けてるんだから、戦わないとずっと負けたままだもの」

「お前、すごいな」

「拓人もすごい。今どき元気に生き続けてる子供なんかいない。それだけで偉い」

「ほめられてる気がしねえ」

ふたりはしばらく会話をし、拓人はだいぶ落ち着いた。

だが、通話を終えてパソコンの画面をあらためてながめると、延々とラスク解散のツイートとニュースがあふれ、拓人の不安を再び呼び覚ました。

■ 背信者X　10

「だからオレの言った通りだったろ！」

　オレは電話越しに吉沢に食ってかかった。都内のほとんどのホテル、ラブホテルの制御システムあるいは監視カメラはUGの支配下に入っていた。そこでラスク候補者に合致する者や怪しい動きをする者をチェックしているうちに、あいつを見つけた。以前、オレが自分でラスク・メンバーを特定していった時に見つけた何人かの候補者のひとり、高野肇だ。やっぱりオレは間違っていなかった。少なくともひとりは合っていた。喫茶店から逃げ出した以上、間違いない。勢い込んでそう報告したのに、電話の向こうの吉沢は冷淡だった。一緒に連れて行った吉沢の部下がもう少し優秀だったら、あいつらを捕まえられたのに！

「河野さん、もう容疑者はこの間の会議でお見せした二十五人に絞られてるんです。それ以外は不要です。そもそも前にチェックした連中はシロだってお伝えしたと思うんですけど」

「だって、逃げたってのは犯人だって証拠だろ。ＣＹＷＡＴがどうしたって叫んでた。オレはあんたに違うって言われてからも、連中を調べ続けたんだ。怪しいのが何人かいた。あの高野ってヤツはそのひとりなんだよ」

「河野さんは、ほんとなんというか、想像力ないんだから。ラブホテルの近くでしょ。しかも女性は年上なんでしょ。不倫ですよ。だからあわてて逃げたんです」

「スプレー使うとかＣＹＷＡＴの名前を知ってるとか普通じゃない。それにオレの調べた結果とも一致してる。すぐに追えば捕まえられるかもしれないだろ」

「しつこいですねえ。それくらいおかしくないですよ。あのへんは物騒なんだし、離婚で全てを失うと思ったら必死になるでしょ。離婚で人生の保証をなくすのって、少なく見積もっても数千万の損失ですよ」

「それにしたって」

「この話は、もうおしまい。僕をガセで煩《わずら》わせないでくださいよ。ボディガードにつけた僕の部下もめためたにやられちゃうし、ほんとよけいなことで手間かけさせないでくださいよ」

電話は切れた。信じられない。あいつらに間違いないんだ。オレは歯がみしたが、明日になればわかる。空港に行けばあいつらに再会する。顔を見て逃げられてしまうかもしれないが、それを言っても吉沢はとりあってくれないだろう。面倒なことになった。

＊＊＊

ラスクの突然の解散宣言は、大きな波紋を呼んだ。肇の元には大量の問い合わせが来た。だが、安部からは見なくていいと言われていた。

「きりがありません。どうせ、名残惜しいとか、最後にインタビューさせてほしいとか、あまり実益のないことばかりでしょう」

安部は割り切っているようだった。広報として直接さまざまな人とやりとりをしてきた肇にしてみると、好意的に接してくれていたメディアの人にはお礼くらい言いたかったが、それも止められた。解散宣言のあとはなにもしてはいけない、というのが安部の指示だった。

テレビのニュースや新聞には、ラスクの解散が大々的に取り上げられた。ほとんどの論調は、「逮捕間近」だ。CYWATに追い詰められたために、逃げるしかないと考えたのだろうというのが多くの識者の意見だった。話題の中心は、どんな人間が何人くらい逮捕されるのかに移っていた。

肇は、それを見ていらっとした。捕まらない、と言い返したかったが、じっとこらえる。

一方、ネットでは逮捕について意見が割れていた。逮捕間近と主張する者と、逮捕不可能にするために解散したと言う者が議論していた。まことしやかに、関係者に話を確認したと言い出す者もいる。

すでに数人のメンバーが逮捕されており、その供述内容から全員逮捕は遠くないとまで言っているひどい記事もあった。

二〇一五年二月十日　日本脱出当日　十三時

ラスクのメンバーとは空港のBカウンターの近くで待ち合わせすることになっていた。チェックイン前に落ち合って近い席を取る予定だ。目印は、安部の帽子だ。赤と黒の模様のもので、鳥の羽をあしらっている。

ふたりは、ここまでほとんど言葉を交わさずに来た。ラスクの幕引きも無事に終わったのだから、なんとか仲直りしたい。佐藤のことなど忘れたいと思ったが、なかなか安部に言葉をかけられなかった。

「どんな人が来るんでしょうね。わくわくします」

勇気を出して言ってみると、安部はあらぬ方向に視線を向けた。

「あなたが精神的に安定するまで、仕事以外の会話はしません」

安部は拗《す》ねたような口調で言い、肇は苦笑した。決して本気で怒っていない感じがした。以前に比べると、だいぶ気持ちがほぐれている。

「ただしひとつ重要なことをお話ししなければなりません」

安部が爪を噛みながら肇の顔を見つめた。とうとう佐藤のことを教えてくれるのだろうか。

「はい」

肇は答えながら、安部の口元を指さした。安部は爪を嚙んでいたことに気づいて手を下ろす。

「実は飛行機に乗るのは初めてです。恐怖を感じています」

「そうなんですか……」

考えてみれば、ありえない話ではない。なにしろ安部は高校中退して以来、ずっとひとりで生きてきたのだ。旅行に行ったことが、ほとんどなくても不思議ではない。

「まんがいち私が倒れたら引きずって飛行機に乗せてください」

「わかりました。でも、心配しないでリラックスしているのが一番だと思いますよ」

「頭では理解しています。しかしなぜか恐怖は消えません。人間とは不便なものです」

「……あっ、来ました」

その時、肇の視界に見覚えのある姿が現れた。肇は、人混みの中の黒いスーツに身を包んだ男性を指さす。すらりとした痩身の体軀を左右に揺らしながら、肇たちのほうにまっすぐ向かってきていた。背が高いのだが猫背だ。背中を丸めて、前屈《まえかが》みで足早に歩いている。サングラスまでかけているのはやりすぎ感を否めない。

「目立ち過ぎじゃないですかね」

よく見ると、片手にソフト帽を持っている。本当はかぶってくるつもりだったのだが、恥ずかしくてかぶれていないのだろう。

「鈴木さんは、ああいう格好が好きなんです」

「ああいう格好って？」

「松田《まつだ》優作《ゆうさく》、それもテレビドラマの『探偵物語』が好きな人です」

「ええと、すいません。ちょっとわからないです」

「松田優作を知らない人ですか？」

「松田龍平《りゅうへい》や松田翔太《しょうた》のお父さんですよね。それくらいは知ってます。でも出演しているものは見たことはないと思います」

話しながら、いつの間にか安部が会話してくれていることに気がついた。だが、あえてなにも言わないでおく。このまま自然に元通りになれればいい。佐藤のことは忘れよう。松田優作のことを話しているふたりの前に、当の本人がやってきた。

「ども、鈴木です」

鈴木はソフト帽をいったんかぶり、それからとって軽く会釈した。

「ハンドル名ジョンの安部です」

安部がそう自己紹介したとたん鈴木が、のけぞり絶句した。

「まさか……女だったとはね」

鈴木がつぶやくと、安部はご覧の通りですと答えた。

「そんなことよりも、この青年に松田優作がどれだけカッコよかったかを教えてあげてください」

安部は真面目な顔で、鈴木に言った。サングラスで表情はわからないが、鈴木は困惑したようだ。一瞬、固まった。

「高野です。その節はいろいろお世話になりました」

「いやいやいや、こちらこそ。しかし……松田優作を知らない？　本気で言ってます？」

鈴木は、サングラスのつるに指をかけ、下にずらした。細い眼が肇を見つめる。

「松田優作の息子さんはドラマで見たりしていたんですけど……」

「はあはあはあ、松田優作さん本人は知らないと……そりゃあ問題ですね」

肇は、いったいどういう反応をすればよいのかわからなくなった。横で安部がにやにやしている。

「……すみません。緊張していて、妙なテンションになっているんです。ちょっと休ませてください」

鈴木は小さな声で言うと、力なくその場にしゃがみ込んだ。

「無理をさせて申し訳ありません」

安部が頭を下げた。

「いやっ、いいんです。安部さんに話を振られた時は、おもしろいことを言えるような気がしたんですけど……なんかダメですわ」

「この方の本職は探偵さんです」

「えっ……」

そういうことだったのか。電話番号から住所や名前を調べたり、戸籍から家族構成を確認したり、資産状況のデータを入手したりと、安部はさまざまな個人情報をいとも簡単に取り寄せていた。実際には鈴木がやっていたのだ。

「それをここでばらしますか……まあいいですけど。探偵つーても興信所です。浮気調査とか、素行調査とか、人様のプライバシーをのぞいてなんぼっていう因果な商売ですよ」

「プロのこういう方がいたんですね。道理で」

肇は納得した。

「安部さんは、オレらが無事に飛行機に乗れる確率をどれくらいと計算してます？」

鈴木は話題を変えると、安部に質問した。

「一〇〇パーセントと言いたいですが、日本政府に敬意を表して、七〇パーセント」

「そうですか……もしもの時のプランBって考えていますか？　オレはあきらめるしかないかなって思ってるんですけど」

「プランB……逃げることは考えていません。走って逃げるのは苦手です」

「映画だったら変装をはぐと、中の人はシュワルツェネッガーだったりするんですけど。まあ、静かに捕まるのが安全ですか。ってことは、プランBは日本で法廷闘争する準備と、海外で資産保全しておくってことかな」

「それしかないと思います」

「オレもそうです。オレはエストニアに知り合いがいるんで、そこの銀行に預けました」

「私は……ルクセンブルク」

肇は、みんな用意周到だと思ったが、考えてみれば自分の手持ち資金のほとんどもシンガポールに置いてある。

「じゃあ、鈴木さんは成功の確率をどれくらいと考えているんですか？」

「オレは、フィフティフィフティ。半分だね」

「あの、それって低過ぎです。まさか、フィフティフィフティって言いたいだけじゃないですよね」

「それもちょっとある」

鈴木は、そう言いながら立ち上がると少し周囲を見回した。

「あのさ。人見知りの性格なのはわかるんだけど、挨拶くらいしてもいいんじゃないの？」

突然大きな声を出した。

「……そんな声出さなくても聞こえます。みなさん、勝手に盛り上がってるから中に入れなくて……太田《おおた》です」

他人のふりをして、少し離れたところに座っていた青年が近づいてきた。小太りで、顔だけ見ると少年のように幼い。巨大なスーツケースを引きずっている。

「太田さん……安部です。ネットとはだいぶイメージが違いますね」

安部が声をかけた。

「それは質問ではなくて、印象を口にしただけですよね」

「そうです。質問ではありません」

「なら反応しなくても問題ないですね」

「初めまして、高野です」

「太田です。必要な時以外はしゃべらないので、反応が返ってこなくても気にしないでください」

「おいおい、それじゃ死んでるのか生きてるのかどうやって見分けるんだよ。申し遅れたが、オレは鈴木」

「それも質問ではありませんね。冗談の一種だと判断したので反応しません。太田です」

「からみにくい……」

鈴木は嘆息し、肇は笑った。

鈴木がさらになにか言おうとした時、安部が唇に指を当て、目で鈴木の後ろを示した。肇があわてて目を向けると、ひとりの人物が近づいてくるのが見えた。

「お待たせしました」

その人物は、安部の横で立ち止まると挨拶した。

■ 背信者X 11

二〇一五年二月十日　日本脱出当日　十三時十八分

空港の喧騒《けんそう》は独特だ。騒がしいくせに、アナウンスだけは妙によく聞こえる。特別な仕掛けがあるのかもしれない。オレは、どうでもいいことを考えながら、スーツケースを引きずって進んだ。

掌はじっとりと汗ばみ、心臓は破裂しそうだ。緊張する必要はない、とわかっていても身体が言うことをきかない。口の中は、からからだ。嫌な汗が全身に噴き出している。

時々、CYWAT本部の佐藤のことが頭をよぎる。オレのことをあからさまに下に見る、あの態度が気にくわない。ラスクのメンバーに顔の割れている佐藤は、空港には来ないことになっている。晴れの舞台に一緒でないのは、なによりだ。

立ち止まって深呼吸した。乾いたほこりっぽい空気が口の中に入ってくる。気がつくと、数人が怪訝《けげん》な顔をしてオレを見ていた。オレは、すぐに歩き出した。

同じようなカウンターがいくつも続く。着飾ったヤツ、スーツのヤツ、いろんなヤツがいるが、みんな同じに見える。大きな荷物を持ち、これからの旅に高揚している。オレだけが緊張しているわけではない。理由は違うが。

目指す集団は、すぐにわかった。待ち合わせ場所のカウンター近く。女ひとり、男三人がベンチに腰掛けている。間違いない。いよいよラスクのメンバーとリアルに顔を合わせるのだ。

オレは深呼吸すると、その集団に近づいた。

「お待たせしました」

四人全員が振り向いた。違う……昨日のふたりはいない。やはり吉沢が正しかったのか……だが、この反応はおかしい。なぜ、オレを見て驚かないんだ？　普通のヤツなら驚くはずだ。

「河野です」

オレは、とりあえず軽く頭を下げて挨拶した。

「どうも……初めまして」

それぞれが自分の名前を名乗って挨拶してきた。オレは、ひとりずつに、あらためて会釈した。事前に写真を見ておいたし、十年近くつきあってきた相手だが、目《ま》のあたりにするのは初めてだ。ネットでは十年近くつきあってきた相手だが、年齢や経歴も確認していたが、やはり生きている相手になると感じが違う。ネットでの人物とイメージが一致しない。

「……それで僕ひとりで行くなんてありえないって言われまして。大変でした」

鈴木が苦笑しながら話し出した。どうやらオレが来る前の話の続きらしいが、結婚して奥さんがいるというのは驚きだ。さらにその奥さんを日本に置き去りにするというのも信じられない。おそらく奥さんにはこの仕事のことはなにも話していないのだろう。海外へ転勤になったとか言い訳したのかもしれない。仮にもラスクのメンバーが、生活のことを話題にするだろうか？　もうすぐ日本を離れるということで、気がゆるんでいるのかもしれないが、違和感がぬぐえない。

誰かが、そろそろ行きましょうと言い出したのをきっかけに、全員が移動を始めた。チェックインするらしい。オレは、周囲を見回した。どういうタイミングで吉沢たちは現れるのだろう？　出国手続きの直前だろうか？　いや、そんなはずはない。荷物を預ける前に荷物ごと確保するはずだ。

オレは、さりげなく周囲に注意を払いつつ、グループの最後尾について行った。オレの前には高野肇が歩いている。どこにでもいそうな若者だ。これが本当に、あいつなのか？

その時、高野が立ち止まった。オレがはっとして目を上げると、先頭を歩いている安部の前にスーツ姿の巨漢が立っていた。吉沢だ。その周りに数名の制服姿の警察官がいる。

わかっていたことだが、いざとなると緊張する。心臓が止まりそうになった。思わず目を伏せ、後ずさりした。そして、後ろにも警察官がいることに気がついた。テレビドラマでは、こんなにたくさんの警察官は出てこない。やはりオレたちは特別なんだ。日本最強のハッカー。多数の企業を槍玉《やりだま》に挙げ、そのサイトを叩き潰してきたハクティビスト集団ラスク。当局がどうしても逮捕したいグループ。それがオレたちだ。

突然、先頭の安部がしゃがんで泣き出した。それにつられたのか、高野も泣き出した。太田は携帯電話をかけようとして、警官に取り上げられた。

気がつくと周囲に人だかりができていた。まるで人の壁だ。みんな携帯片手に写真を撮っている。変装しておいてよかった。この格好ならオレとわかるヤツはほとんどいないはずだ。

「ねえ、その人たちがラスクのメンバーなんですよね。僕、週刊Ｚマガジンの林と言います。ひと言でいいんで、なにかコメントください」

太った眼鏡の男が人の壁から飛び出して、高野に手錠をかけている警察官にボイスレコーダーを突き出した。週刊Zマガジンと言えば、個人運営のニュースサイトだ。

「危険ですから、下がってください」

警察官はとりあわず、林と名乗った男を押し戻す。

「ラスクなんでしょ？　そうなんでしょ？」

林は食い下がったが、すぐに他の警察官に両肩をつかまれ、引き離された。ひとりだけではなかった。次々と、ネットニュースやニュース系ブログの主宰者を名乗る者が飛び出してきて、警察官たちにコメントを求めた。

「ラスクだって！」

という声が周囲の野次馬たちの間に広がり、さらに人数が増える。警官たちは身動きがとれなくなった。

ラスクがここで逮捕されることを、素人ニュースサイトの連中が知っているのはなぜだ？　誰がリークした？　オレじゃない。もちろん警察でもないだろう。ＵＧの連中か？

やはり、なにかがおかしい。

＊＊＊

二〇一五年二月十日　日本脱出当日　十三時三十二分

チェックインを終えた肇たちは、コーヒーショップに入った。鈴木が、日本を離れる前にお好み焼きを食べておきたいと言い出した。

「この関西空港の中にもお好み焼きを食べられるお店はあったと思いますよ。行ってきたら？」

鈴木の隣に腰掛けた太田はいつの間にか手に入れていた空港ガイドをテーブルに置いた。

「あ、はい。でも、はぐれると怖いから止めとこう。自分、海外はほとんど行ったことないんですよ。たった一回の海外旅行は羽田から台湾。関西空港がこんなに大きいなんて知らなかった」

「ちょっと場所が不便ですけどね」

しばらく差し障りのない歓談が続いた。

「高野さんは、安部さんに話しかけてあげたら？　少し話をさせたほうがいいと思うな」

鈴木は肇を促した。肇の隣の安部は、さきほどから青ざめて無言だ。いよいよ飛行機に乗るとなって、不安が大きくなったようだ。

「ああ、うん……でも、僕もまだショックから冷めてないからなあ」

肇はそう言うと、佐藤と安部の顔を見た。

「まさか佐藤が二重スパイで、わざとグループから抜けて、じっと誰かが来るのを札幌で待ってたなんてさ。わざわざ僕の部屋が盗聴されていないかをチェックするために留守中に上がり込んでたなんて……念が入りすぎてますよ」

佐藤は笑い、安部は頭を下げた。

「申し訳ありません。どうしても隠し通さなければならなかったのです。でも、警察が彼のところに行く可能性は高くないと考えていました。他のハッカーやサイバーセキュリティ研究家にも、あらかじめ手を回しておいたんです。どれかには引っかかるだろうとは思っていました」

安部の言葉を聞いた肇は、あらかじめ幾重にも罠を張ってあったと知って舌を巻いた。

「悪かったな。でも、この中ではオレが一番身体を張ってリスクを背負ってたんだぜ。なにしろずっと敵の中にいたんだから。それに今頃、ＣＹＷＡＴはオレが逃げたことを知って大騒ぎだ。まあ、これがあれば出国も問題なしなんだけどな」

佐藤がかざしたパスポートには、佐藤の写真と別人の名前が記載してあった。

「お前……」

驚いたせいで肇の声が大きくなった。あわてて声をひそめる。

「偽造パスポートなんか用意していたのか？」

「どっちが本物か、わからないだろ。両方とも偽物かもしれないけどな」

佐藤は笑い、肇は目を丸くした。

「おかげで、助かりました」

安部が頭を下げる。

「まだわからないことがある。なんで安部さんと会ってたんだ？　直接会うなんて危険だろ」

「……まだわかってなかったのか。ほんとにジョン、いや安部さんはウソがうまい」

「あの……私は佐藤さんには会っていません。あなたが見たのは、私の身代わりです。彼女には佐藤さんの恋人を演じてもらいました。隠しマイクをつけて、私の指示通りに動いてもらっていたんです。情報の受け渡しとアリバイ作りを行っていただきました。彼女のおかげで、私のラスク犯行時のアリバイは完璧です」

「安部さんじゃない？　なんでそれを教えてくれなかったんですか？」

「全ては極秘に進めなければなりませんでした。それにあなたがあれほど感情的になるとは思いませんでした」

「もっとも多くの情報を握る立場の人間は、もっとも厳しく監視されることを覚悟しなければいけません」

太田がすました顔でつぶやく。

「それはわかりますけど……」

肇が納得できない表情で言うと、

「高野さんご本人の性格や資質に関わりなく、事前にこうした罠を整えていました。今では失礼なことだと、申し訳なく感じています」

安部が細い声で答えた。

「リーダーは謝るべきではありません。そしてメンバーは、この程度のことでリーダーを責めるべきではありません」

太田が続けて言う。

「堅いことは言わなくていいじゃないの。済んだことだし。しばらく無礼講だよね」

鈴木がフォローするように明るい声で言うと、佐藤がすかさず、賛成と声を上げた。

「……おもしろいものが見られそうです」

安部は店の壁にかかっているテレビを指さした。臨時ニュースが流れていた。ラスクのトレードマークが映っている。

「ラスクのニュースをやってる」

肇が言うと安部はうなずいた。

「あの人たちもとうとう逮捕されたんですね」

安部の血の気のない顔に、笑みが浮かぶ。

テレビはラスク幹部が成田空港で逮捕されたことを伝えていた。ＣＹＷＡＴのお手柄と報道されている。だが、そんなはずはない。本当のラスクである肇たちは、関西空港でのんびりとお茶を飲んでいるのだ。

「安部さん、なにかやったんですね。すげえ、あいつらの裏をかいたんだ」

鈴木が興奮した声で言うと、安部は口に人差し指を当てた。

「あまり騒いではいけません。シンガポールに着くまではね」

安部の顔に少し血の気が戻ってきた。

「はあ、しかし、いったいこりゃどうなってんだ？」

鈴木はガラケーでニュースを調べ出した。

「河野という名前の人物は、こちらにはいませんが」

ニュースを見ていた太田がつぶやいた。

「河野さんもメンバーのひとりだったんです。残念ながら、来られなくなりましたけど。あの方には成田空港に行っていただいたんです」

安部が言った。

「ますますわからねえ」

鈴木がぼやく。

「僕にはわかりましたが、謎解きはシンガポールに着いてからのほうがよいでしょう」

太田は、ドヤ顔で鈴木を見た。

安部、鈴木、高野、太田、河野……ニュースに表示されている文字を見ていた肇の頭になにかが引っかかった。

「あ……もしかして」

あることが、肇の頭に閃いた。

「僕というか他の人もそうかもしれませんけど……選ばれた理由がもうひとつわかりました」

「なんでしょう？」

「僕の名前が平凡で、同じ名前の人を見つけやすいからじゃないですか？」

「ほぼ正解です。実際には、同じ名前の人で年齢も近い人を事前に十人以上確保していました。このうちひとりくらいは、抽選で海外旅行が当たったと言えば、喜んで成田空港に行ってくれるだろうと計算しました。もちろん、ご迷惑をおかけする分、それ相応のことはさせていただくつもりです」

その言葉を聞いて、全員がからくりを理解した。

安部は、広告モニターの抽選と称してメンバーと同姓同名の人間に海外旅行をプレゼントしたのだ。まさしく今日この日、この時間の成田空港発の旅行だ。そして、まんまと追っ手をそちらに誘導して逮捕させた。

「でも、河野さんは……本物なんですよね」

鈴木が心配そうに言う。

「あの方は囮ですから、あちらに行ってもらわないといけません。とても残念です。長いつきあいでした」

「ええと、その人は自分で志願したんですか？　オレたちのために自分が犠牲になるって言ったんですか？」

鈴木がサングラスをずらして安部を見た。

「犠牲……少しニュアンスが違います。他のメンバーの情報を提供しますから自分だけは甘くしてくださいと、ご自身の判断で警察に行ったんです」

「えっ……途中で行き先をシンガポールに変えたのもそのためか……」

鈴木が絶句する。

「安部さん、ここではあまりその話はしないほうがよいと思います」

太田がしたり顔でつぶやいた。

「おっしゃる通りです。みなさん、シンガポールの話でもしましょう」

安部は、シンガポールのガイドマップを取り出した。

■ 背信者X　12

二〇一五年二月十日　日本脱出当日　十三時五十分

オレは他のラスク・メンバーとともに、覆面パトカーに分乗することになった。オレの車には吉沢ともうひとりの警官が乗った。吉沢は、珍しく無口だった。車が走り出してもしばらくなにも言わない。

「吉沢さん、大成功でいいんですよね？」

前部座席に座った警官が吉沢に話しかけた。

「大失敗かもしれないけどね」

吉沢が苦笑し、オレの顔を見た。オレはなにも答えない。いや、答えられない。そして誰もなにも言わなくなった。警察無線が、時折車内に響くだけだ。肌を刺すような、ちくちくした緊張が漂う。

オレには、だんだん状況がわかってきた。さきほど空港で感じた違和感の謎が解けた。

　あいつらはニセモノ、赤の他人だ。ラスクのメンバーが簡単にパニックに陥って、取り乱したりするはずがない。もしそんな連中なら、『正義の味方』をやっている間に暴発してヘマをしていただろう。警官とのやりとりを聞いていても、明らかになにも知らなさそうだ。

　空港で別人が待っていた。本物は、オレだけだ。空港でニセモノを用意しておいたということは、安部はオレの裏切りを知っていたということだ。

　しかし、いったいどこから騙されていたんだ。いや、そもそもなぜ安部は、オレが裏切ったことに気づいたんだ。オレと吉沢は最初に数回携帯電話で話しただけだ。すぐにCYWATの屋舎に入ったから盗聴はできないだろう。パソコンも吉沢たちが念入りに調べただろうから、なにかを仕込まれている可能性はない。

　オレは必死になって、安部が気づいた理由を考えた。そして見つけた。

　メンバーの情報だ。フェイスブック、ツイッターのどこかに罠が仕掛けてあったんだ。ラスクのメンバーでかつ裏切り者しかとらない行動……メンバーの正体を探り、それを追跡不能なパソコンから何度もアクセスし、全ての写真を閲覧する。その行動パターンから裏切り者と断定したに違いない。CYWATに移動してからは、アクセスのパターンが変わった。盗聴や追跡はできなくてもどのページをどのように見るかのパターンはわかる。しかし、安部がそんなチェックを毎日していたのか。とんでもなく大変だ。

オレはがくりと肩を落とした。疲れがどっと噴き出す。

「完敗……いや、昨日は、あとちょっとのところまで行ったんだ。吉沢さんがちゃんと対応してくれれば捕まえられたのに」

思わずオレの口から愚痴が漏れた。横にいた吉沢がそれを聞きとがめた。

「河野さんも騙されたって思ってるんですね。僕もそうです。でも、勝負はまだ終わっちゃいませんよ。どこでなにを間違えたのか、洗い直してください。僕だけが悪いんじゃないですよ。そもそも河野さんが見たふたりがそうだと決まったわけでもないんですしね」

オレは驚いて吉沢の顔を見た。いつになく明るく楽しそうだ。わけがわからない。まだ巻き返せると思ってるのか？

「このまま放っておいていいんですか？　大学の助手なんてしょぼい人生送ってるから、負け犬根性が染みついてるんです。逆転してくださいよ」

そう言うと吉沢は笑った。

「助手は負け犬ではありません」

オレは、吉沢をにらんだ。

「そうそう怒らないといけません。河野さんは、いいようにおもちゃにされたんですからね。あーあ、僕も河野さんを信じて、とばっちり食っちゃったなあ。ラブホテル街のふたりもきっと違いますよ。河野さんが男なら殴るところなんですけどね。むしゃくしゃするなあ」

吉沢は、冗談とも本気ともつかないことをすがすがしい笑顔で言った。

「なんで殴るんです?」

「だって、僕、これからこの間のえらいさんたちに叱られるんですよ。河野さんが間違えたせいですよ。責任とって、少しくらい痛い目に遭っても自業自得でしょ。それに河野さんみたいに、なにもできないくせにプライドの高い人を殴るの好きなんですよ。佐藤さんも連帯責任ですね。今頃、CYWATの本部であたふたしてるでしょ。戻ったら彼を殴ろうっと」

「そうですよ! オレだけじゃない! 他のCYWATのメンバーだって、みんな騙されてた! それにオレは何度も言ったでしょ。調布で最初にコンタクトした時から、あいつが怪しいと思ってた。だからナマ足と谷間見せて、乳を押しつけて誘ったんだ。ラブホテル街の喫茶店でも見つけた。オレの目の前にいたんだよ。あんたがオレを信じて、もうちょっと使える部下を貸してくれてたら絶対あそこで事件は終わってた」

「そうやって、すぐ人のせいにする。あの人は違いますよ」

吉沢は、笑いながらオレのスカートの裾をめくった。

「なにするんです！　セクハラですよ」

オレは思わずスカートを押さえて吉沢から身を引いた。今日は撮影されると思い、変装もかねて思い切りフェミニンな格好をしてきたのだ。

「前から思ってたんですけど、スカート穿《は》くなら『オレ』って言葉遣いやめたほうがいいですよ。一部の人にはギャップ萌《も》えとかいって受けるんでしょうけど。でも、敵に近づく時は、胸を押しつけて、『あたし』って言うんですよね。なんか裏表ある人っていやらしいなあ」

吉沢は、にやにやした。ほんとに憎たらしい。くそったれが。高野肇は、オレの作ったラスク・メンバーの可能性があるリストに入ってた男だ。だから大学時代の知り合いの川本とかいう女のふりをして、調布でリアルにコンタクトして様子を見た。どうせ男なんて親しい女でなけりゃ、顔なんかよく覚えてない。髪型や服装、化粧が違えば簡単に騙せる。身長と体型さえ似てればいい。案の定、あいつは騙された。その後も何度か接触した。きわめつけは、ラブホテル街の喫茶店だ。あそこで見つけた時は、間違いないと確信した。一緒の女も仲間に違いない。吉沢がオレの言うことを信じてくれれば全て終わっていたんだ。

＊　＊　＊

二〇一五年二月十日　日本脱出当日　十五時十分

機内で自分の席に座ってからも安部は、落ち着かない様子だった。窓際のふたりがけ。安部は窓際、肇は通路側に座っていた。

「ここは、すでに飛行機の中なのですよね」

そう言いながら、窓の外をながめる。

「ええ。シートベルトを締めましょう」

「全く揺れないいし、嫌な匂いもしません」

「まだ動いてないですからね」

「私、大丈夫みたいです。飛行機、平気のような気がしてきました。狭くて暗い空間は、もともと好きです」

安部は少しうれしそうにつぶやいた。

「よかった」

「……ありがとうございました」

安部が唐突に頭を下げた。

「どうしたんです、急に」

「旅立ちの前の節目ですから、言っておこうと思いました。思ってもみない人生が開けました」

「なるほど、こちらこそありがとうございました」

機内アナウンスが流れ始めた。安部は、目を輝かせる。

「これからキャビンアテンダントが救命具の実演をするんですね」

楽しげな安部を見て、肇もわくわくしてきた。


拓人と沙穂梨は、成田空港にいた。逮捕現場の周辺をあちこち見て回ったが、なにもわからなかった。スマホでニュースを何度もチェックしたが、同じ内容を繰り返し報じているだけだ。ふたりは出発客でごった返している北ウイングのベンチに腰掛けた。ガラス張りの壁の向こうはすっかり暗くなっている。

成田エクスプレスに乗ってからふたりが交わした言葉は沙穂梨の発した、「現場は第一ターミナルの北ウイング」だけだ。ふたりともなにも言わずに成田空港の中を歩き回った。言葉にしなくても視線を交わせば考えていることがわかった。

並んでベンチに腰掛けたふたりは、薄闇の向こうの滑走路にぼんやりと目を向けた。

搭乗締切のアナウンスが響いた時、拓人は気持ちを抑えられなくなった。

「わかんねえ」

何度つぶやいたかわからない言葉を口にして、拓人がスマホを握りしめた。

「なにが？　状況ははっきりしていると思うけど」

「違う。なにもかもわからなくなった。どうすればいいんだよ。ラスクは、やっぱり捕まっちゃったんだ。オレたちも捕まるかもしれない。捕まらなくたって、これからどうすればいいか全然わかんねえ」

「やることは決まってる。生き続けて戦う。青山くんがなにをしたいのかわからないけど、あたしはそうする」

「なんでお前、平気なんだよ。ラスクが捕まったんだぞ」

「あたし、思い出したんだ……捕まった安部響子さん……前に支持者のコミュニティで話したことがある。あの人、支持者じゃなくてメンバーだったんだ。でも、あれはあたしの知ってる安部響子さんじゃないような気がする。彼女はうろたえたりしない感じだった」

「そういえば、そんなこと言ってたな。だから落ち着いてるのか？」

「青山くんは、怖いの？」

「お前！」

拓人は思わず沙穂梨をにらみつけたが、平然と自分を見つめる瞳に目をそらした。

「あたしだって怖い。世の中の全てが怖い。でもやらなきゃ生きていけないでしょ。起きて歩いて食べて学校へ行って働かなきゃ死んでしまう。生まれてから楽しいことなんかなかった。ラスクで青山くんと一緒に戦っている時だけが楽しかった。もう少し戦っていたい」

「全然怖がってるように見えない」

拓人が拗ねたように言って、うつむくと沙穂梨は拓人の手を握った。

「震えてるでしょ」

拓人も沙穂梨の手を握り返した。ふたりはしばらく黙ったままそうしていたが、やがてどちらからともなく立ち上がった。空港の喧騒がウソのように気にならなくなる。

「とりあえず帰るか」

拓人が言うと、沙穂梨は無言でうなずいた。はにかみながら、「もうちょっと手を握っててもいいかな？」と尋ねる。拓人はそれには答えず、沙穂梨の手を引いて歩き出した。再び最終案内のアナウンスが流れ、にわかにふたりの周囲があわただしくなった。

あとがき

この小説は、「生き方を選べない、不器用なふたりの愛と冒険の物語」です。あえて甘いシーンなしにしました。見つめ合う一瞬、手が軽く触れあう一瞬、なにか言いたいのに言葉が出なくて思わずうつむいてしまう。そうした不器用な心のふれあいとすれ違いをラブシーンの代わりに書きました。私にとって最高のラブシーンは、映画『羊たちの沈黙』の中で、レクター博士とクラリスの指先がかすかに触れあう場面です。

安部響子のモデルは、佐倉さくさんという方です。不器用ながらも人を惹きつけるなにかをお持ちで、見る人を独特の世界に引き込む絵を描いています。

主人公の主食ラスクも、この小説の主人公です。ガトーフェスタハラダのラスクは、私のお気に入りでもあります。買えば買っただけすぐに食べてしまうので、注意深くおつきあいしています。ミルクチョコやホワイトチョコをつけたラスクもあって飽きることがありません。作中に登場する変わりラスクも実在します。ただし北海道興部町のラスクは、お店で普通に買えるものではありませんので、ご注意ください。いわば幻のラスクです。

この小説には、偏った趣味をだいぶ盛り込みました。興信所の探偵鈴木を松田優作ファンにしたのもそのひとつです。言わずと知れた日本の名優で、奥さんは女優の松田美由紀さん。私のお気に入りは、『蘇る金狼《きんろう》』と『野獣死すべし』です。テレビドラマ『探偵物語』も忘れられません。元ネタの主演エリオット・グールドに負けていません。このドラマで松田優作さんは奥様となる熊谷美由紀さん（旧姓）と出会いました。私事で恐縮ですが、私の二度目の奥さんは美由紀さんにそっくりでした。『新世紀エヴァンゲリオン』放送当時は、綾波レイに似ていると言われていました。初対面の美容師にガチで「髪の毛を青く染めていいですか？」と訊かれるくらいには似ていたようです。葛城ミサトの気っぷの良さと暴走癖に、赤木リツコの激情をミックスしたような性格。ひとことで言うと、カッコいい女です。

デビュー以来、サイバーミステリを中心にさまざまなジャンルの物語を書いてきました。

中華風異世界ファンタジー『式霊の杜《もり》』、ホラー『ノモフォビア』、コメディ『電網恢々《かいかい》疎にして漏らさず網界辞典準備室！』、物語仕立ての入門書『サイバーセキュリティ読本』、ドキュメントっぽい『もしも遠隔操作で家族が犯罪者に仕立てられたら』

……その一方でネット上で習作を無償公開しており、そちらは、なんでもありのごった煮です。主なものは左記です。ご興味ある方はご高覧いただければ幸いです。

SF短篇『雨の惑星』 http://p.booklog.jp/book/23615
ダークファンタジー『告白死 救いのない小説 その広場の演台に立つことは死を意味していた』 http://thefirstdeathafter.tumblr.com/

よく読んでいただいているのは、サイバーセキュリティコンサルタント君島悟が探偵役を務める『檻《おり》の中の少女』『サイバーテロ 漂流少女』『サイバークライム 悪意のファネル』『絶望トレジャー』という一連の作品です。

私自身もあまり器用ではなく、物語を通して人とつながりたいと思っています。みなさんと物語の中で再会できることを楽しみにしています。

残暑のバンクーバーにて
一田和樹
http://www.ichida-kazuki.com/

謝辞

本書の執筆に当たり、サイバーセキュリティ専門家の方に査読をお願いいたしました。この場を借りて御礼申し上げます。ありがとうございました。

ソフトバンク・テクノロジー株式会社　辻伸弘様
株式会社FFRI執行役員　事業推進本部長　村上純一様
査読をお手伝いいただいた株式会社イード「ScanNetSecurity」発行人　高橋潤哉様、ありがとうございました。

本書の改稿に当たってご尽力いただいた江添佳代子様、ありがとうございました。
改稿段階で感想とアドバイスをいただいた、佐倉さく様には深く感謝しております。
集英社S様には、企画から改稿までひとかたならぬお世話になりました。厚く御礼申し上げます。

最後に、本書を手に取ってくださったみなさまに御礼申し上げます。楽しんでいただければ、これにまさる喜びはありません。

用語解説

本書は、フィクションであり、登場する人物、企業、事件などは全て架空のものです。ただし、一部に実在するものも含まれております。

■ 実在するもの

・フェイスブック　十億人以上の利用者を抱える世界最大級のソーシャルネットワークサービス。ただし、プライバシーの取り扱いについては、必ずしも厳格ではない。脆弱性も時々見つかっており、個人情報漏洩の最大の原因のひとつになっている。
また、特定個人およびその友達のフェイスブックをじっくり調査することにより、住所や写真をはじめとする各種個人情報を得られることが多い。本人が写真や個人情報を掲載していなくても、友達が掲載していればそれでわかってしまう。最近では、入社希望者のフェイスブックを人事部がチェックするなど身上調査のために利用されることも増えている。

・ツイッター　一四〇文字以内の短いメッセージを交わすソーシャルネットワークサービス。特に日本で人気があり利用者および利用頻度の高いヘビーユーザが多いように思える。二〇一二年五月に三万件前後のIDとパスワードを盗まれてネット上に公開された（公開された数は約五万五千件、重複を除くと三万件強と言われている）。個人情報の取り扱いにはいささか不安が残る。

炎上事件も多々発生している。未成年の飲酒や飲酒運転のツイート、冗談半分の犯行予告のツイート、問題ある画像（飲食店やコンビニの冷蔵庫などに本人が入った写真など）のツイートは格好の炎上ネタである。

また若年層は個人情報のガードが甘く、本名、学校名、写真などを不用意に掲載していることも少なくない。ツイッターは、原則としてオープンで誰でもツイートを見ることができるので非常に危険。

ボットネットへの命令をツイッターで送ることも実際に行われている。最近では、命令を暗号化するなど高度になっている。

・海外の金融機関　作中に書いたことは事実。日本の銀行は海外の銀行に比べるとさまざまな面で劣る。ATM利用料が高いのは一例にすぎない。シティバンクのように世界に展開している銀行でも、日本だけサービスが悪いことがある（おそらく規制のため）。

同行は世界中の口座を統合画面で確認、操作できるネットバンキングシステムを提供しており、国をまたがる資金移動も簡単かつほぼリアルタイムに行えて非常に便利である。残念なことに、国によってはこのシステムに組み入れられていないことがあり、もちろん日本のシティバンク銀行はサービス対象外。

海外銀行の中には、日本在住者の口座開設を認めない旨のメッセージをWEBに掲載しているものもあるが、わざわざ日本語でそのメッセージを掲載しているのはなんらかの方法で日本人も口座開設できることを示唆しているとしか思えない。ヨーロッパの金融機関の中には、担当者が来日してひとりずつ戸別訪問して一本釣りするところもある。一定金額以上の資産保有者向けのプライベートバンクや、プライベートバンク的な銀行では、こうしたマンツーマンの対応は当たり前のように行われている。

・製品に罠を仕込む　作中のファーウェイとZTEに関するアメリカの対応は事実。これ以外にも、さまざま国がさまざまな製品にスパイ機能を組み込んでいるという話がある。特に目を引いたのはアイロン。中国製のアイロンにチップが仕込まれており、接続可能なWiFiを探してPCに侵入、マルウェアに感染させるようになっていた。アイロンからマルウェア感染させるなんていう発想はなかった。

・攻殻機動隊　士郎正宗《しろうまさむね》さんによるマンガおよび、そのマンガを原作とするアニメーション。なぜか海外のサイバーセキュリティ関係者は、例外なく攻殻機動隊が好きである。その人気はサイバーセキュリティ関係者にとどまらない。二〇一一年、「フォーブス」誌は「WEBで最も影響力のある二〇人」を発表した。マーク・ザッカーバーグやスティーブ・ジョブズなどと並んで、攻殻機動隊の草薙素子《くさなぎもとこ》が選ばれた。二十人中、唯一のノンリアルであり、唯一の日本人である。というくらいには、海外のネットでは知られた存在。なぜか日本のサイバーセキュリティ関係者の中には、攻殻機動隊を観ていない人が少なくない。

・日本のサイバーセキュリティ組織　サイバーフォースセンター、サイバー犯罪対策室、サイバー攻撃特別捜査隊、自衛隊指揮通信システム隊、テレコム・アイザック、NISC（内閣官房情報セキュリティセンター）は実在の組織。

・賠償金ビジネス　賠償金は、サイバー犯罪のターゲットにはまだなっていない。しかし、サイバー事件が起きた際に、賠償金を支払うことは当たり前になりつつある。多くの企業は、この賠償金リスクとは無縁ではいられない。そのことを端的に示したのは、二〇一四年七月、ベネッセホールディングスから二千万件を超える個人情報が流出した事件だ。個人情報が複数の名簿業者の手に渡っていることが発表された。当初、ベネッセホールディングスは流出の原因となった下請け会社を告訴したり、名簿を利用した企業を批判し、被害の全貌が明らかになる前から被害者に対して賠償金を支払うつもりはないと明言した。しかし、その後前言を撤回し、賠償を行わざるを得なくなった。二百億円を用意したとアナウンスしているが、被害者からの訴訟も考えられ、それでは収まらない可能性が出てきている。

・グーグルがＷｉＦｉ情報を収集　事実。各地で訴訟を起こされ、グーグルは〝誤って〟収集したと弁明している。

・ブラックホールーＰ作戦　テレコム・アイザックが、その実力の一端をのぞかせた作戦。マルウェア Antinny の亜種の一部が特定のサイトに集中的にアクセスを行い、過剰な負荷が生じた。これを回避するための措置として行われた作戦。二〇〇四年四月に実施され、効果を上げた。

・匿名通信ツール　Ｔｏｒが有名。インターネットでサイトなどにアクセスすると、そのログに自分のＩＰアドレスが残る。複数のサーバを経由することで、もともとの自分のIPアドレスを秘匿し、匿名化してくれるツール。アメリカNSA（国家安全保障局）は、さまざまな方法でTorを経由する通信の内容を傍受、解読している。同時に、Tor利用者を要監視対象者のリストに入れる。本書で警察がラスク包囲網のひとつとして公衆WiFi経由でTorを利用した人間をマークするようなことは、ありえないことではなくなっているようである。

・政府による国民監視　二〇一三年三月トロントのCitizen Labは、"You Only Click Twice: FinFisher's Global Proliferation"と題するレポートを公開し、世界二十五カ国（日本も含まれる）に及ぶ国際的サイバー諜報活動を暴露した。驚くべきことに、こうした国家によるサイバー諜報活動を支援するツールを提供するサイバーセキュリティ企業も存在する。Gamma グループや Hacking Team などの企業は、政府に対して監視ツールを提供することをメインビジネスとしている（彼らのWEBにも堂々と書いてある）。表向きは、テロ対策をうたっているが、実際には人権擁護団体や反体制組織、仮想敵国の要人を監視するために用いられていたことが、「国境なき記者団」などによって指摘されている。

さらにアンチウイルスソフトの中には、政府関連組織が作った監視ツールをあえて検知しないようにしているものもあると言われている。

日本政府がこうしたツールを利用している事実は確認されていないが、国内にツールに指示を送信するサーバが存在していることは確認されている。監視対象と監視ツールに命令を送るサーバは、一般的には同じ国内にあった方がよいとされている。

・汎用制御システムの脆弱性　汎用制御システムでは、SCADAがいろいろな意味で有名。ビルなどの制御の際は、BACnetと呼ばれる通信プロトコルを用いることもある。

汎用制御システムは、発電、水道、プラント、交通など社会の重要インフラをはじめとする各所で利用されている。しかしその多くには致命的な欠陥がある。二〇一二年十一月にトレンドマイクロ社が行った調査では、制御システム＝インフラへの攻撃が日常的に行われていることが指摘されている。

過去には、アメリカの原子力発電所がマルウェアのために停止、オーストラリアで下水処理のシステムを不正に操作されて一〇〇万リットルの汚水が垂れ流しとなったり、日本の水道施設の一部のシステムがスタクスネットというマルウェアに感染していたという報告もある。米国土安全保障省の被害報告では、二〇一一年に百九十八件の被害があったという。原発から空調まで、こうした弱点を抱えた制御システムが使われているのである。

こうした脆弱なインフラを見つけるのは簡単である。『SHODAN』という検索サービスを使うと、ネットにつながっていて脆弱性のありそうな制御システムを簡単に見つけられる。加えて言えば本当に悪いことを企んでいる人間は、『SHODAN』など使わず自前で見つける。容易に改修できない汎用制御システムの脆弱性は、現代社会のアキレス腱《けん》のひとつである。

・テレコム・アイザック　Telecom-ISAC Japan。正式名称は、財団法人日本データ通信協会　テレコム・アイザック推進会議。インターネットプロバイダを中心としたインシデント対応組織。アライアンスメンバーとしてサイバーセキュリティ専門会社も参加している。

・アノニマス　国際的なハクティビスト集団。ただし構成員は多様であり、ハクティビスト活動に関係していないものもいる。その意味では、ハクティビスト集団と呼ぶのは妥当ではない。特に日本のアノニマス・メンバーの多くは、ハッカー集団ではないと発言し、メンバーに違法行為を禁じている。
日本におけるアノニマスの認知状況などを考え、作中の表現にした。

・ラルズセック　国際的なハッカー集団。ツイッターやWEBを通じて多くの人々にリアルタイムでメッセージを伝えていた。活動開始五十日で解散宣言を出したが、その後も活動は行われた。

・マルウェアによる停電　二〇〇三年にアメリカとカナダで大停電が発生し、およそ五千万人が影響を受け、被害総額は五千億円以上となった事件があった。公式には原因不明となっているが、もっとも有力な説のひとつが、制御システムのマルウェア感染だ。

・マルウェアを広告で配信　ノートン警察というプロモーションで、作中の説明通りの事件が実際に発生した。配信用のブログパーツが改竄されたことが原因。シマンテックの名誉のために申し上げると、悪いのは広告を請け負ったサイバーエージェントである。シマンテックは外注先の管理と評価も仕事のうちといえば、シマンテックにも非があったというそしりは免れないわけであるが。

これ以外にも二〇一三年十二月三十一日から二〇一四年一月三日にかけて、yahoo.com に広告を配信している ads.yahoo.com から不正な広告がヨーロッパに配信され、二百万台がマルウェアに感染したと言われている。この他にも大手サイトに掲載された広告を使ってマルウェアを配信する事件が続々と起きており、広告を利用したマルウェア拡散は方法論として確立されてきた。マルバタイジング（マルウェアとアドバタイジングを組み合わせた造語）と呼ばれる。

この物語の初稿を書き上げたのは、二〇一二年の秋。マルバタイジングという言葉ができる前だったが、あれよあれよという間に現実に追いつかれてしまった。

・ハッキングに関連するシーン　え？　そんなことできるの？　という本書中のシーンもたいてい実行可能です。当初は、この三倍くらい描写がありました。一般読者は、そんなもの読まないという至極当たり前のご指摘をいただいて、大幅に削除して本稿に至ります。

■架空のもの　特に明記されていない限り、本書に登場する全てのものは架空のものです。ここには、判別が難しいもののみ掲載しました。

・CYWAT　実在しない。また、本書でCYWATが行っている捜査は架空のものである。

・警察によるＷｉＦｉ情報の収集　確認された事実はない。やってるかもしれないけど……。

・スマートメーター　ひとことで言うと通信機能を備えた電力メーター。遠隔で検針できるので、従来人手で行ってきた検針作業が不要になる。電力使用量を正確にリアルタイムで把握することにより、電力使用量の予測が立てやすくなる。また電力の切断と接続も遠隔で行える。
その一方で、通信を行うということは、ハッキングされる危険が生じる。本書では、東京地区におけるスマートメーターの実際の普及状況よりも多くのメーターが設置されているという架空の設定にした。

・サイバミナル　実在しない会社。

解　説

大矢博子

サイバー犯罪をモチーフに精力的に小説を発表している一田和樹の、文庫オリジナル作品である。「サイバー？　よくわかんないし」と思ったあなた、ちょっと待って。そういう人にこそ本書をお読みいただきたいのだ。

当たり前のようにスマホを持ち、ＰＣを使う時代。友人に用事があったらＬＩＮＥでトーク。思いついたことをツイッターで呟《つぶや》き、写真を撮ったらインスタグラムやフェイスブックにアップ。欲しい物はアマゾンでポチる。好きなアイドルの新譜はｉＴｕｎｅｓからダウンロード。ＰＴＡの連絡網も町内会の回覧もメールの一括送信。

でもそのシステムを理解した上で使っているわけじゃない。テレビの構造を知らなくても番組が見られるように、ネットの仕組みはわからなくても便利に使っている――。

本書はそんなあなたにうってつけなのだ。

あらかじめ書いておくと、本書は確かにサイバー犯罪を扱ったものではあるが、それだけではない。実に良く練られた、サプライズとカタルシスに満ちたミステリであり、「きゃあ♡」と身悶えするほどキュートな恋愛小説でもある。更に、サイバークライムとは別の、ある問題を提起した社会派小説でもあるのだ。

そのあたりは後述するとして、まずは粗筋を紹介しておこう。

物語は、「成田空港でハッカー集団ラスクが逮捕された」というプロローグの後、主人公の高野肇が、クレジットカードの明細に身に覚えのない請求が載っていることに気付く場面から始まる。もしかしたらどこかでカード情報を抜かれたのでは？　不安になって調べてみると、フェイスブックに自分ではアップしていない写真が出ているではないか。乗っ取られたのだ。

高野は同僚の佐藤に相談することにしたが、あるきっかけで、佐藤こそがその乗っ取り犯だと気付く。問いつめると、実はこれはテストであると言う。自分はハッカーチームに所属していたが、都合で抜けることになった。その後任におまえを推薦したんだ、と――。

物語はここから、高野がそのハッカーチーム「ラスク」に入り、悪徳企業を攻撃してユーザーに賠償金を払わせるという「平成版ねずみ小僧」のような活動をする様子が描かれる。社会は騒ぎ、警察のサイバー犯罪対策チームは意地でもラスクを逮捕せんと動く。そしてラスク内に潜む裏切り者。プロローグの逮捕場面まで、物語は一気に突っ走る。

これまでの一田作品に比べると、ネットショッピングやフェイスブックという極めて身近なところから話が始まるのが特徴だ。さらにラスクのターゲットとなる企業についても、情報漏洩《ろうえい》や送料トラブルなど一般ユーザーに関係のある実在の問題ばかりが描かれている。だからすんなり物語に入れる。

特に印象的だったのは、ハッカー集団に入ることになった高野に、リーダーの安部がツイッターから個人を特定するデモンストレーションをやってみせるくだり。もしこの解説を先に読んでいるなら、75ページから76ページを読んでみていただきたい。

――驚いたでしょ。怖くなったでしょ。

ここでは専用のソフトを使ったことになっているが、ソフトがなくても根気さえあれば、ツイッターアカウントから個人情報を探ることは可能なのだ。そんな方法を小説であかすなんてけしからん？　いやいや、これは言われてみれば確かにそうだわと誰しも頷《うなず》く、「見落としていた常識」でしかない。

ネットのシステムを知らなくても、便利に使うことはできる。だが安全に使うには、知っておくべきことがある。一田和樹のサイバークライム小説は、ただいたずらにネットの闇を煽《あお》るものでは決してない。まったく無防備なユーザーに、あるいは無思考にネットを怖がるユーザーに、「ほら、例えばこういうところ」と具体的な注意を喚起し、ガイドラインを示してくれるのである。「サイバー？ よくわかんないし」という人にこそ読んでいただきたいと書いたのはそういうわけだ。

さて、ではそれがミステリとしてどう展開するのか。サイバーというキャッチーなモチーフに目を奪われがちだが、本書のミステリの構造はすごいぞ。

前述の「個人の特定」が、本書のミステリ部分のキモになる。正体不明のハッカー集団ラスクの構成者を特定しようとする警察の捜査も然り、存在するらしいラスクの裏切り者の特定然り。さらにここには書けないある仕掛けも、「個人の特定」が鍵になる。その丁々発止の駆け引きが、まずは読みどころ。映画を見ているかのような手に汗握る攻防がハイテンポで展開される。ここにサイバーの知識はまったく必要ない。騙《だま》し騙されの頭脳戦だ。著者の手のひらの上で翻弄される快感を味わっていただきたい。

終盤、いよいよ逮捕——という場面になって、ある文字列が目に入ったとき、私は思わず「え？」と声を漏らした。状況を飲み込み、そう来たか、と溜め息をついた。そしてこの展開については、実は読者にも周到にヒントが与えられていたことに、ようやく気付いたのである。やられた。

ミステリとしての構造は、ネットの知識とは関係ない。サイバー部分が派手で面白いので引きずられてしまうが、それすらミスディレクションとして機能しているのだ。

　思えば一田和樹のデビューは、本格ミステリの巨匠・島田荘司が選考を務める「ばらのまち福山ミステリー文学新人賞」なのである。トリッキーなミステリはお手の物ではないか。


　そして本書のもうひとつの顔が、キュートでコミカルな恋愛小説である。

　主人公の高野肇と、ハッカー集団ラスクのリーダー安部響子。この二人が少しずつ愛を育んでいくのだが、これがもうサイコーにおかしい。安部響子は極度の対人恐怖症なのか、他人と五分以上会話することができない。限界を超えると貧血を起こしたような状態になり、倒れてしまう。話しかけられるのが苦痛で美容院にも行けないし、閉鎖空間に他人が大勢いるのが怖いから映画館にも行けない。人に慣れてないせいか、言葉遣いもかなりヘンだ。でも、妙に可愛《かわい》い。

　高野が安部の手を握る場面がある。動揺する安部。そこで高野が手を離そうとすると、こんなことを言う。

「あ、あ、あなたが握ってきたんですから、私が、いいと言うまでこうしていなければなりません」

　……ツンデレ？　不器用で超奥手のツンデレ？

この場面、実はふたりのラブシーンとしては最高のクライマックスである。既に大人のふたりの最高のラブシーンが、手を握り合う場面なのだ。どれだけキュートでピュアかわかるだろう。でも、なんだかジーンとしてしまうのである。

ネットでは無敵の安部が、リアルではとことん不器用になる。好意も嫉妬もうまく表現できない。高野はそれを包み込む。スットンキョーで、まどろっこしくて、子供みたいな——けれどなんだかとても羨ましい、かなりステキな恋愛模様だ。

最後に本書の社会派小説という面について。

私は前段で、「一田和樹のサイバークライム小説は、ただいたずらにネットの闇を煽るものでは決してない」と書いた。その一方で、ネット以外のある部分について、私は恐怖を覚えずにはいられない。ラスクを追う、警察側の手段である。

本書では、ネットに晒《さら》された無防備な情報をハッカーが簡単に入手する様子が描写される。しかし警察は同様の、あるいはそれ以上の監視と情報入手を、権力と組織力で出来てしまうということも描かれているのだ。

警察側の主要人物・吉沢は、他の作品にも登場する、読者にとってはお馴染《なじ》みのキャラクターである。その個性的な造形で面白おかしいイメージを与えられてはいるが、実は彼のやっていることは相当に恐ろしい。しかも、国がその気にさえなれば、ここに書かれていることは実際に可能なのである。

ネットは道具だ。道具は弱点を改良し使い方を間違えなければ、リスクは減らせる。翻って、権力はどうか。権力の使い方に、間違いはない。それは「正しい」という思想の下に使われるからだ。

本当に怖いのは、どちらだろう。

本書に挿入される高校生のパートがある。彼らは閉塞感の中で、それでも戦おうとする。それがこの恐怖に打ち勝つ、ひとつの方法を示唆しているように思えてならない。


既刊なども紹介すべきところだが紙幅が尽きた。著者によるあとがきに、これまでの作品情報とサイトの告知があるのでそちらを参照されたいが、少しだけ補足。

本書に登場した吉沢は『檻の中の少女』『サイバーテロ　漂流少女』『サイバークライム　悪意のファネル』『絶望トレジャー』（すべて原書房）にも登場している。著者あとがきにもある通り、こちらはサイバーセキュリティコンサルタント君島悟が探偵役を務めるシリーズもの。サイバーセキュリティという先進的なモチーフのせいで気付きにくいが、君島の造形は60年代から70年代のアメリカのネオ・ハードボイルドの私立探偵を彷彿《ほうふつ》とさせる。扱われる事件の背景も本書と比べるとかなりダークで、しかもミステリとしての構成も工夫されている。未読の方は、ぜひそちらも読まれたい。

本書は一田作品の中でも、ネット上の身近なテーマを扱い、キュートな恋愛が描かれ、サプライズとカタルシスが用意されたミステリであり、楽しいエンターテインメントの中に現代社会の問題をちらりと潜ませた、何とも贅沢な一冊である。君島シリーズの読者には著者のライトな一面が楽しめるし、これが初めての一田作品という読者には格好の入門書となるに違いない。自信を持って「いいね！」を押す。

（おおや・ひろこ　文芸評論家）

この作品は、集英社文庫のために書き下ろされました。

集英社文庫　目録（日本文学）

集英社文庫　目録（日本文学）

宇江佐真理　聞き屋与平　江戸夜咄草
宇江佐真理　なでしこ御用帖
植田いつ子　布・ひと・出逢い
植　西　聰　人に好かれる100の方法
植　西　聰　自信が持てない自分を変える本
植　西　聰　運がよくなる100の法則
植松三十里　お江《ごう》流浪の姫
植松三十里　大奥延命院醜聞　美僧の寺
植松三十里　大奥秘聞　綱吉おとし胤《だね》
植松三十里　リタとマッサン
内田春菊　仔猫のスープ
内田康夫　浅見光彦を追え
内田康夫　ミステリアス信州　浅見光彦豪華客船「飛鳥」の名推理
内田康夫　軽井沢殺人事件
内田康夫　「萩原朔太郎」の亡霊
内田康夫　北国《ほっこく》街道殺人事件
内田康夫　浅見光彦四つの事件　名探偵と巡る旅
内田康夫　浅見光彦新たな事件　天河・琵琶湖・善光寺紀行
内田康夫　名探偵浅見光彦のニッポン不思議《ミステリアス》紀行
内館牧子　恋愛レッスン
宇野千代　生きていく願望
宇野千代　普段着の生きて行く私
宇野千代　行動することが生きることである
宇野千代　恋愛作法
宇野千代　私の作ったお惣菜
宇野千代　私の幸福論
宇野千代　幸福は幸福を呼ぶ
宇野千代　私の長生き料理
宇野千代　私何だか死なないような気がするんですよ
宇野千代　薄墨の桜
海猫沢めろん　ニコニコ時給800円
梅原猛　神々の流《る》竄《ざん》
梅原猛　飛鳥とは何か
梅原猛　日常の思想
梅原猛　聖徳太子1・2・3・4
梅原猛　日本の深層
江川晴　救急外来
江川晴　産婦人科病棟
江川晴　企業病棟
江川晴　私の看護婦物語
江國香織　都の子
江國香織　なつのひかり
江國香織　いくつもの週末
江國香織　薔薇《ばら》の木　枇杷《びわ》の木　檸檬《れもん》の木
江國香織　ホテル　カクタス
江國香織　モンテロッソのピンクの壁
江國香織　泳ぐのに、安全でも適切でもありません
江國香織　とるにたらないものもの

集英社文庫　目録（日本文学）

江國香織　日のあたる白い壁
江國香織　すきまのおともだちたち
江國香織　左岸（上）（下）
江國香織　抱擁、あるいはライスには塩を（上）（下）
江角マキコ　もう迷わない生活
江原啓之　子どもが危ない！　スピリチュアル・カウンセラーからの警鐘
江原啓之　いのちが危ない！　スピリチュアル・カウンセラーからの提言
M　L change the WorLd
遠藤周作　勇気ある言葉
遠藤周作　あべこべ人間
遠藤周作　よく学び、よく遊び
遠藤周作　ほんとうの私を求めて
遠藤周作　父親
遠藤周作　ぐうたら社会学
遠藤周作　愛情セミナー
遠藤武文　デッド・リミット

逢坂剛　裏切りの日日
逢坂剛　空白の研究
逢坂剛　情状鑑定人
逢坂剛　よみがえる百舌《もず》
逢坂剛　しのびよる月
逢坂剛　水中眼鏡《ゴーグル》の女
逢坂剛　さまよえる脳髄
逢坂剛　配達される女
逢坂剛　鵟《のすり》の巣
逢坂剛　恩はあだで返せ
逢坂剛　おれたちの街
逢坂剛　百舌《もず》の叫ぶ夜
逢坂剛　幻の翼
逢坂剛　砕かれた鍵
大江健三郎・選　何とも知れない未来に
大江健三郎　「話して考える《シンク・トーク》」と「書いて考える《シンク・ライト》」

大江健三郎　読む人間
大岡昇平　靴の話　大岡昇平戦争小説集
大沢在昌　悪人海岸探偵局
大沢在昌　無病息災エージェント
大沢在昌　ダブル・トラップ
大沢在昌　死角形の遺産
大沢在昌　絶対安全エージェント
大沢在昌　陽のあたるオヤジ
大沢在昌　黄龍の耳
大沢在昌　野獣駆けろ
大沢在昌　影絵の騎士
大沢在昌　パンドラ・アイランド（上）（下）
大沢在昌　欧亜純白ユーラシアホワイト（上）（下）
大島清　「脳を刺激する」80のわたしの習慣
大島裕史　日韓キックオフ伝説　ワールドカップ共催への長き道のり
太田光　パラレルな世紀への跳躍

集英社文庫　目録（日本文学）

大竹伸朗　カスバの男　モロッコ旅日記
大槻ケンヂ　のほほんだけじゃダメかしら？
大槻ケンヂ　わたくしだから改
大橋歩　楽しい季節
大橋歩　秋から冬へのおしゃれ手帖
大橋歩　おしゃれのレッスン
大橋歩　くらしのきもち
大橋歩　おいしいおいしい
大橋歩　オードリー・ヘップバーンのおしゃれレッスン
大橋歩　テーブルの上のしあわせ
大橋歩　日々が大切
大前研一　50代からの選択　ビジネスマンは人生の後半にどう備えるべきか
大森淳子　ああ、定年が待ち遠しい
大森寿美男　重松清・原作　アゲイン　28年目の甲子園
岡崎弘明　学校の怪談
岡篠名桜　浪花ふらふら謎草紙
岡篠名桜　見ざるの天神さん　浪花ふらふら謎草紙
岡篠名桜　雪の夜明け　浪花ふらふら謎草紙
岡篠名桜　芝居巡り　浪花ふらふら謎草紙
岡篠名桜　花の懸け橋　浪花ふらふら謎草紙
岡嶋二人　ダブルダウン
岡野あつこ　ちょっと待ってその離婚！　幸せはどっちの側に？
岡本嗣郎　終戦のエンペラー　陛下をお救いなさいまし
岡本敏子　奇跡
小川糸　つるかめ助産院
小川洋子　犬のしっぽを撫でながら
小川洋子　科学の扉をノックする
小川洋子　原稿零枚日記
荻原博子　老後のマネー戦略
荻原浩　オロロ畑でつかまえて
荻原浩　なかよし小鳩組
荻原浩　さよならバースディ
荻原浩　千年樹
奥泉光　バナールな現象
奥泉光　ノヴァーリスの引用
奥泉光　鳥類学者のファンタジア
奥田英朗　東京物語
奥田英朗　真夜中のマーチ
奥田英朗　家日和
奥田英朗　我が家の問題
奥本大三郎　虫の宇宙誌
奥本大三郎　壊れた壺
奥本大三郎　本を枕に
奥本大三郎　虫の春秋
奥本大三郎　楽しき熱帯
長部日出雄　古事記とは何か　稗田阿礼《ひえだのあれ》はかく語りき
小沢章友　夢魔の森
小沢章友　闇の大納言

集英社文庫

天才《てんさい》ハッカー安部響子《あべきょうこ》と五分間《ごふんかん》の相棒《あいぼう》

2015年1月25日　第1刷　定価はカバーに表示してあります。

著　者　一田和樹《いちだかずき》

発行者　加藤　潤

発行所　株式会社　集英社

東京都千代田区一ツ橋2-5-10　〒101-8050

電話　【編集部】03-3230-6095

【読者係】03-3230-6080

【販売部】03-3230-6393（書店専用）

印　刷　大日本印刷株式会社

製　本　ナショナル製本協同組合

フォーマットデザイン　アリヤマデザインストア　マークデザイン　居山浩二

ISBN978-4-08-745276-1 C0193